找到自己的心,生命才是开始

河南文艺出版社
·郑州·

图书在版编目(CIP)数据

这才是开始/刘雯著. —郑州:河南文艺出版社,2015.5(2015.6重印)

ISBN 978-7-5559-0176-1

Ⅰ.①这… Ⅱ.①对… Ⅲ.①纪实小说-中国-当代 Ⅳ.①I247.5

中国版本图书馆CIP数据核字(2014)第306029号

出版发行 河南文艺出版社
本社地址 郑州市鑫苑路18号11栋
邮政编码 450011
本社网址 http://www.hnwycbs.cn
电子信箱 master@hnwycbs.cn
售书热线 0371-65379196
承印单位 河南省瑞光印务股份有限公司
经销单位 新华书店
纸张规格 700毫米×1000毫米 1/16
印　　张 18.5
字　　数 281 000
版　　次 2015年5月第1版
印　　次 2015年6月第2次印刷
定　　价 39.80元

瞬息万变与你何干，请勇敢做你自己

我是谁，你无需评判，当你掀开这一页，将看到的是我用十几万字，图文并茂地记录我如何寻找自己的真实历程。

然而我的目的，不是为了让你认识我，而是为了让你认识你自己。为了让你心甘情愿、兴高采烈、迫不及待地——勇敢做你自己！

物质是生存的条件，但绝对不是我们生存的目的。

金钱名利不是衡量一个人成功与否的标准，更不是来衡量你快乐和自由与否的标准。

孟子也曾经说过：饱食、暖衣、逸居而无教，则近于禽兽。

记得方励老师（电影《观音山》《后会无期》《万物生长》制片人）的一句话："我今年六十岁，过去三十年，我很成功，因为我很快乐！"如此平凡却又如此任性和强悍，这就是生命的本来，这就是我们最初的心。

要知道，你灵魂"需要的"和欲望"想要的"，根本就是两码事！

每个人都渴望绽放，每个人都自命不凡，然而在欲念面前，又有几人坚定不移？

切莫白了少年头，追悔莫及。切莫生死无常时，悔叹这一生。

亲爱的朋友，在人生的路上，你不能妄自菲薄，你必须努力学习，去懂得生命的意义，去找到自己最初的心，才能真正地去爱你自己。而不是用你现在的心量，去随意度量随意伤害你这个可贵的灵魂。

自由，并不是痛苦来临时的逃兵。而是此时此刻，无论你在哪儿，无论你正从事着什么、经历着什么，无论生命之轮摆到哪里，你都能够用一颗欣赏自己的心,去热爱你的生活,去热爱你将发生的一切。

就像那花儿努力地开着,草儿郁郁葱葱地长着。万物各司其职,兢兢业业。这世界美好的,一点也不值得惊讶,因为生命本该如此。

假若为了做一个与众不同的人,任凭再努力找寻,都是在效仿。

唯一方式,就是做最真实的自己,勇敢大胆地做最本来的自己,你的真性情,就是最与众不同的绽放。

每个生命的本来,都是与众不同,请不要让杂念污染了自己的真心,掩盖了属于自己的精彩。

来吧,做你自己,你是独一无二的生命。

面对生活,不卑不亢,坚定、勇敢,瞬息万变与你何干!

2014 年末

目 录

开篇

第一章 最初的记忆

第三章 寻找香格里拉

第四章 香格里拉之旅

第五章 这才是开始

附录 大德寄语

开篇

寻找被遗忘的自己

——……四、三、二、一，开始！

四

清晨的地铁，是人潮最汹涌的时候，特别是在八通线这样从睡城开出的列车上。

人们大都是在市中心上班，做着最繁忙的工作，却住在很远的地方。我看着眼前那个高大壮实的男人，他和任何人一样，被挤压在地铁的人堆中，随着车厢的晃动而来回摇摆。

尽管他高大、威武，但我仿佛听见他对生活说，没办法，只能这样，只能这么远，只能这么挤，只能这么累，只能……

人们苦苦地忙碌，苦苦地生活，却总是很压抑，没有依靠，无人能解。

那么在没有方向的时候，要么认命，继续着痛苦；要么就选择发泄。

一夜情、酗酒、哭泣、抑郁症、狂躁、冷漠……这些，都不足为奇。

三

在这般拥挤的地铁中，每个人都面容疲惫，只有一对男女，紧紧相拥。

他们纠缠交错着双臂，像是把对方当成了救命稻草。

我想，或许他们并不害怕世界末日的降临，只要生死相依，深爱的那一刻，他们把彼此当成了自己生命的信仰。

我们共同一直在寻觅的，又何尝不是离苦得乐的信仰。

我们需要被认同，需要被肯定。孤独寂寞的时候，需要去寻找一个同类。冷了，需要去寻找温暖……所有的一切，都是为了让自己离苦得乐。

可是这些，并不是最究竟的安宁，总是很快得到了，又很快失去，迎接着一个个新的痛苦。

最普遍也是最令人向往的，就是把自己的心，寄托在一个自己深爱的人身上，这又何尝不是把那个人当作了自己的信仰。

我们把自己的心寄托到一个人、一件事情上面，最终都会是苦。因为人和物都会改变，事情也总是无常。

我们爱上一个人，把他当作自己内心喜悲的凭据，试图要他不再改变，试图占有他的所有。所以他的一点点改变，会让我们无所适从，我们也将痛苦不堪。可是就算我们一生都相恋，最终还是生死两茫茫。

这样的爱，未免显得自私，未免显得揪心。这样的结局又何尝不是偏离了最初的发心。我们只是想幸福，想离苦得乐而已。

我有一个朋友，在世人眼里他已经很成功，无论事业还是家庭都很美满，而且他身体健康，正值壮年，可是他依然会有痛苦。

他告诉我说，他没有依靠，心里空落落的，他不知道活着到底是为了什么，难道一生只是为了重复今天的日子吗？那活着又有什么意义？

他寻找了各种各样的宗教，可是以往的生活让他对一切都充满了怀疑和警惕，他害怕自己相信的东西会变成沙砌的堡垒。如果有一天，他所信仰的一切坍塌了，那将是多么大的玩笑！

同理，我们把爱情、金钱、名誉、美貌当作自己的信仰，可是这些终将会改变。

在我们迷茫痛苦的时候，只是不足够了解自己，不知道自己的所需和所长。所以我们会不停地换爱人，换工作，换住所……只是在不停地换寄托，这像是一个怎么也走不出去的圈套，永不熄灭的痛苦。

这样看来，活着最重要的就是了解自己，找到自己的心之所向，找到那个永不退却的信念。那样，才算是生命的开始，我们才能善用自己所拥有的一切智慧。

也就是说，快乐不是得到我们所没有的，而是认知并感恩我们所拥有的。

二

整个车厢内，我在拥挤的人群中央，不用扶手也不会倒，如果身子轻轻一动，就再也回不到原处了。

我艰难地来回张望，去留心每个人的表情，个个满脸倦容，个个表情木然。

可就在这个时候，我耳边却传来一阵阵持诵经文的声音，我循声望去，在密不透风的人群中，看到一个身材矮小的男人，他穿得干净整齐，脸上挂着和这个压抑的车厢显得格格不入的灿烂笑容。车门刚刚一打开，他轻盈欢快地悠然离去。

在常人看来，他那么矮，那么土，一定是被当作了弱势群体，备受同情。可是现在看来，到底是谁比谁更可怜呢？谁才是真正需要被救赎的人呢？

我想起顿珠师父说过，有一次他带着一群人去福利院看望"唐氏综合征"患者。那些患者，总是乐呵呵的，你跟他说什么，他都很开心。

通过这件事，患者们得到了社会的关爱，这些人也同时发现了自己的爱心和同情心。双方皆大欢喜，可是这又是谁在帮助谁呢？

希阿荣博堪布说过："有的人居无定所地过着安宁的日子，有的人却在豪华住宅里一辈子逃亡。"

我们伪装着自己，我们追求金钱、名誉、美貌，为了什么？别人的赞扬、抬举？那么这些，真的能给你带来最彻底的快乐吗？你真的幸福吗？

一

地铁慢慢进站，离站。

一拨人来了又走，无论哪一站，都有人上来，又都有人下去。

每个人都有自己的人生，每个人背后都有数不尽的故事，每个人都不甘愿平庸。

即使他现在黯淡了，堕落了，灰心丧气了，那也只是因为不甘平庸的心，受到了挫败。每个人都是一朵"奇葩"，每个人都有自己没有爆发出来的所想所愿，都需要被认同，被肯定。

下了车，北京的冬天，和往年一样有雪。

万事万物,都在经历着它要经历的。所以我的喜悲,不足为奇。

我看着自己的双脚,一步步往前迈,我知道,每一步都是这一生必须经过的路。

我坚毅地走着,不去想过去,也不期待什么明天,只是全身心地投入在当下,这个最平凡的时刻。

可正是这样寂静的觉知,让我这一生,却恍若三世。

我想并不仅仅是在贫困中乐观,也不仅仅是在富足中冷静。这些都是因缘的聚合,如果我的心不足以去承载我所拥有的福报,那么我获得的将是灾祸,仅仅是方便我造孽罢了。

无论我经历了多少次动荡,跌倒,挫折,但我依旧安宁,随时随地,随遇而安。

这让我想起了我的心灵导师格瓦师父,他说要我长寿,要我去经历世间的一切世态炎凉。这样的一生,往前往后都是苦,唯一解脱的方法就是放下。

如果我对世间的事情,还有执着,就会还有伤痛。因为能让我们痛苦的事情,能伤害到我们的人,只能表明我们对其还有所求。

但是放下,并不是不在乎一切,并不是内心变得冷漠。这样的想法,只是在你很执着的时候,用不明朗之心发出的疑问罢了。

这就像我们站在山脚下,却臆想着山顶的风光。当然,登山很累,想进步不容易,但是如果我们坚持不懈,等到我们真的站在山顶的那一刻,望着秀丽的风景,便会感叹世界原来如此美丽,我们便会忘却了登山时的疲惫。

我们放下的只是那个虚妄的枷锁, 那个让自己和真心背道而驰的愚蠢,那个需要靠名牌、名誉、名称支撑起来的“信心”。

但是放下了这一切,并不代表不去欣赏和享受世间的美好。我们反而更能感受到幸福,感受到拥有。“世界上只有一种英雄主义,那就是认清生活的真相后,还依然热爱生活”。

开始!

我们不够安定的原因,只是因为还不够了解自己。

真实地做自己，才能得到真正的进步。对我而言，总认为“假的好，不如真的坏”。

放松是修行的第一课，但它绝不是放任。放松只是卸掉枷锁，做真的自己。那不是那个臆想出来的自己，那个戴上面具的自己，那个做作的自己。

这样只会让你自己和别人都觉得累，而且越演越入戏，直到心里再也承受不住，开始变得痛苦不堪。

当然，我们都希望自己能够更优秀，但我们不要让理想变成羁绊。我们可以有理想，可以把成功的人、圣人、贤德，哪怕佛菩萨，当成自己的目标。

确立目标很容易，仅仅是第一步。

第二步，也是最难的一步，就是找到自己，看清楚自己现在所处的位置。

找到自己的位置，那个内心深处最压抑的自己、最狭隘的自己、最不愿意承认的自己。但是只有我们真的把缺点都释放出来，找到它、面对它，才能真的进步。

因为，这些才是我们人生中的真正所缺、真正所需。

这样下去，哪怕你现在不够好，但是走的每一步，都是踏踏实实的。你感召来的好或者不好都是实实在在的，自己不至于被架空。因为我们的压力，几乎都是来自于把自己给架空以后，别人对你的要求以及你的位置，都不是你本该的样子，最终你会承载不住，所以我们的压力和痛苦都是自找的。

活着最大的任务就是去了解自己，只有真的了解了自己，才能给己所需，才能在我们的生命中找到最合适的姿态。

所以自始至今，经历了一切之后，对我来讲让自己最大的庆幸是，我如今可以真的了解自己，知道自己的真正所需，知道自己的真正价值。这些足以让我适应瞬息万变的世界。无论身在何时何处，我依然平静。

我越自在，就越热情地在生活中绽放，怀揣着胸中那颗冷静敏锐的心。因为我爱周围的一切，所以我要细细地体会，一点也不容错过。

紧紧地、静静地抚摸着我们的真心，往前走，毫不畏惧，勇往直前。

第一章

最初的记忆

也许根本没有你我。
佛说，一切有为法，如梦幻泡影。
黑暗是我的业，光明就是我的真心。
我与光明的距离，就是我与心的距离，
那它究竟还有多远，转眼还是万年？

嘿，要知道，

你灵魂『需要的』和欲望『想要的』，

根本就是两码事！

⊙萌心初动

苦瓜

让我追寻最初的记忆,脑海中出现五颜六色的光亮,各种各样的声响,一个个熟悉陌生的身影,像一幅幅来回滚动的画面。

继续探寻那最初最深的一片光影,具体发生了什么,我无法描述,可是有一种强烈的感觉,开始在我的脑海里蔓延,那就是——疑问。

我总说自己是个问号,因为我凡事都爱问为什么。有个好朋友这样说过,如果有个人骂我是猪,他认为我根本不会生气,并且会特别认真地问,为什么骂我是猪,我哪里像猪;如果那个人不回答,我会一直追问下去,直到骂我的人落荒而逃。

疑问滋生了好奇,好奇给了我力量,这种力量让我无法停止脚步。所以它是一团乌云,让我瑟缩恐慌;它也像一团烈焰,让我不停地狂奔。

我最初的疑问是,我为什么是郑州人?眼前这些人为什么是我的父母、我的爷爷奶奶?我为什么要住在这个房子里?我为什么是个女孩子?

更重要的是,我很想知道我为什么会被妈妈生出来,而且我什么时候将会死去?我为什么来到这个世界上呢?我无法控制我的脑子不去想这些问题。

当然,几乎没有人愿意理睬我的这些疑问。他们甚至都很避讳我这些死去活来的想法。

可是我根本没有办法停止去想这些。这不像一根棒棒糖,我想吃,大人不愿意买,我哭过就忘了。

也许我经常处在一种恐慌和委屈的状态下,且对所有的问题深思不解。所以家里人总是叫我苦瓜。翻开相册,那三尺长的小孩在照片里的样子,也的确都是皱着眉头。

小不点刘

有一天我在琢磨，我想爸爸是职工，爷爷是光荣退休的工人，我的伙伴们现在是学生，那我是谁呢？我应该去哪儿呢？对，我也应该成为一名学生啊！

和之前吵着要去幼儿园一样，还没有到入学的年龄，我又一次让父母费尽周折，提前成为小学生。

我上学了。这对于我来说，是一件无比欢喜的事情。

也许爸爸妈妈都不知道，在将要成为一名小学生的那天晚上，我彻夜难眠。

在我心里，这就意味着长大了，揭开心中那些未解之谜的时刻到了。一种无法抑制的激动，让我心潮澎湃，我想我已经走上了一条通往解谜的路。

我是小不点刘，我背着爸爸专门给我买的、印着宇宙飞船的红色小太阳牌书包，顶着一颗大大的脑袋，长着一双大大的眼睛，像一棵活脱脱的向日葵。

向日葵追逐的是太阳，我追逐的是打开我心灵谜团的曙光。

虽然在班里小不点刘年龄最小、个子最矮，但是胸中一颗激动的心始终“怦怦”直跳。

除了爸爸妈妈、爷爷奶奶、姑姑阿姨……小不点刘的身边又多了一个被称为“老师”的人。人们都说老师是教授知识的人、解开疑问的人，在小不点刘心里，老师是那么神圣，她找到了解开一切问题的希望。

小不点刘的老师姓徐，她是那么慈祥，总是眯着眼睛笑，像是慈祥的奶奶。每当小不点刘举起手，听到叫她的名字，她便像充了电一样，激动地站起来，瞪大了炯炯有神的双眼，直绷绷地站好，用最洪亮的声音去回答问题。

小不点刘整整齐齐地写字，一笔一画尽量写得和书上面印的一样。上看图说话课的时候，她像是终于找到了随心所欲去说话的机会，她忘记了时间，忘记了是在课堂上，简直到了一个另外的世界，她在出神入化地讲故事。

徐老师真的喜欢小不点刘，她说小不点刘聪明伶俐，有一双水灵灵的大眼睛。从那天起，小不点刘又多了一个身份——班长。

小不点刘突然间严肃起来，心里暗暗想自己的责任重大起来了，她已经不是普通的小不点刘了，她用她的脑子去努力想象，班长应该是什么样呢？她想起了雷锋叔叔，想起了周恩来爷爷，又想起了开封府里的黑脸包大人，想起了动画片里的正气大侠……

小不点刘开心极了，这也许是她出生以来最开心的时候，她隐隐约约觉得也许自己已经找到了为什么活着的答案，她活着就是为了当一个好学生，做一个好班长，为这个班级做贡献。

太阳公公留在大地上的孩子

向日葵是我最喜欢的花，它是我最好的朋友。因为太阳公公说了，向日葵是他留在大地上的孩子。

因为小不点刘自己要上学，她认可了自己的位置，立志要当一名好学生。所以她像一朵绽放的向日葵花追赶着太阳，从一年级到六年级，她有无数张“三好学生”的奖状。她是所有评比的“得奖王”。

小不点刘也不再问爸爸妈妈这样那样的为什么，每天忙忙碌碌地在当她的小学生。爸爸妈妈总是忙着把她的各种各样的奖状和奖牌收集在一个箱子里，每次有人去做客，爸爸都会拿出它们让人观看，小不点刘已经成了周围亲戚朋友夸赞的对象，成为身边所有孩子的榜样。

或许大家已经忘记了，那个曾经天天苦着脸问十万个为什么的小不点刘了。

五年级的时候，学校开全体家长会，校长发请帖要小不点刘的爸爸妈妈去分享如何培养孩子的心得体会。这下却难倒了小不点刘的父母，因为他们从来不干涉小不点刘的学习和生活。就算平时别人问他们怎么培养的孩子，他们也总是说，我也不知道，没管过她啊。

但是，对于这个常常被人问到的问题，小不点刘心里总是暗暗不解。他们为什么会发出这样的问题呢？难道他们的孩子不知道自己去学习吗？学习是自己的事，学知识是为了解开自己的问题。难道他们不想当一名小学生吗？

对于小不点刘来讲，做学生是自己选择的，为什么要别人去管呢？爸爸妈妈负责的是给我交学费，接我放学，给我做饭，这才是他们的事。大家分工明确，他们为什么要去管我学习呢？小不点刘很难理解。

每次假期的时候，小不点刘总是给自己安排好学习计划，每天画画、看书。院子里的小朋友叫小不点刘出去玩，小不点刘总是告诉人家自己要画画、要写毛笔字、要看书。有的男孩子不依不饶，就站在小不点刘的窗外大喊大叫，要小不点刘出现，一起去玩。小不点刘从来不出去玩。除非爸爸妈妈非要小不点刘出去，或者她完成了自己定下的任务。

小不点刘是家里的一员，她很想快点为父母分担生活的压力。因为她看到，自己一天天长大，父母却在一天天衰老。

当她看过《七色花》的故事以后，心里总是祈祷，我不需要七个愿望，我只有一个心愿，就是我慢慢长大，可是父母和爷爷奶奶不会变老。

看过去的照片，奶奶曾抱着穿肚兜的爸爸，妈妈曾被卡在小椅子里拍百天照，这些还没有小手掌大的老照片，小不点刘总爱一个人来回翻看。她屏着呼吸，努力去感受时间是什么，生命是什么。可是她真的很想知道又有什么会永远不变呢。

小不点刘勇往直前

小不点刘有着一颗侠义的心，她总觉得什么都应该是美好的。

让她最开心的就是能为大家做些什么，让大家能一起开心。

小不点刘喜欢把有趣的东西带到班里面，比如，她听的第一盘磁带，是姐姐送她的范晓萱的《你的甜蜜》，这盘崭新的磁带，在班里面传了一个学期，歌词被透明胶带不知道粘了多少次。

当有一天，一位老师很严厉地告诉小不点刘，以后不要和学习差的同学走太近，不要和男孩子玩，小不点刘心里难过极了，她一个人默默流泪了。

这是她第一次知道，人与人之间，还会有这样那样的区别，可为什么交朋友还要有分别？这些话让小不点刘很难过，因为她最害怕别人不喜欢那些同学，特别是单亲、家是外地的、家里穷的、穿得脏的破的同学。

穷人、富人、外地人、本地人又有什么区别呢？他们和每个孩子一样，他们为什么被人排挤？如果他们真的差，更需要被关心啊，不理他们，孤立他们，甚至排斥他们，这算什么好学生？算什么集体？况且小不点刘还是班长呀。

小不点刘"哇哇"地哭，她更难过为什么在她心中，神圣的老师会不喜欢那些学生呢。她为什么不能随心所欲地和大家玩儿。如果好学生不能和坏学生玩儿，小不点刘宁愿当坏学生。

也许是本能的意识，激发起了小不点刘的"江湖义气"，她选择了她的所有朋友，她宁可老师对她一个人有意见。

小不点刘开始了无声的抵抗，她变得更加无拘无束。她虽然是班干部、好学生，但她穿各种自己觉得好看和特别的衣服，宽大腿的大口袋裤子，用变色龙发胶喷黄色的头发，外表看起来和那些"小混混""坏学生"差不多。她开始抵触所谓的规矩，抵触那个"我是好学生"的样子。她甚至有些厌恶，觉得好学生的名分，真是个丑陋的牌子。

她有时候也会想，也许老师根本就不知道，这些所谓的坏学生，其实有多么的好，多么的讲义气，无拘无束、简单快乐，还很谦虚。放了学，小不点刘也和他们一起去操场踢球，去城墙上打着玩。

所以即便小不点刘总是考第一名，还是学校的大队长，可班里面总有那么几个学习好的小女孩的家长，不让她们接近小不点刘。理由是小不点刘太"疯狂"了。

当然老师也很苦恼，她甚至不允许小不点刘当班长，可是没有一个同学买新换的班长的账，甚至有的男同学还去"挑衅"那个新班长。新班长哭着罢工了，班长的位置仍然是小不点刘的。

有一次，班主任承诺，如果这次期末考试取得全年级第一名，就带全班去郊游。最后，成绩出来了，我们得了年级第一，而老师却没了后话。

作为班长的小不点刘可不依不饶，为了不让大家失望，在一个周末，号召全班同学"集资"，自己带着大家去公园疯玩了一天。

从那以后，同学们经常一到周五就问她，这周有没有活动啊，等着小不点刘给大家开会，大家才肯离开。

也许是因为小不点刘学习好也很自觉，在家总是乖乖的，还经常张罗着给爸爸妈妈帮忙，所以爸爸妈妈从来不干涉小不点刘任何夸张的想法。

小不点刘最开心的事情就是能够帮助别人，能给别人带去快乐，她觉得那简直是最棒、最开心的时刻。

小不点刘的零花钱总是存起来，买空气清新剂或者香皂啊什么的，放在班级里给大家用。组织大家去慰问孤寡老人，到街上拾垃圾，去十字路口帮交警指挥交通，到菜市场帮老年人提篮子、推车子……凡是能想到的都去做。

小不点刘经常被新闻记者拍到，亲戚朋友们总会在新闻上看见小不点刘抱着个西瓜去慰问军属，或者在向交警叔叔读慰问信。

这样的一个小不点刘，风风火火，敢爱敢恨，顺理成章成了小学生中的风云人物。

可再怎么风云的人物，也有雷人的那一刻。记得有次音乐考试，老师让每个人站在讲台上唱一首课本里的歌。同学们或扭扭捏捏声音很小，或低头站着从头到尾都不敢动。

小不点刘又爆发了，她觉得自己是班长，得起个带头作用。尽管唱歌不是小不点刘的强项，她甚至有点五音不全，跳舞的时候也不知道跟上音乐，只知道比画动作，可她毫不犹豫地站在了讲台上，猛然放歌。

小不点刘的嗓门极大，估计隔壁班都能听见。

她唱起了歌曲《大雁飞》，胳膊还摆动着当翅膀。同学们一开始忍着笑，后来老师忍不住笑了，同学们干脆都放开嗓门大笑起来。

对呀，小不点刘勇往直前，六年级，小不点刘以各科全校第一的成绩毕业。

⊙恩怨江湖

文字的天空

要上中学了,告别了小不点刘的光辉岁月。

将迎来什么样的篇章呢?

我充满了幻想和憧憬。

新生报到前一夜,十二岁的我再一次失眠了……

我被分到了一个重点班,大家在走廊排着队等着安排座位,一张张陌生的脸,我好奇地打量着每一个人。

他们大概曾经是小学的同学,有说有笑,可我谁也不认识。真想赶紧多交些朋友。没有朋友的时候,我真像是一棵耷拉着脑袋的向日葵。

班主任郭老师,是一位四十多岁的圆脸女人。

安排好座位,老师让大家逐个自我介绍。

我几乎是迫不及待地盼着自我介绍,终于轮到了,我像是抢到了麦克风,"哇啦哇啦"地说开了,时而一本正经,时而谈笑风生。

整个自我介绍过后,郭老师就确定了我来当班长。

郭老师为了培养我们的写作能力,让同学们每天写日记。

写日记可不同于我小学时候的命题作文,只是发挥我的想象力,让我侃个海阔天空。日记里,郭老师让我们把想说的话都写出来,怎么想就怎么写。

当我第一次摊开日记本,面对着空白的纸面,我的心变得安静起来。我像是陡然间面对了一片辽阔无际的星空,可以任意探索,任意追寻。

这个世界里,再也没有人不理睬苦瓜小小刘的各种死去活来的问题,再也不会有人不理解向日葵小不点刘为什么那么叛逆。我像是找到了可以倾诉衷肠的老朋友。我总也停不住笔,忘记了时间,忘记了我写的是日记作业。

写日记成了我每天最快乐、最期待的时刻。郭老师总是耐心地在我的日记后面写下她的想法,解释我的疑惑,分享我的快乐。

郭老师说她年轻的时候也经常发表文章,最大的梦想是当作家,后来却当了语文老师。她说,我是她见过的最特别的学生,刚刚开学那天,她就注意到了我一双清澈的大眼睛,纯净而深邃。我让她心生怜爱,仿佛看到了过去的自己,也仿佛看到了希望。

我又激动又感慨,也许我找到了一个属于纯粹和真实的东西,那就是写作。

我可以把我的所有想法,所有疑问,点点滴滴,变成文字。我可以和自己沟通,毫无保留地真实存在着,像是在认真审视着眼前的一个个风景。当别人读到了我的心声,会感动,会共鸣,那才是真正的交流,真正的朋友。就像我的郭老师。

写作,像一个新的世界,像一次旅行,把我深深吸引,不能自拔,义无反顾地沉浸下去。

每次语文课,郭老师总是给大家诵读我的文章,渐渐地我的作文传诵在整个年级,整个学校。

我也渐渐被整个学校的老师和同学熟知,再次成了学校里的风云人物。

好兄弟

我如此热爱写作,不单因为写作能让我无拘无束自由自在地表达,更重要的是,写作带给了我越来越多的朋友。

我是堂堂正正的性情中人,自小江湖侠气。我身边的朋友越来越多。我从小男女的意识就很模糊,什么男男女女、贫富美丑,都是浮云。

那段岁月里,无论男女我们都称兄道弟。每天放了学,我们一大帮几十人,前拥后簇着、吞云吐雾着大摆啤酒宴席。

后来连外班的同学,看到我们这帮人,如此团结快乐,像一家人一样,也申请加入我们的队伍。我们来者不拒,队伍越来越浩大。

学校附近的城墙,不远的二楼台球厅,成了我们把酒欢歌的乐土。我们一大帮人,肝胆相照,胜似亲人。台球厅的门口,一排排全是我们哥们儿的自行车。我们像是拥有了自己的乌托邦。

我们兄弟几十人,个个球技高超,能喝会道。

我们在一起,只是因为爱,因为友情,因为年轻,因为义气,因为真实……也许什么都不因为,只为能紧紧拥抱在一起。

对于我来说,这像是我心灵的盛宴,我是那么热爱生命,那么愿意燃烧在义气之中。大家的笑脸,一个眼神,一声兄弟,我的心都为之颤动。

我幻想,如果活在古代,我一定是个江湖豪杰。骑着高头大马,行侠仗义,一碗酒下肚,斩妖除魔,不留姓名,潇潇洒洒,游戏人间。

唯一出口

没多久,我接到学校的通知,参加省里的一个写作比赛,我很开心、很认真地准备这个比赛。

我用了一个多星期的时间在整理和修改挑出来的诗歌和散文。但是有一天,我发现和我一起参加比赛的那个同学的作品,是家人代替写的,学校明明知道这件事,可还让他和我一起去比赛。我不知道自己哪来的血气,当着所有老师和领导的面,把发到我手里的报名表撕得粉碎,来了个天女散花,甩头就走了。

我觉得很不安,我如烈焰般的心根本无法容纳任何欺骗和谎言。这种痛苦,就像我小学时候老师警告我,不许和学习不好的学生交朋友。

也许是因为我对一切都太理想化了,学校、老师、公平、正义……就应该是什么样子的,那太多的理想,为我带来了太多的失望,以至我要去做一些出格的事情来抗争。

比如,我坐在靠着窗户的位置,我每天进教室从来不走正门,而是从窗户直接进来。老师批评我,我就说明明走窗户就可以直接到我的座位,干吗非要绕远路。上课的时候我想出去,就把书包丢到窗外,举手说书包掉出去了,惹得同学们哈哈大笑。

那段时间我写东西到处投稿,几乎每篇都发表,时不时有稿费。记得我第一次的稿费是二十块钱,还得到指定的一个邮局去领。拿到钱,赶紧去买了只烧鸡送到爷爷奶奶家,还给父母打电话,说今天我请客。

后来写了一篇关于兄弟情深的中篇小说，参加了一个全国概念作文比赛，得了奖,出了文选。这时候,学校领导和老师,更是把我当个怪人,却又欣赏我的文笔。

因为那次作文比赛的事,我心里已经对他们有了阴影。我的抵触心理导致我更加离群。我把自己的头发几乎剃光,只留下长长的鬓角和后脑勺的一撮。我穿着最让人难以接受的奇装异服。下课的时候便坐到操场上的篮球架最高的地方……只有老师想不到的,没有我做不到的。

可是谁又知道我内心难以言喻的痛苦,难以言喻的迷茫。我根本不愿意这样做,可是我又不知道该怎么办!

我让我的心每天沉浸在写作里,时而天马行空地幻想,时而愤怒不已地抨击。除了同学,就连老师们也都喜欢看我写的文章,我写的每个纸片都会被周围的人传阅。

我在文字中如痴如醉,可并不是因为我想当作家。我从小到现在,看书并不多,所以我热爱写作一定不是因为博览群书的影响。虽然我已经成了周围人心中的“作家”“才女”,可那时候写作其实只是自我调侃和自我安抚的游戏。

写作时,我比任何时候都理性,却在用最感性的语言去表达。这是一种痛苦的快乐。无论我是喜是悲,却像是在看风景一样去描述,这是我内心的唯一出口。

第一次逃学

到了初一第二学期,我越来越偏科。并不是我学不会理科,只是我始终说服不了自己为什么去学那些。我总问,我学那些干什么?而且我想用更多的时间去学我愿意学的,比如美术,比如各种语言,比如历史和文学。

我在想,我当时那么想当学生,我以为上学能解决我的一切疑问。可是我现在找到了,我要写作,我从今以后都要写作,那我干什么还要学那些理科的东西呢?

于是我变得闷闷不乐。那段时间,郭老师也一再安慰我,可是我还是打不起精神,上课总是走神,我越是浪费时间,心里就越焦虑,因为我知道,自己是为了不浪费时间,才有这样的疑问,可是又做着浪费时间的事。

我的哥们儿猫猫总是安慰我,还给我补课,我太在意这份兄弟之情了,我知道他对我的好,可是,我没办法让别人接受我根本不想学那些东西的想法,我真的很痛苦。没有一个哥们儿愿意我不学习,虽然他们也不愿意学。

我的心感到无比沉重……每天放学不愿意回家,早上也不想去学校,一次次徘徊在学校门口,不愿意进去。有一天,我真的没有去学校,那是我第一次逃学。

我一个人,骑着自行车不知道去哪儿,我很难过,我不能回家,也不愿意去学校,甚至不可能去让我那些哥们儿接受我这样的举动。我痛苦极了。

我找了不上学的小混混们喝啤酒,打打闹闹,可是很快就觉得没意思了。我根本不愿意无所事事。我骑车去了图书馆,一个人坐在角落里,其实我也看不进去书……我在想,晚上怎么办,我能不能在图书馆藏起来呢……

图书馆下班了,我被赶了出来,直到深夜,寒风凛冽,我推着自行车,不知道该怎么办。我想起每天为我煮饭的爷爷,总是以我为荣的父母,还有那么疼爱我的郭老师,我的心中真不是滋味。

我给郭老师打了电话,她让我站在原地不要走,说很快来接我。她把我带回了家。我们全家人都急坏了,全聚集在姥姥家,我被围在中间……

我想,我一定糟糕透了。我根本不愿意让大家操心,我是向日葵刘,我要做个"好孩子",我要当个有用的人,可我……

这之后,我的成绩直线下滑,从一个年级的尖子生,直至可以退出重点班了。这个结果直接影响了我的父母,他们总是沉默不语,他们总以为我一定有自己的主见,我会变得和以前一样好。可是我的心无比疼痛,无比煎熬,他们越是对我好,越是迁就我,越是对我抱有希望,我越是心如刀割。可是,爸爸妈妈,我该怎么办呢?

我已经无法再继续了,爸爸妈妈真的让我感动,无论我怎么样他们都随着我,我干什么他们都陪着我。他们始终坚信,他们的女儿是有自己的想法的,是优秀的。所以不管怎么样,我应该为他们做出退让和改变。

从郑州到开封

初中二年级，我费尽周折，离开郑州，去了附近的城市——开封，重新读初二。

临行前，我和我的兄弟们抱作一团哭泣，我总是拥有最热烈的情谊，却在最热烈的时候分离。

我们的爱，是那么的纯真炽热，可分别只是一句"用理智，控制感情"。我的心，是多么疼痛！

开封，这个名字听起来很奇怪的城市。

有很多人问过我对于开封这座城市的印象。我想，任何人都不能去评价这个城市，因为任何城市都没有像开封那样饱经磨难。

2005年的《纽约时报》曾刊登过一篇标题为《从开封到纽约——辉煌如过眼烟云》的文章。当今纽约是全世界最重要的城市，可是在一千年前，世界上最重要的城市却是黄河边上的开封。

可是金代之后开封城屡屡被黄河淹没，洪水带来的泥沙使其成了名副其实的"城摞城"。历史上最著名的宋都御街就被深深埋在现在的御街下面。

这个城市不大，从最东头儿骑自行车到最西头儿，也不过是几十分钟。

因为它的地理因素，决定了它的楼房都不能超过七层。

这里的外来人口极少，几乎都是本地的老住户，平房很多，基本上一条街的人互相都认识。

开封好的企业很少，大多数市民都没有固定工作，所以很多人都做小生意，形成了很多小吃一条街。这里吃的东西很便宜，到开封吃小吃已经成为人们去开封玩的目的。

在这个完全封闭的城市里，有点想法的年轻人都不会待在那里，所以这座城市几乎只剩下了老人和孩子。然而还待在这里的年轻人，他们的青春骚动又无处发泄，便开始无聊生事地混着日子。

这是我生平第一次离开父母，离开家乡。

我和大姨住在一起，每天穿梭在这个充满故事却十分陌生的城市。

对父母的思念，对爷爷奶奶的思念，对郑州兄弟们的思念，让我变得低沉和压抑。我想，我那么信誓旦旦地要重新开始，不应该这么低落啊，打起精神来！

如果我爱他们，就要给他们一个交代，也不枉这离愁别绪！

刚到新班级第一天，班主任就让我在课间操的时候站在第一排，负责带队，他告诉我说，我想让你当班长。

我笑了，又是班长。

一个月过去了，月考成绩很不错。

异乡，异客

也许是插班生的缘故，同学们又好奇又热情地来和我交朋友。江山易改本性难移。我的侠义心气和江湖豪情，让我再一次对朋友来者不拒。

他们喜欢听我讲郑州的那些事，郑州的兄弟们，个个都成了我故事里的风云人物。有时候正讲着上课铃响了，一下课他们又赶紧跑过来让我接着讲。很快我又有了一大堆朋友。

依寒、木耳、翔子、刘宝、冯九、十三、淼淼、丽媛，我们总喜欢聚在一起行动。大家多半是河大(河南大学)的子弟，除了依寒和翔子的家人是医生，冯九的家人在河大承包了溜冰场。

每次考完试，我们几个人的名次总是挨着，从十五名排到二十四名。

放学的时候，我喜欢抽烟，蹲在黑黑的小胡同里，只有橘黄色的烟头闪烁，我出神地凝望着，感觉火苗的温度，这一份温暖，让我想哭，我想让自己彻彻底底地去静静地待一会儿。

当回到大姨家的楼栋门口，我会把烟藏在电表盒里或者花坛里。其实，这一切让我矛盾，可我不知道该怎么办。

我知道，我要做一个好孩子，就像以前那样，我要好好学习，起码不让大人们担心，爸爸妈妈那么爱我，我没脸再让他们失望了。

可是我自己变得越来越不认识自己了，我怎么就不能简单点呢？我怎么就不能什么都不想呢？我知道自己每天回家晚，都要让大姨担心，可是我只是想安静一会儿，我只是不想让他们担心我，所以我什么都不说，可是，可是我好难过，我觉得自己，压抑得快疯了……

我每天都会收到郑州的兄弟们给我寄来的信，虽然我们没有在一起，可是他们的一切都通过信纸转达给了我；虽然我不在他们身边，可他们现在每次聚会，仍旧准备我的酒杯，仍旧给我满上酒。虽然他们爱我、想我，那么想和我在一起，但他们还是支持我的选择，鼓励我好好学习。

我来不及回那么多的信，于是我每天写日记，无论多累、多晚，作业多多，我都每天坚持写日记。

点点滴滴，我一丝不苟地记录下来。我想告诉我的兄弟们，我其实并没有离开过他们一分钟，我时刻记着我们拥在一起的温度，金星小麦啤的滋味，离别时大男孩大女孩们的热泪，像铁水一样滚烫，烫得我现在还在心痛。

我是双子座，我有两个“我”。一个热情似火，一个困顿寂寥。在众人面前，我总是个癫狂的疯子。可是我的内心，在层层包裹下，是那份总也挥之不去的多愁善感。

我的这一背井离乡，让自己变得更加的悲春伤秋，抬头低头都是感慨。我没有那么多目标，我要考什么大学，我要比谁强，我要拥有什么，都不去想。

我的心里追求的是大多数人谁也不愿意理睬的东西，他们说那些看不见，摸不着。

可是谁能让我知道，究竟什么才是活着的意义，究竟什么才是不会改变的美好。我说我要的并不多，可是我却是个不切实际的傻子。

我不死心，可是我要忍着。因为现实当中，我是背负“任务”才来开封从头开始的，不要忘了……可是在内心深处，分明有一个压抑而变形的自己，她迷惘痛苦，每当这时候，我就赶紧叫醒自己，头也不回地离开她。

谁都有古惑的青春

不知道从哪天开始，也许是压抑太久了吧，我突然变得沉默寡言，且脾气古怪。虽然认真学习，却总是莫名其妙地去做一些让人接受不了的事，比如我上课的时候突然点一支烟，用玻璃去砸校长室的门或者和小混混们在天台抽烟打架。

有一次下了课，翔子、依寒，我们仨爬到实验室的楼顶，学校很大，而且这又是一个不会被人发现的地方，我们一人抽了支烟，上课铃就响了，便匆忙往教室跑。

在路上，一个叫乔麒麟的小混混和我们班的赵凯堵着我们要烟抽，我理都不理只管往前走，翔子和依寒准备掏烟给他们，我白了他们一眼。

乔麒麟和赵凯都是这一片儿的小混混，不怎么来学校上课，老师也不管他们，这种人总是个子还不到一米六就学大人穿个板儿装(西服)和一脚蹬黑皮鞋，脏兮兮的，就会欺负人，我打心眼儿里恶心他们这号人。

课间操的时候，我坐在自己的位子上嗑瓜子。

赵凯过来冲我嬉皮笑脸地说："你不是可兴(河南方言，牛气之意)吗？找人打我呗！找恁郑州的人打我啊！"

我一怒之下，把桌子上的瓜子皮连同纸一下子拍在他的秃瓢儿上，他站起来就朝我肚子上踹一脚，我当然不服气，抡起板凳就朝他砸，这时候老师正好过来，赵凯就缩回去了。我越想越生气，用脚把凳子一下踹过去，他又踹过来，凳子腿儿也劈了。

上课的时候我一直很恼怒，终于等到了下课。淼淼和丽媛过来找我，把我叫到了天台上问我怎么回事。

我们正在说话，赵凯跟来了，说："你找人打我呗，我可痒我可贱啊！"

我使劲瞪着眼睛冲他喊："我都不把你当人，打你不够恶心我。"

他突然一脚踹在我的肚子上，我愣了一下，攥紧拳头咆哮："再贱一下！"

他又踹我了一脚。他虽然比我矮半截，但毕竟是个男孩，而且又黑又壮，当然比我力气大，我打架不老练，稳不着劲儿，怒发冲冠，手脚就使不上劲了。

他一下子把我绊倒在地，用脚不停地踹我。

这时候依寒突然出现了，赶紧把我扶起来，说："好啦，好啦，玩过头了！"

我冲依寒骂道："你滚！谁跟他玩，他不是人！"

这时候，天台上的人都围过来劝架，我抠开依寒拽着我的手，奋力往前拱着，还要追着赵凯打。

依寒急得咬着牙抱紧我，我挣脱着，快把衣服给扯破了。

赵凯打过我就跑了，我气得浑身发抖。校服上全是土，跟土鳖似的，手表带也断了。

他们都以快考试的名义让我息事宁人。

上课铃响了，大家都机械地往教室跑，我和依寒在后面，我的气没处撒，冲着依寒就是一拳："你也是王八蛋！"依寒什么也没说。

那节是音乐课，讲台上的老师就像空气，有她没她都一样，教室里"听取蛙声一片"。依寒、刘宝、木耳、翔子、冯九几个人围着我坐了一圈儿，一直劝我，还说要"废了"赵凯。

但翔子的提议是，强龙压不过地头蛇，还是算了。

刘宝拍拍我的肩膀说："姐，别生气了，明天不补课，咱去依寒家喝酒。"

我白了刘宝一眼，还喝酒呢。

赵凯那些人都是龙亭这一片儿的小混混，现在上中学已经不用考试，毕业后就近分配，"歪瓜裂枣"都往一起撮。他的哥哥"老包"据说是这一片儿混混里面最厉害的，是个天天往"号儿"里进的家伙。

我想他之所以叫"老包"，是因为开封历史上最有名的人，那个铁面无私的包拯——包青天，河南的人都把包青天叫作老包。估计赵凯的哥哥觉得自己很牛，就把自己也叫"老包"了，他可能不知道，老包根本不是他们开封的人，只是在开封打工罢了。

放学了，我浑身是土，怕回去被大姨发现，就把依寒的桌布扯下来擦。

这时候十三过来了，见我满身的土就问："你打架了？"

淼淼说："刘，你刚才太不理智了！"

我朝淼淼嚷嚷道："我早忍够了！"

把淼淼骂走了。我和十三一路去车棚推车，遇见甜心儿，她是体育生，也是个混混。

她跑过来对我说："刘，甭硬撑啦，这儿不是恁郑州。"

她还明里暗里嘱咐让十三劝我。十三真的劝了我一路，什么要我变变脾气，

来新学校新环境，更何况我不是开封人，更要忍耐。

我回到家，削苹果的时候气得握不住刀，妈的，真应该扎赵凯胸口。

下午课外活动课。一个女孩，是跟着赵凯混的，叫“猪脸”。这是她的绰号，跟她真名谐音，而且她的脸长得很胖。猪脸跑过来冲我挑衅说：“你找恁郑州兄弟们堵我啊？”我说：“我才懒得理你，人家还好好学习呢。”

可我预感到事情才刚刚开始。

依寒、翔子、冯九、木耳、刘宝都来到了天台，不一会儿和赵凯一起的几个女混混也来了，他们没有找我说事，倒是去吓唬依寒他们。

还叫嚣说，晚上放学，学校前门后门都有人堵我，非打死我！

大伙儿都在想办法，说要把我送回家，我不想惹事，下周二就期末考试了，我不像那些混混，上学不上学都无所谓。

一打下课铃，十三跑出去要找高年级的朋友，说是要多找些人送我回去。

过了会儿依寒、翔子他们也来了，都围在高中部找人。冯九找了个叫高珲的混混，翔子找来了一个据说“混得很牛逼”的姐。

冯九说，先找人，不管找谁，多找点再说。翔子的“姐”让我先领着她找猪脸，问问到底怎么回事。

我们从一楼到四楼都没有找到猪脸。下楼的时候，在操场的电话亭遇见了刘宝和木耳，他们正在疯狂地打电话，要筹人过来打架。事情弄到今天这样一团乱麻，我有点烦了。

依寒一直陪着我说，别管了，人越多越好。

在小操场的走廊遇见了猪脸和爽子，她们见我带了“姐”来，吓得要跑。

依寒跑过去一下截着她们。她们见到“姐”，就开始胡扯起来，支支吾吾说不出个所以然……

“姐”很无奈，不知道她们想干什么，猪脸又开始和她攀关系，问您知道秦川吗？我是秦川的妹妹啊！听得出来，“姐”很厉害，后来我才知道她叫花玫瑰，猪脸她们当时亲切地叫她玫姐。

扯了半天淡，晚自习的铃声响了，那朵花玫瑰要回去上课，说是近来老惹事，被老师盯得紧。

十三一直陪着我。我们一回到教室，翔子就赶紧跑过来问我情况。我告诉他没有说成事，他让我放学再去。

猪脸过来嚷嚷："你让翔子找花玫瑰弄啥，你咋认识花玫瑰呢？你想打我？"

我告诉她："我都懒得搭理你，打你干吗？你不是说前门后门都有人堵我吗？"

下课后，翔子说他今天有补习班不能陪我找花玫瑰了，就交代依寒、刘宝他们一定要陪着我，说完便下楼了，还没等我们出门他又拐回来，说是不放心。

翔子还是亲自带着我去找花玫瑰，依寒跟着我，十三去召集她认识的人。

花玫瑰的班没有下课，翔子说这会儿人这么少让我赶快回家。可是十三还没有回来，我不愿意走，觉得就这么走了，太没骨气了。

冯九他们说："依寒去找十三，你啥都甭管，赶快回去！"

我不愿意走，就说："我的车在后门啊。"

他们着急起来："跑快点去截辆'面的'，你坐上就回家，啥都甭管。我们几个在这儿。"

十三去找人还没回来，依寒又去找十三了，一堆人乱七八糟的。

一出大门，他们就伸着手要截"面的"，我突然觉得不行，我不骑车回家怎么给大姨交代呢？

这时候前门还没有他们的人，以为没事了，我们藏到胡同的院子里，翔子实在着急上补习班走了，我恍然才想起来依寒今天也有课，眼看就迟到了。

刘宝和木耳决定一起去把依寒和十三找回来，就让冯九留下来陪我。冯九堵着门不让我露面。

很久，他们都没有回来，我突然看见花玫瑰推着自行车经过，我从冯九身后蹿了出来，冯九着急地在后面追我。

花玫瑰看见我问道："咋在这儿啊，啥都甭管，先自个儿回去啊！"

那个猪脸所谓的秦川在花玫瑰旁边，问我："谁想打你呀？"

花玫瑰奇怪地问他："猪脸没给你说呀？"秦川竟然一点都不知道。

我们正在说着话，不远处有人喊："那不是嘛，她在那儿！"

我们同时回过头去，看见不远处有一大帮人，刘宝和木耳早就被他们堵到那儿了。

木耳往我这边跑，给我打手势示意我快跑。

我还在犹豫，甜心儿窜到我面前说：“晌午我给恁说了，翔子要帮你，我就帮赵凯，要不谁都不参与。”

说一百圈儿，他们都是一伙儿的，铁定要闹事。

我们一堆人开始“码架”，连看车的人都围过来劝架。

冷不防，木耳大喊了一句：“好啦！今儿忒晚了，礼拜一再说！”

说完，木耳拉着我的手就跑，摸黑顺手在车棚拉了辆自行车，带着我就跑，因为是小胡同，也没灯，钻进去就找不到人，只听见身后的人死乞白赖地吆喝漫骂。

我紧紧地抓着木耳的皮带，他蹬着自行车奋力地狂奔，拐弯的时候车轱辘的泥瓦撞歪了，只听见一路上车轮“嘎嘎嘎”地疯响，我觉得我们像灵猫一样穿梭在小胡同里。

从七扭八拐的小胡同里出来，到了河大西门，木耳告诉我，他刚才打电话找他哥，可他哥电话关机，往家里打，被他大伯接着了，情急之下一糊涂把事情告诉了他大伯，回去铁定就是一顿打。

木耳一口气把我送到苹果园的十字路口，剩下一小段路，我要下来自己走回去，万一大姨出来找我，到时候谎话就编不圆了。

回到家属院，要上楼的时候，我把车钥匙藏了起来，回去告诉大姨我把钥匙忘到教室了，教室关门了，我是走路回来的，这下就编圆了车子和回来晚的谎话。

就这样，那天晚上算是没有打起来。

当然还不算完，隔天是周一，第二天就是期末考试。

白天简直没办法上课，猪脸、甜心儿还有什么爽子之类的女混混，上课下课都在不停地找我茬儿，冲着你骂一句啊，挑衅挑衅呀，一天之内我们都在不停地吵架。

晚上放学后铁定还有事，她们说的是依寒和我走得近，今天放学连依寒一起打。

连一直责怪我冲动的淼淼都气得要参加进来，依寒他们找来了钢管……

一圈人都乱套了。

终于放学了，大家让我想办法先回去，现在依寒也被卷进来了，我觉得自己像个祸源。

依寒塞给我十块钱，让我从学校跑出去拦一辆"面的"回家。"要不一个走不成，留到这儿俩都挨打。"

我坚决不走，哥们儿几个一起出了教室，商量在约定的地方会合，抄小胡同把我送回家。

冯九和十三帮我去推自行车，刘宝、木耳他们先去推自己的车再到约定的地方会合。依寒还在唠唠叨叨地赶我走，我拉他一起走，他使劲把我推出去几米远，于是我一人迅速往楼下跑。

路上我被猪脸截着了，她拉着我不让走："你怯啥？怯啥？走，去前门拆洗(商量)点事！"

我冲他们吼："什么意思啊？怯你？我偏要从后门走，你管得着啊？"

他们缠着我，我头也不回地往我们约定的地方走。我听见身后有人在追："拉住她！就是那妮儿！"

我一直不回头，从胡同出来，拐了个弯，怕后面的人追过来，毕竟这个时候寡不敌众，我进了路边的一个工厂。

天助我也，旁边正好有个小屋子，没有上锁，我一头钻进去，竟然是个旱厕，我藏在里面，不一会儿听见几个陌生的声音："她去哪儿了？""往左拐了？"一会儿又有人进来，叮叮咣咣的，我害怕地站在那里，一动不动。

过了很久，听外面安静下来，我趴在厕所门的缝隙上往外看，好像是冯九骑车过去了，他一定是来找我的。

我马上跑出来去追冯九，虽然还看见了路边蹲着两个猪脸他们的人，但是我已经顾不得了，大喊："九！九！"他掉了车头过来，我一步跨过去，拽着他的衣服坐上车，九就站起来蹬起车，飞快地过了马路。

十三在约定的地方等着我们，我们什么都没说，见了个胡同钻进去就跑，这里所有的胡同都是互相通着的，跑出去就是河大西门。

走了一段，我让冯九去找依寒他们回来，我和十三在这儿等他。

十三让我先回家，我说一定要等大家都到齐了再走。

我们看见胡同口还有几个看起来可疑的人走来走去，怕有人发现我们在这儿,我就从书包里面掏出一张卷子和十三在煤厂门口拿着看。

很久,冯九回来了,没找到依寒他们。也许走散了,只要他们平安就好。

十三陪我走了一大段路,就拐回去了,她不和我顺路。

冯九把我送到了苹果园的十字口,我开始飞速往家赶,因为又回去晚了。

第二天上午不上课,下午直接去考试。

进考场之前,猪脸一伙儿来到考场找到我又开始叽叽歪歪地挑衅,我没有理睬他们,径自进了考场。

考试还挺顺利,没有不会做的题,但那些小混混不到二十分钟就围到我的考场门口,叽叽喳喳地说:“就是那个妮儿!”“就是她,一会儿就堵她!”……

我现在连找人的机会都没了,要不告诉监考老师吧,但是始终没有开口。

交了卷子,我硬着头皮出了考场,那几个叽叽喳喳的人就围了过来,说要找我到前门谈谈。

下楼的时候正好碰见要来找我的十三,这几个混混使劲儿推十三,让她走开,说这儿没她的事情。十三抓着我的胳膊,硬是要陪着我。

出了大门,马路对面聚了一堆奇形怪状的小痞子,跑过来了一个男孩儿,缠着十三把她拽走了。

我听见他冲着十三吆喝:“我劝你多少次了,你管个屁啊!”这时从马路对面过来了五六个人围着我,把我拉了过去。

坏菜,只剩下我一个人了。他们把我拉到小胡同里停了下来,接着那一大群奇形怪状的男孩女孩都围了过来。

一个看起来粗壮的女孩,袖子撸得老高,冲我喊:“说吧,群挑还是单挑?群挑的话你现在去打电话叫人;单挑的话你在俺这里选人,赢了的话你就过去!输了的话,一圈人打你一个!”

我心里烦,没有理她,说:“干脆考完试,周五下午解决吧!”

旁边人开始议论纷纷,说没时间呀怎么怎么……

猪脸站出来说:“不中!就今天!”

人堆里冒出来一个声音:“快打吧!猪脸,你开第一炮!”

我僵硬地站在人群中,还没等我反应,猪脸已经掴了我一耳光,我觉得浑身麻木,眼冒金星,没办法反抗,周围二十多个人包围着我。我心里想,死不了人,反正会过去的，先忍着，君子报仇十年不晚。

接下来那个袖子撸得老高的女孩过来一脚踹在我腿上。

这时候过来了几个成年人，大喊："干啥咧？干啥咧？打110了啊！"

这些奇形怪状的男女闻声就往胡同外面跑，但是还不忘抓着我的衣服，在路上不知道谁又踹了我一脚。

这里到处都是小胡同，拐来拐去的，他们要把我拉到一个叫四方坑的地方，那条街叫作阳光街，我知道四方坑曾经是阳光湖，现在已经变成了大垃圾坑。据说这个叫四方坑的地方在这些年轻人中很著名，几乎是他们的角斗场。

到了四方坑，天已经黑透了，只有远处街边一排排昏黄的路灯在发出光亮，我觉得昏天黑地，被一脚踹倒在地上，他们只往脸上踹，往肚子上踹，拉着我的头发往脸上掴，因为天黑，掴一下便眼冒金星。

别说攻击了，连防御的机会都没有。

不知道多久后，有个年龄看起来比较大的男孩把我从地上拉起来，他们都叫这个男孩"老包"，他就是赵凯的哥哥。

我背起书包，站起来冲那几个女孩喊了句："完了？不打了?！"

那个老包说："甭吭了，叫你走就只管走！"

我走了，眼睛有点看不清楚路，跟喝了一斤酒似的，跌跌撞撞地回到了家。大姨和哥哥正在等我，他们看见我脸肿了，身上那么脏，一下就知道是怎么回事了。

他们十分气愤，大姨说要到学校找老师、找猪脸，哥哥也要去找猪脸报仇。

生活大爆炸

第二天下午考试，我答应大姨上午在家乖乖复习功课，她中午送我上学。

但是我还是忍不住，给郑州的哥们儿打电话，他们听说后气炸了锅，要立刻召集人来开封！兄弟们的热血豪情势不可当。

中午吃饭的时候，家里面的话题就是我的这件事情。吃过饭大姨去上班了，但是我还没有去考试她就回来了，她说请了个假回来，要把我送到考场。

我进了考场,大姨去找我们班主任。第一场考完,淼淼和十三跑过来找我。

十三满脸是泪搂着我说:“他们这么不是东西,不能饶了!”

考完试,我和丽媛在学校的传达室等大姨来接我,没想到大姨从教学楼出来了,原来她一下午都没上班,在处理这个事情。大姨带我一起去办公室,但是没有见到猪脸,我们一起和老师谈了一会儿话,老师也只是要通知猪脸的家长。

从办公室出来,我们在学校门口碰见了猪脸和她的那群人,猪脸吓得想跑,因为先前她被老师叫到办公室,老师让她去考试,而她没有考试就逃跑了。

我和大姨拽着猪脸往办公室拉,周围的小混混还和大姨吵架,我们不理他们,只管拽着猪脸,在路上我和猪脸骂了起来,猪脸竟然对我大姨说:“刘雯抽烟,我想告发她,她就叫了几十个郑州人来堵我,我才打她呢。”

她在陷害我,我和她又差点儿打起来。

她对我大姨说:“阿姨,要不找个人问问,刘雯是不是抽烟了?”

我生气地冲她吼:“你少胡搅蛮缠!干了就干了,编什么呀?”

到了办公室,猪脸死咬着说我吸烟了,别的什么都不提,还大声吆喝:“刘雯抽烟,还带着依寒、冯九、刘宝、木耳、翔子他们一堆人抽。”

老师让我们去学校对面的铁塔派出所报案,她负责联系猪脸的家长。

我和大姨直接去了那个派出所,猪脸的那群人没有散去,一群人围在校门口看着我们。

我们对警察说了情况,正好他们也在查这帮人的事情。

警察立刻出去,把爽子和猪脸拉了进来,一人一个屋子开始审问。她俩早已串供,什么都不提,都说是我揍的她们。

派出所让我回去写材料明天送来,就是写我挨打的经过。

晚上大姨又去所里了,爽子和猪脸已经被放走了,大姨说猪脸她们在所里说的和向老师说的一样,说因为我吸烟的事情。

第二天早上,我和大姨醒来就去派出所送材料。

到了所里他们对我的态度显然不如昨晚,就是因为猪脸说我抽烟。

警察让我站在外面等着,要单独和大姨谈谈,我在门外听见“你家小妮儿还抽烟?这可见她的行为……牵连到政治……道德……”

我在外面气得捶胸顿足,真想进去拍桌子和那警察理论一下。

我想起来大姨的话:“你别总是在谁面前都那么硬,说话别那么横!”我只能在外面着急得团团转。

大姨出来了,警察把我带到另外一个屋里,开始让我回答案件经过,问了一个多小时才出来。

这时候猪脸的家长来了,她爸爸腿有点瘸,是拉大板车的,她妈妈做小买卖,他们态度倒是还不错,他们全然不知道他们女儿在外面的表现,失望得直叹气。

从派出所出来,他们带我到了好几家医院看病,一会儿拍片,一会儿开药,一会儿做检查……我一句话不说,耷拉着脑袋,让走哪儿走哪儿,像只待宰的羊,心里烦闷。

下午还上课,到了学校虽然还有女混混来挑衅我,有好事的人来打听情况,我都没有搭理他们。

十三见我状态不好,依寒、翔子和木耳他们觉得没有帮上我而过意不去,一直不敢过来和我说话。

十三说:“要不,你混吧?放寒假到文化宫、龙亭街那儿玩……”她说着哭着。

放学,那些小混混在大门外,见了我还在吆喝。

十三和淼淼拉着我,让我别冲动,只管走。

我哪还会冲动呢,我已经厌倦了,烦得车都骑不动了,一个人飘飘悠悠往家走,心想再别发生什么了,累死我了,烦透了。

“混”回郑州

人越是想安静越是安静不下来,快到家的时候,在一个转弯处我出了“车祸”。

我的自行车前轮,被一个拉屎尿桶的三轮车轧成了“C”形。

我快崩溃了,不想让大姨发现我又出这种事情,就拉着骑三轮车的让他“赶快”把我的车轮修好。

我回到家,刚一进门,哥哥就冲我发脾气,说大姨请假去接我,找不到我,刚才急得团团转，心急火燎地又骑车去找我了。

终于把大姨找了回来，我成为一个罪魁祸首，被结结实实地责怪了一通。

次日中午，没有到下班时间大姨就回来了。她说上午去了学校和派出所，派出所的人已经和学校政教处联系了，下学期开学典礼要把这件事情公布，连哥哥的班主任都知道了。

放学，我在楼道里碰见了大姨，没有料到，我往下看竟然看见了爸爸。

他正在打电话，我惊讶极了，当初还是大姨怕我爸爸激动，叫我们不要告诉他这些事情，而现在他怎么知道了呢？

原来郑州的那帮哥们儿，他们预谋集体旷课来开封打架，被老师发现了，听说是要去开封，老师一下子想到了我，就给我爸爸打了电话。

爸爸找了人管这个事情，他们说这件事情难做，因为猪脸一伙都还不到十四岁，法律没有办法制裁。

爸爸临走的时候说，过几天我放假回郑州就别再找郑州的兄弟们了。

我情急之下说那放假就不回家了。

晚上回到家，大姨、哥哥和我一直在交谈，中心内容就是“混”和“打架”。

哥哥支持我待风平浪静后打猪脸一顿。我向哥哥一再重申我没有“混”，在郑州没有，在开封也没有。

我真的没有“混”，但哥哥压根儿不相信。

他还冲着我嬉皮笑脸地叨叨：“刘雯姐在二十三中混得可兴呀！”“刘姐姐在四十五中混得可厉害呀！”

“混”？

什么是“混”？！

我没混，我没混……哎……

可这些做过以后，我自己都难以置信，这是我吗？因为我根本不愿意这样，我是在和谁较劲呢？

可想而知，我又让班主任失望了，我又让大姨失望了，我又让父母失望了，我让他们统统都失望了，失望了，失望了……我这样做，只会让更多的人不理解我，我自己都不喜欢自己。

我不沉默寡言，也不是一个脾气古怪的疯子，我也渴望平静，渴望与人交流，极度渴望与人交流。可谁又能懂我？我真的不是坏孩子，我是多么不希望让人失望，我是多么爱我的父母……

还是因为文学，我和我的语文老师开始私下交流起来。

张老师，四十多岁，不了解的时候，她是个清瘦严肃的女人。可慢慢了解了，我感到她是那么浪漫温柔，她也是那么偏爱我、理解我，愿意听我诉说。她为我的每首诗歌而感慨、感动，她说我一个十四岁的柔弱女孩，内心却像一个饱经沧桑的中年男人。

她总是邀请我周末去她在学校附近的家。穿过一片幽静的绿树，美丽的葡萄藤下，一壶清茶，一份情思，一段浓浓的忘年交，一曲悠悠的师生情……这也许是我那段岁月中，唯一可以让灵魂宁静栖息的地方。

也许老天真的在不停地考验我，我越是贪恋什么，就越要一次次让我因为什么而痛苦。我重情重义，所以我的生活就总在爱与离别之中交织。

开封，开封，我来不及抓紧，来不及品味，我又要走了。

那一条条幽深的胡同，在昏黄的天空下显得那么静谧，时间好像一下子就停止了，那里的一切是那样舒缓，那样怅然。

初三的下学期，因为要回户籍所在地考高中，我又回到了郑州上学，还是之前那个学校，老师还都认识我。

⊙路在何方

毛遂自荐的高中

我一直都把“执着”当成一个积极的词，甚至写在纸上贴在明显的位置，告诉自己，一定执着，不言放弃。所以我如果决定做什么，就必须不顾一切地要做到最好，要不我觉得自己什么都没做。

可是事到临头我才突然意识到，我也要考高中了，才发现原来有的人那么努力上学，是为了考个好高中，将来考个好大学，这是他们的梦想，所以他们可以心无杂念，能够简单而努力地去读书。

可是我呢，我没把这些当作我的理想，我想都没想过这个问题，却突然要面临和他们一样的境遇。

我这是身在曹营心在哪儿呢？既然考学了，我就不容许自己去随便上一个学校。可是我心里清楚，这么多年过去了，我一点都不快乐，我根本就不愿意这样去学习。

我还得继续这样的生活吗？我的青春就是这样的吗？

我纠结啊，但根本没办法说出口，没办法告诉任何人，特别是我的父母，他们已经为我付出够多的了。

我无法忘却，在开封上学的日子，爸爸妈妈每个周末坐火车来开封陪我。我那娇小瘦弱的母亲，每天起早贪黑地上班，每个星期就休息一天，也总是掂着大包小包的生活用品和营养品，大老远来开封探望我，无论风吹雨打。

我在开封住的楼房是临街的，每个周日的中午，我还没起床，就会听见那熟悉的声音，是妈妈在楼下叫我的名字。楼下就是站牌，她总是一下公交车，就迫不及待地冲着我的窗户喊。

那是我最期待的时候，也是我内心最痛的时候。我欠她的太多太多……

在开封的那年暑假，学校补课，爸爸请假来陪着我，给我做饭。我住的房子没有空调，只有一台吱呀作响的鸿电扇。每天我从学校回来，就会看见刚刚烧好饭的爸爸，一动不动地躺在床上，直冲着电扇，可仍旧满身是汗。

这些镜头，深埋在我的心底，不断刺痛着我。我是那么爱他们，想要成为他们的骄傲。可是却做着让自己、让他们都不开心的事。

那时候，正好赶上“非典”，体温高的人都得回家，我每天郁郁寡欢，头昏脑涨，我巴不得自己生病了，正好回家待着。我用“生病”当作逃避现实的借口。

日子一天天逼近，真的快要中考了。

因为怕浪费时间，父母干脆在学校附近借了房子，我真的已经无路可退了。

可我对自己的水平最清楚，我每天根本就无法全心全意地去学习，更准确地说，我这些年根本就没有全心全意地学习，我迷迷糊糊走到了今天。

可事到如今我该怎么办呢？我不可能再让父母为难了……

于是一天下午，我向老师请病假。背起我的跑鞋和画夹，带着从小到大所有的奖状还有所有发表的文章，骑着自行车去各个高中直接找校长，我决定——毛遂自荐。

这件事，我没有告诉任何人，只是想先自己试试，如果有结果再告诉家人。

我边问路边赶路，去每所高中，一进校园就问校长室在哪儿，因为我也没有一个明确的目标一定要去哪个学校，如果当时校长不在，我就视为无缘，然后继续去往下一个学校。

我看到几乎每所学校，领导的办公室门口都聚集着学生家长，拿着钞票和礼品，为了给孩子求一个好的未来。

我低着头看看自己，背着书包、画夹，脖子上还挂着跑鞋，嘴唇干裂着，头发被风吹得乱蓬蓬，像一个小丑。我不禁自嘲起来，可是我清楚，这是我自己必须要做的事，自己选择的路，必须自己承担。于是，我拎起这些行头，跨上自行车，继续前进。

又到了一所高中，正好他们在大门口进行招生宣传，摆了一排桌椅，坐着几个老师。

我就跑过去向他们介绍自己。也许他们从来没有见过我这样的学生，立即对我产生了兴趣，拿着我的文章传看，又打开我装奖状的袋子，啧啧称赞起来。

有个老师叫来了更高一级的领导，那个领导一见面就说很喜欢我。我告诉他们,我可以参加特长考试。当时美术和体育特长是可以加分的。他们安排我下周来学校考特长。

结果,我美术素描和体育长跑特长都过关了。对于我这样的学生,校长亲自向我承诺,高中开学直接来报到,而且把我分到重点班。

就这样,我进入了高中。

感谢那个仁慈的校长,感谢那些给我机会的老师。

一条心不甘情不愿的路

我做的这一切,只是想给父母一个交代,我见不得他们两人为我失望的眼神。

我的高中已然开始。

开学第一天,新生入学大会,校长特别安排让我代表全体新生发言。

高中生活还没开始,我已经成了校园名人,成了所有领导和老师重点培养的学生。

我再次被人寄予厚望。

虽然我一直在寻找我自己,我到底想干什么呢?我的位置在哪儿呢?可我却被现实逼迫着往前走,走在一条心不甘情不愿的路上。

班主任王老师,教我们语文,她长得很漂亮,也很年轻,我俩一见如故,聊理想、聊文学,课下无拘无束和朋友差不多。

那个时期我住校,到了晚上,总是看书或者听音乐到很晚很晚。平日里沉默寡言,一个人的时候却天马行空,我把自己沉浸在音乐里,沉浸在文字里,沉浸在某个故事里。

可是每每想起,我绝对不能做一个不负责任的人的时候,我便不能擅自打算自己的生活,心中又不禁疼痛起来。这种煎熬和撕扯的感觉,总让我痛不欲生。

我晚上总是彻夜不眠,导致早上根本没办法按时起来和大家一起上早自习。我经常把自己藏在被子里,以为这样藏起来,检查寝室的老师就不会发现我。

我几乎每天迟到，有时候脸没有洗，头发乱着就匆匆跑进了教室，让老师和同学们哭笑不得。

记得有一天，我一个人在寝室，朗诵我自己的诗，我一边原地转，一边喊："我转啊转啊转，这个世界就模糊在我眼前。"然后突然摔倒在地上，大声哭喊起来。

当时我还是学校学生会的文艺部长，我"借用职权"，在学校的广播站放 Pink Floyd 的 Another brick in the wall，把声音开到最大，生怕漏掉了谁的耳朵！

> We don't need no education.
> We don't need no thought control.
> No dark sarcasm in the classroom.
> Hey! Teachers! leave them kids alone!
> Hey! Teachers! Leave them kids alone!
> （我们不需要教育，我们不需要没有思想的机器，我们不需要教室里的讽刺。嘿，老师，请离孩子远点。嘿，老师，请离孩子远点……）

是的，Hey! Teachers! Leave them kids alone! 所以我开始在上课的时候，想去厕所了就直接起身，饿了就直接拿出面包来吃，想睡觉了拔腿便走。

因为我不理解，为什么饿了不能吃，想上厕所也要集中在一定的时间。难道我必须当一个流水线上的产品？我是个批量生产的人吗？

看过恐怖片吗？一会儿死一个人，一会儿死一个人，真是把这变幻莫测的人生演绎得淋漓尽致。我越发觉得，那是伦理片而不是恐怖片了。恐怖片是人生的一种浓缩，一种讽刺或者是无奈的呐喊。

我活得"不爽"，因为我是一个醒者，吃安眠药多了，现在产生了抗体，再吃也没有用了——骗不了我的大脑！

你想想，一直睡着还好，一旦醒了看到了一切，再强迫睡去——也全是噩梦！

难道这就是鲁迅先生所说的,“做一个醒着的青年”的日子吗?

我就是贱,高度近视,眼睛还那么尖。什么都被我看见!

我就是贱,活着不爽,还那么想活着!

我几乎忘记了吃饭,疯狂地啃着苹果,无论何时何地。因为不知谁说了句“苹果是‘平果’,可以保平安”。我觉得现实的变幻使我眩晕,我要以此来满足“平安”的希冀。

可是我越吃,胃越是痉挛。这样活着,分明是在扯淡!

我根据自己的喜好,特制了一个课程表,我认真起来可是心无旁骛。该学英语的时候我就抱着字典,看简单的中英文对照小说。我每天都听欧美音乐,正好以此练习听力。

我学外语,并不是为了出国,也不是为了考证。仅仅是因为我想看到更多地域的文化,我对世界的每一个角落和历史充满了好奇。

除此之外,每天我都在看各种小说和科普读物。更开心的是我让自己无拘无束地写诗作画。

我一个人坐在教室里,又是我一个人。同学们都在操场上,做着被别人安排的动作,那叫作“集体活动”。而我,选择了独自坐在教室里。他们在“体”育,我在“脑”育,我的脑子总是不停地转啊转啊,别人看我其实就是在发呆。

我一个人,徘徊在教室里,但我总是不禁张望窗外或者听着门会不会被突然推开。我再一次感到,我处在自己编织的茧中,心中不甘寂寞,但是又不屑于寻觅知己。

也许孤独早已成为我的属性,于是我还自嘲地对自己说,寂寞是属于寂寞的,如果有人共鸣,那还是寂寞吗?可是这句话,我还是用了问号结束。我的坚决,是那么力不从心,我是多么期望有人能突然来到我的面前,告诉我“不是的”。也许我不应该去奢求,而是应该去守候,即使我一生拥有的只是守候。

我不知道自己当时是什么动作,但我知道我走得很认真,感觉很舒服。我也发现我现在企盼的已经不是快乐和轰轰烈烈,而是平静。

我踱步到了教室最后面,静静地张望黑板和五十几张桌椅,桌面上堆得满是书本、文具和试卷……这些没有任何生命的东西,却主导着有生命的人。我们的青春,我们的时间,就和这些东西耗费在一起,也许我早就该觉悟,我的今天、

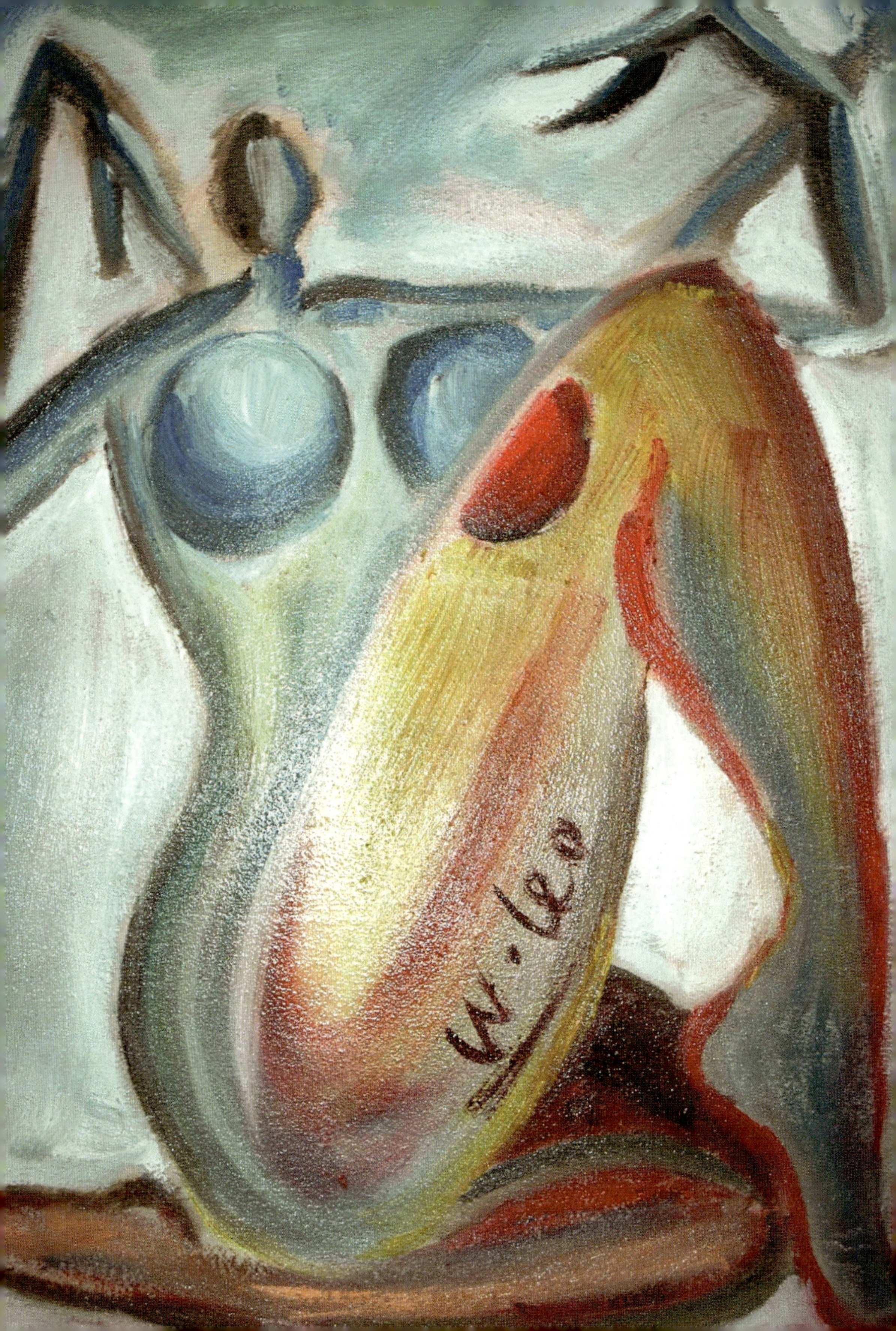
W.Leo

明天乃至一生，都要让我巩固着麻木、麻木、麻木……

我怎么总这样想？我不想再去追问自己，即使问出来又能怎样？事实还是要和他们一样待在这里，倒不如让我心中的答案静静躺在心里某一个部位。

我不想再想，我感到很累，身心都很疲惫。我每天都在做着同样的事情，把我的身体，送到一个其实并不想去的地方。

每个人都这样吗？难道这就是生活？生活就是生硬地活着吗？

现实中，我已然变成了全校的大怪物，就这样恶性循环下去，我感到自己离最初已是越来越远，我告诉自己，我不是一个不负责任的人，我也不是一个懦夫或白痴，我应该继续追寻，勇于抗争！

也许我是个孤独的战士，可是我要勇敢起来，我不能这样继续颓废下去了！

寻找同类

现实总有那么多的规则和条条框框的限制，而我的生活却总也无法安放进任何一个框框里。

我总是在做冒险的事情，时常的结果——翻车，搞得我头破血流。

有人说“生活要多姿多彩”，那么我额头上的血迹是否很让人羡慕？

因为我是一辆时常越轨的破车，所以谁都懒得为我擦去身上的血渍。可偏偏我自己的手脚，又不知道被谁偷偷地取走了。

我只有从麻木的呆滞的眼眶里挤出泪，用泪水冲洗掉满身的血渍，不知是痛苦还是痛快。有人说，再迷惘无知的人也不会违背自己！可是我的泪流进了伤口，汗水浸入了伤口，为什么痛得我看不清楚天空的明暗？

我刚要呐喊，却哑然失声。是谁掠夺了我的声音？我疲惫，我无法判断。

我有满腹的热情，可表现出来的却是孤独、冷漠……

我是个孤独的战士，我不愿当个一事无成的“废人”，我多么需要那属于我的沙场，以及与我并肩的战友……

我只是很想做有意义的事情，害怕自己浪费青春，所以才会如此抗争。

可是在别人眼里，我就是个问题学生，不好好学习的人，不过，随便吧，随便吧，我懒得解释。

我渴望交朋友，喜欢交朋友，而朋友们回报给我的更多的是对我豪情仗义的尊敬，可在内心深处很少有人能和我产生真正的共鸣……

但我始终相信，我可以遇到知己，我所渴望的都是最美好的，好的东西不是那么容易得到的，所以我会更加努力地去追寻。

我到处打听，有没有同样喜欢 NIRVANA 乐队的人，有没有人喜欢一个叫盘古的乐队，有没有喜欢荷尔德林诗歌的人，有没有人喜欢看王小波的书，有没有人喜欢圣雄甘地……我恨不得见人就问，可是却无人知晓。

我像是疯了一样，不上课偷偷跑去网吧上网，我试图用各种方法去捕获一个同类。

我很累，因为总是没有结果。我很矛盾，因为我又在做“大逆不道”的事，又在逃学，背着父母干“坏事”。

我很狼狈，因为我遇到的总是把我当作无知少女的一些莫名其妙的人。也许，我真的只是个无知少女，失足青年……

记得那一晚，我从网吧出来，已经过了寝室关门时间，我回不到学校的寝室，更不能回家……我像一只狼狈的流浪狗，游荡在大街上，我好困。我的孤独和痛苦，已经渗透了我心中的整个宇宙……

我决心做一个网站，把热爱摄影、美术、音乐、写作的年轻人都聚集起来，我相信一定还有和我一样的年轻人存在，如果我们不能彼此拯救，那就彼此温暖吧。我希望这样的年轻人能聚集在一起做点什么事。

我听说高三有个人也听摇滚，便立即四处打听那个人，主动去找他交朋友，结果那个人并不是我想象的那样喜欢音乐，腼腆得说不出来几句话。我到现在已经忘了那个人的样子和名字了。

我天天口袋里揣着粉笔，在墙上、栏杆上、柱子上，随处可见的地方，都写上几句我的诗歌，我只是希望能有人和我产生一点点的共鸣，我是多么希望有个心灵的朋友。

同年级的 Lee 同学在学校计算机课的电脑上，看见了我上课写上去的文章，我们就这样认识了。

当时还没有博客，他决定帮我做个人主页，或许这样就可以有更多的机会与人交流。那时候，我把做网站当作一件很重要的事，我俩总是逃课去他家做网站。

有一天我忽然想起来，很久以前有张报纸上登了篇报道，一个郑州退学女孩出了本书，我想我一定要和她交朋友，我们一定能成为朋友。

我回到家疯狂地找这份报纸，按着报纸上的电话打过去问这个女孩的情况，却无人知晓。

我当时不顾上课与否，用两个小时骑着自行车从学校到报社挨着家地打听。后来有人告诉我那个女孩的名字和在郑州的大概住址。我就开始了大海捞针般的寻找。我摸到了大概位置，然后在那条街挨家问。

功夫不负有心人，几天以后，我找到了那个女孩的家，可是她不在家，亲戚说她去旅行了，几天后才回来，于是我给她留了一封信，开始了漫长的等待……

她就是晨，其实她自己住，总是一个人在家待着，弹贝斯、看书、听音乐，她待我像妹妹一样，我们很快成了很好的朋友。

我很喜欢去她家，她家里有各种我买不到的书和打口碟，我总是跑到她家里自由自在地听音乐、看书，晨就坐在床上抽烟，我们无拘无束，哈哈大笑。

还有一个朋友是志颖。当时她在《郑州晚报·校园版》工作，她来我们学校约稿子，数学老师介绍我们认识。从那以后，自行车成了我和志颖联络友谊的工具。我总是不上课，用一个小时骑自行车去报社找她，我就在报社里待着，看着她忙来忙去，也不愿回学校。

其实我这样不伦不类地混日子，自己心里也挺难受的。我真的想要把自己想个清楚，我应该去大胆追逐，我不要再戴着枷锁跳舞，多么可怜，多么卑微。我多么热爱生活啊。我要离开这个牢笼，我要去走一条真正属于我的路。

至于爸爸妈妈，你们那么爱我，不就是想让我快乐吗？可是我现在快要没命了，我只是不想枉费你们给我的生命，所以我不愿意再苟延残喘一分钟；所以，就算我现在没办法给你们交代什么，可是我相信，有一天你们会明白，于是我愿意，忍辱负重，坚持到底！

继续，不继续，这是个问题

当我告诉了班主任我要退学的想法，班主任很无奈，她让我再想想，我说不用想了，要知道从十三岁开始，到现在我已经憋屈了好多年了。

我看她很为难，于是我直接去找当时那个收留我的校长，他惊讶得半天说不出来话，最后他说，你去找你班主任，你们好好谈谈。

结果没有任何人答应我退学。

我认定的事，不达目的决不罢休，一改沉默寡言的抑郁状态，我突然间变成了一个满身火药味儿的愤怒的疯子。我用一切我能想到的行动去抗争，故意去做些出格的事情。

我把头发烫成了爆炸式，在耳朵上扎上耳钉，老师让我当众去掉耳钉，我就立刻又去多穿几个耳洞。打耳洞的老板说，一次不能扎那么多，我就偏让他快点扎上去。我就是为了作对，作对，作对！可是我在跟谁作对呢？到头来，遍体鳞伤的只是我自己……

我漫天遍野地写批判应试教育的大字报，高喊着，什么人类进步的阶梯，简直是抹杀我们灵魂的刽子手。

我憋足了力气要折腾个翻天覆地。

可想而知，我的这一壮举，不单学校起火，家里也着了。

周末回到家，见我的爆炸头，我爸直接爆炸了，他气得喘着粗气，恨不得把我的钢丝头发给一根根拔下来。

我知道我没有理由说什么，我们都很痛苦。他爱我，我也爱他啊。就这样痛苦着都痛苦着。

像是一把温柔的手枪。虽然爱，却在彼此伤害。

我不知道为什么总是把自己搞得这么复杂！我越是累了，事情就越是把我往死里推！难道我就注定要这样活着？

我怎么会把头发给烫成这样？爸爸最近手头紧张，他把钱给我让我住校的时候当生活费，我竟然用很多钱做了一个自己也不喜欢的头发，这简直就是跟爸爸开了一个天大的玩笑！这的确是大逆不道，我没有一丁点理由为自己开脱，我恨不得让他打我！真的！

我知道自己是个没有退路的人，无论前面多么艰辛，我都得往前走，起码我知道那个可怜的学校和可怜的我之间根本就不合适，我快疯了！

在那个不合适我的环境中，即使原地不动也会引来很多麻烦，因为我根本不属于那里，我一踏入校门，就好像踏入了我灵魂的禁区，我难受，而他们也用异样的感觉来看我这个异类，我不属于这里，不属于那里，那我属于哪里？

我一个人，坐在冬日的阳光下，马路边，我看见所有的人在我眼前，忙忙碌碌、面无表情地飞快地穿行着，他们的灵魂属于肢体，所以他们无所谓却又很介意地活着，我想回忆我自己的快乐，却怎么总感到自己是在地面上飘忽呢？我怎么就回不到你们的世界当中呢？

我戴上耳麦，又响起了属于我的声音；我闭上眼睛，看见了属于我自己的画面；我捡起树枝，写下了属于我自己的字句。我突然间看到了自己的脸，她在对着冬日的阳光微笑，我眯着眼睛沉醉在我自己的小小的幸福当中……

一切都是昏黄的，我感到每个人都是模糊的，然而他们又凝结在一起，和这空气、这阳光、这枯枝败叶、这噪音、这垃圾……

如果我不去奋斗，就不该有思想；如果我不成功，我的思想就将变成我青春的罪证！所以我一定要坚持，要努力，直到成功！这么做不是替自己证明什么，而是要让父母有那么一点点安慰，让他们觉得没有白白养活我。

很久以前，我自命不凡，后来我开始质疑，之后我又认为自己是个不知天高地厚且一无是处的疯子。但现在，我一定要努力地换来“我是一个有用的人”的名分。

周末回家，我想，我总算可以看书了，不用管熄灯时间。

可是妈妈一直催我睡觉，说早上还要起来上学。我就想，我还是得去，那有什么意义呢？我去那儿，他们在讲卷子，对于我来说又有什么用？

也许什么都没有意义，我都不应该提“意义”这两个字。本来什么都没有意义，我不再想这么多，难道能相安无事维持表面的平静，就是现实意义？

我的天空在哪里

一看见学校的大门,我就像犯病一样浑身难受。我提着书包,站在马路对面,自己嘟囔着说:“我怎么又来这儿了?”

我站在大门口就开始思想紧张,就开始扫视四周情况,我怕遇见老师和校领导,他们总把我这只可怜的羊当成狼,把我当成害群之马。我是多么痛苦啊,我真是个操蛋货。

我看见政教处主任在传达室里面看报纸, 正好一个老师向我迎面走来,我便下意识地让那个老师走在我和政教处主任的中间,我知道当政教处主任抬起头,这个老师是挡不住我的,可是我还是这样做。我在学校都躲成习惯了,都躲成条件反射了!

我知道,我根本就和这里格格不入,我自己别扭,别人也别扭。就像在家,我别扭,父母也别扭。我怎么了?我是哪根筋不对了?我是不是应该去看医生?是不是啊!

操场上尽是领导,我机械地低着头,还把围巾往上拉拉,只露出眼睛。难道这样别人就认不出我了?反正我心里会安稳些。我突然认识到,如果我一直这样活着,我的神经会崩溃的!天天提心吊胆,我快疯了!

我完全可以不这样,但是我不想给我亲爱的班主任添麻烦,我不想再让爸爸被气得大喘气、妈妈为难地满脸沮丧!

可我?咳……我想起一首歌里的歌词:“我无为,却想无所不为。我在梦游,我在沉睡!”那我的梦什么时候才可以醒来?这个梦也太长了吧!我这是在拿我的生命开玩笑啊!我都快十八了,不想再这样了!

我走到班里,那会儿还是早读时间,还有二十分钟才下课,我刚要推开门,又缩回了手。我不想因为我而影响别人,否则我会有负罪感的。

因为我不适合这种生活,只是我自己的问题,这跟别人无关,我不想连累别人。还有今天是班主任的早读,我踮着脚,扒着窗户看见她站在讲台前,心中更是产生了“罪大恶极”的感觉。

她对我一直很理解但又很无奈，这给她带来了很多麻烦！我就不应该让她对我抱有希望的，也不应该使她一次次地失望，我说的是在学校的纪律上面。我真的是一无是处的混帐吗？

我这一次次的抗争，难道不是生命力的体现吗？可现在他们需要的是墨守成规，而不是抗争，所以我错了！

于是，我干脆选择站在教室外面。从书包里面拿出本子，开始写诗，我想写点东西，况且现在也只能这样！我不停地环顾四周，竖着耳朵听周围的动静。

我怕那些认真负责的领导上来巡视，如果看见我站在门外，一定又要给我亲爱的班主任添麻烦了。然后他们会教育我，听话，听话，听话，听话，乖！！！教育，教育，教育我！！！可我好冷，我冷，我起鸡皮疙瘩。

终于打下课铃了，班主任出来了，我竟然犹豫了一下，不好意思地看着她。她说她以为我今天又不来了。我说我早就来了，就是不敢进去。她笑了笑，无奈，我也无奈。我是真的不敢进教室啊，我想哭想笑！感觉快窝囊死了！

那个时期，我一直坐在讲台旁边的那个单桌，这个座位是我向班主任争取了半个多月才得到的，之所以我自己坐在这里，是因为我怕会影响别人，比如我上课看我自己的书或者写诗，都会激起他们的好奇心，我不想连累别人。

我知道自己根本就不是什么英雄、什么战士，我现在也不愿意做什么英雄，我现在连一个安安稳稳的人都做不成！我的美术老师说，我在学校封闭自己是不对的。我要能屈能伸，我觉得我现在都不是屈了，而是缩，缩，缩！而且不知道都缩到哪儿了！

我终日茫然，像一个莽汉，有力无处使，还弄得自己遍体鳞伤。我就坐在那儿，偶尔去上课，除了别人跟我说两句话，从来不发出任何声音。

没有音乐，学校不让带随身听；没有我自己的书，我就是愣着发呆也不能看课外书。况且我不能让讲课的老师难堪，因为大家都不容易。

我像个领头雁一样，坐在五十多个人的正前方，如果我“勇敢”地为所欲为，便会激起他们跟随效仿的欲望。如果让可怜的老师对我的行为视而不见，也怪为难他的。

我既然在教室，坐在这里，就要尊重大家的选择，于是我就愣着，要么睡觉，要么写些无聊的无意义的呻吟似的诗句。

第一节课由班主任来上，我想可以安静一会儿了吧。

第二节课，我突然回忆起刚才上学的路上，看见了我初中时候的郭老师。我没有叫她，而是逃一样地跑了！

第三节课，我又是在躲，我以为我只是在学校里面躲，可今天为什么要躲我亲爱的恩师？我由一个应试教育的骄子变成了所谓的“思想有毛病”的偏执狂，是我初中的语文老师一直关心我帮助我的啊。

我想要静一静，我想要静一静……

突然有人叫我出去，班主任问谁叫我，说是政教处主任找我。

班主任对我无奈地笑了笑说：“你又怎么了？”

我说：“我，我不知道！”

她打量了我一下说：“是你烫头发的事吧！”

唉……我想我近来办的最莫名其妙的事情，就是烫了这些毛儿！我纯粹的“找贱”，这一点都不错！我烫了毛儿，掏空了我本来就羞涩的钱包不说，它还给我带来了一个又一个麻烦！

先是爸爸妈妈，恨不得把我的头发剃了。班主任也说难看！周围的人说我的爆炸头，是非洲妇女、太阳公公、海豹、狮子、爱因斯坦……真是激发了人们的想象力，以及中华民族丰富的词源。我简直成了一个教具啊！

这么多人都说难看，如果我还一再坚持，那就明摆着我自身的审美观畸形了。可我就是烦躁，我就是想折腾折腾，我不想待在那儿干耗着，我难受死了。

我无奈地一步步挪出教室，我想还是教室里面安静。记得临走的时候，班主任还交代我要态度谦和，是啊！亲爱的班主任，我不会反抗，我想要静一静，静一静。

政教处主任对我退学的事情表示热烈欢迎！

然后劝我赶紧把手续办了，走人！还说什么为我好，要赶快走自己的路，办了心里清净。我还美特斯邦威呢，不走寻常路。他可能看我天天惹是生非，怕我突然不走了，他招架不住吧。即使是这样，也用不着如此含蓄啊？他也真不容易……

但是我却始终态度谦和言谈沉稳，像雕塑一样坐在那里，任他东敲西打南拉北拽，我就是保持着态度谦和。他是多么想把我逼急了，然后把退学变成开除。这怎么就像男女分手一样，喜欢争个谁把谁甩了！

我是多想一本正经地告诉他："我操！"我想笑，狂笑；我累了，想哭，号啕大哭。但是我什么都没有做，就是傻愣着。他也尽量装出不把我当人看的态度，自然地接电话、打电话、喝水、接水……

我突然看到他电脑旁边放了一把贝斯，地上还放了一台音响，我竟然一时忘了所处的环境，以及那紧张的关系，差一点儿问出来："哥们儿，你也玩儿音乐啊？"

"刘雯同学，你说呢？"他突然冒出来一句话，我立刻清醒了过来，随之郁闷起来。

政教处主任给了我一张白纸，让我写检查。

在政教处的屋里，遇见了书记。他吃惊地说："刘雯？刘雯！刘雯是个好学生啊！她怎么了？"我！我怎么了？让我想想，让我想想……

主任指着我的头发，书记很夸张地说："不好看，不好看！"我也知道不好看，但是我知道他们的"不好看"的意思是，他们根本没有看，学校的规定就是至高无上的审美观念。我看着他们，突然想笑，好像看见他们的屁股上都长出来了一个发条……

社会的大怪物

凌晨2:18，又是无法继续入睡。我已经习惯了这种无眠的一个又一个的黑夜。

我似乎比常人的生活更加的漫长，我不仅在白天清醒，也在夜晚清醒。我怎么能容忍，让自己永远在浑浑噩噩中抑郁地拖延可贵的生命！

也许一切都有它的过程，和它存在的价值，可是对于爱我的人来说，我是多么的惭愧。我害怕，我不敢做出任何一个动作。我知道，我只会让事情变得更糟糕。我暂时没办法回报同样的爱给他们。

我不肯定，这是不是自私，我只能说自己太笨拙了，总是怀揣着火热的心，而摸不到方向。

我是个固执的“艮头”，一次次跌倒，一次次忘了痛，我从来没有放弃寻觅，连放弃的念头都没有过。

狂热的追寻，让我变得空洞，“追寻”这个词，充斥着我的身体、我的血液、我的毛孔，让我发蒙，难道我追求的纯粹，它根本不存在？

我需要火热的激情，可是得到的总是糟心的沉重。我想让自己轻松点，可是我总是一再负重。

如果说“守得云开见月明”，那么这一路会有多么漫长？我会不会在焦虑中郁郁而终？

我被封锁在狭窄闭塞的痛苦中，我一提笔便是低沉的哀号，我不愿再写字。

这么美好的世界啊，我怎么忍心当一个制造悲哀的机器。我不忍，那是一种罪恶。

我多么希望“待到眉开书美景”，可是我又何时能“眉开”？

如果，我可以包揽众人的痛苦，我甘愿永远抑郁。可是，我根本不可以。我是多么微不足道，我是一个羸弱的生命。所以，我要努力走出来。

可是我不敢说走向快乐，那样太贪婪。我只要不压抑就好。“不痛苦”并不表示“快乐”。我不贪婪，真的不贪婪……

2004 年 2 月高一下学期，过了寒假，我再也没有去过学校，亲戚朋友都问我，为什么还没有开学，我总说还没到时间呢。就这样，我的学生时代结束了……

直到现在我还能记得，当时校领导把妈妈请到学校，让我当着家长的面决定是否退学。那一瞬间，我发现妈妈变老了！她因为我而流泪颤抖。虽然我站在妈妈的身边，可我的心却是跪在妈妈的面前。

我没有勇气面对妈妈的眼睛，我没有勇气，没有勇气承认我对这颗无私的心的摧残！当时妈妈说：“你考虑好了吗？一定要退学，是吗？”我为了离开这里，抗争了那么久，而面对妈妈这样的问题，让我做出抉择的时候，我怯懦了，竟然不愿意说“是”，甚至连点头都不愿意点。

我不想思考应该怎么回答，我不敢再说话，我只知道我真的有点累了，我需要彻彻底底的安静，彻彻底底的休息。

可谁又知道我，最害怕的就是伤害我的父母。可为了目标，为了已经踏上的路，我必须忍辱负重，坚持到底，必须坚持，必须坚持，坚持……

我要对自己负责，如果我对自己都不负责，我又怎能对我亲爱的父母负责呢？我坚信现在只是一个过程，我要坚持！

我始终觉得我坚持的事情是对的，它之所以会引起众怒，是因为它的独特！只要坚持！坚持！

刚刚退学没多久，志颖把我的故事在报纸上做了一整版的报道。报道里写了我的经历，我的诗歌，还有我的网站。

我最初只是想通过报纸，认识一些和我一样的人。可是没想到的事情发生了，我的这场所谓的“叛逆性寻觅”，突然间在社会上引起了轩然大波。我的生活从退学的低潮一下子又到了社会的风口浪尖。

全国的报纸、杂志、电视台和香港的纪录片导演都找到了我，我从学校的另类变成了整个社会的另类。

可是这些根本不是我想要的，我退学只是为了要好好地学我自己愿意学的知识，可是这样闹得我更加没办法去安静学习和生活了。我陪妈妈去逛商场，都会有人指着我们说，你看就是那个女孩。这让我感到很不自在。

因为要面对这些，我的内心十分慌乱，而且我很害怕打扰我的父母，我已经够让他们费心了，我想给他们安静的生活。

况且对于我来说，我只是离开了一个不适合我的地方，去探寻一种适合自己的生活。我只是在规划我自己的生命历程，从没有想影响别人，或是让他们和我一样，更没有去抨击任何社会现状。

我连自己还没搞清楚，所以根本没有资格去影响别人，更没资格去挑剔这个世界。所以，我并不会对社会标榜我有多好，我不当英雄，也不当俘虏。我还不知道自己是谁，但是我在努力地寻找。

记得有一次我去参加一个电视台的直播访谈，是一个在直播间对话的节目。他们说这个节目都是做名人的，很多名人都来过。可是这些跟我又有什么关系呢，我只是自己的试验品，我又不是在作秀。

我真的不愿意去影响别人，去标榜自己有多对，我只是在寻找。我一想到要正襟危坐，回答一些我根本想也没想过的问题，或者摆出一副他们希望的叛逆女孩的样子，就够了，所以我总是逃避。

没人知道，我不是真的为了叛逆而叛逆，退学以后，我去掉了所有的耳钉，拉直了头发，穿上了最普通的衣服。早睡早起，静静地学习。

没人了解，我曾经奇装异服，只是为了抗争，为了离开学校。我心里清楚，自己比任何人都纯粹，比任何一个人都简单。我没什么非要得到，或是非常想要的，我只是不想浪费生命，仅此而已。

摄制组找了我好几次都没找到，最后竟来到我家，找到我的父母让他们动员我。我真的不想麻烦我父母，我让摄制组答应我父母不出面。而且我也告诉父母，以后我真的不参加节目了。

摄制组的导演亲自当主持人，他们为了让我轻松，也“突破”了一次，把场地搬出演播大厅，换到了一家咖啡厅。

他们觉得我应该喜欢那样的地方，可是我告诉他们，我很少去那些地方，我如果有那闲钱不如买书或者买 CD 听。

他们让我在录节目当天，穿得另类一点儿，可是那天我偏偏翻箱倒柜，找出来一套上学时候的校服。那校服我连集体活动的时候都没穿过。

导演很无奈，还打趣说，就是刘雯另类才穿这呢，然后还是继续做节目。做节目的时候，我故意说话颠三倒四，云山雾罩……所以最后，把录制弄得像一场闹剧。

不过现在回想起来，我那样折腾人家工作人员，确实挺过分的。但是，我又能怎么样呢，我真的不想去影响别人什么，我什么话都不想说……

所以自那以后，我离开了大家的视线，背着一架单反相机，从郑州开始，西行南下，我拿着地图，走过一个地方便画上一颗五角星。

两个月下来，我几乎走遍了整个中国。

有的人说，一个城市舍不得你走，一个城市等你太久。我迷惘的心，还承载不了谁对我的留恋。可是我也不知道，前方谁在等着我。我的下一站在哪儿？只不过是一直往前走……

我去了很多很多城市，爬了很多座山，遇到了各种各样的人。我没有多浪漫，也没有多情调，更没有能解读沧海桑田的经验与阅历，可是我没办法停止脚步，我要去不停地寻找。

躲在画布背后的懦夫

一个人四处去了很多地方，游游走走，心不透彻，总归还是迷茫。

两个月后，我回到了家。刚回来的那段时间，我一个人从楼上搬到了地下室。

爸爸帮我做了很多画框，我每天没日没夜待在地下室作画。

在创作的时候，无论开心、痛苦、炎热、寒冷，我总能处于一种极度寂静的状态，但始终没有一个方向，越是寂静，我越是无助，我的内心无比空虚，像套着一个失魂落魄的躯壳。

我时而把一切都渲染成火红色，那是我潜在的激情，我多么不愿意让自己的生命毫无意义，所以我每天都在跟自己较劲。

我时而把一切都渲染成深蓝色，那是我不为人知的恐惧，我多么渴望一个答案，我究竟为何而生？

无人知晓我的恐惧与迷茫，爸妈以为我一心投身于创作，他们不打扰我，可我却十分惭愧，也许我只是躲在画布背后的懦夫。

我看着朱利诺的石膏像，哭了，我以为那是我爱的人，他有着如此健硕的身体，硬朗的轮廓，可是他那忧郁的眼神，让我为之动容，也让我对他充满了怜惜。

也许我并不爱他，我只是在寻找同类。

我想我根本没资格谈“爱”，我一个空洞的躯壳，什么都给不了别人。

但是，我闭塞的心，永远又与之矛盾。

我的心感到痉挛，扩散至全身，还没有扩散到大脑，我就开始嘲笑自己的自怨自艾。

死如落叶之凄美。我总是追逐着美丽，而又被黑暗所侵蚀，我甚至感到自己的心脏在承受着莫大的压痛。

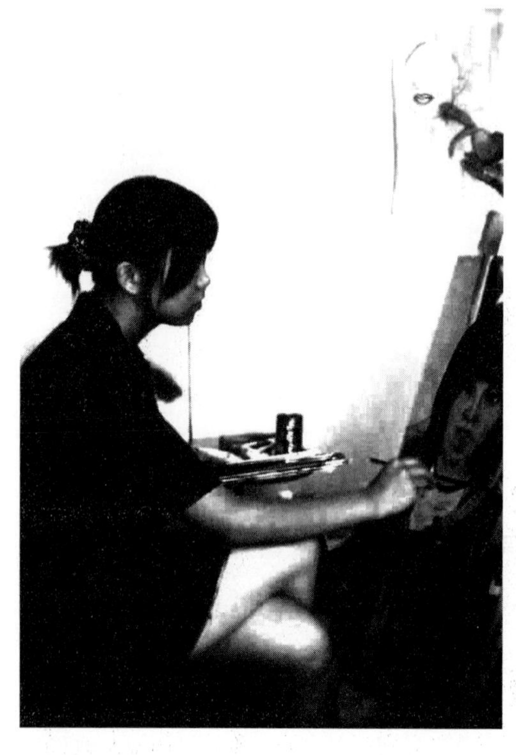

我想，我想，我想，我什么都不知道。我近乎失语，每句话都只能说一半，然后就变成了“我不知道”。

从忧郁到自闭，然后又失语。我不知道身体中的隐形的那个我，还要索取什么。

我感到浑身疼痛，在我全心全意投入到一幅画作中时，突然会听见一个声音说：“你一直在做无聊人的游戏。”然后，我会把所有的颜料混在一起，画一张黑白的遗像给自己。

这种寂静的状态，让我癫狂。我无法控制自己，在地下室几天几夜不停地画啊画，躲避在黑暗与松节油的气味中。

一晃冬天过去了，我再也不忍心让父母每天看见我在地下室锁着门几天不出来，对现实的惭愧，让我窒息，我不是懦夫，我必须面对现实。

我要走出去，可我还没想好到底要干什么。我不愿意待在家里，像一个废人一样，那么大了，还天天看着父母劳苦奔波。可是我又该怎么办呢？

我决定先搬到晨的家。

传奇的一天

那段时间，我和晨，每天没日没夜地穿梭在郑州的每一个角落，呼朋唤友、歌舞升平、醉生梦死、到处游逛。

我的生活一下子从寂静，突然变得喧嚣。

记得一天凌晨3:00，我们刚从经七路的一个酒吧出来，迎面过来一辆空出租车。我俩使劲摆手，可司机像没看见我俩似的，停也不停。我俩骂骂咧咧地觉得那人有病。

没想到的是，就在我们扭头的一瞬间，出租车正好经过立交桥下，不偏不倚被一辆刚从桥上掉下来的大货车砸中。

大卡车掉落的时候，挂断了电缆，出租车被砸得粉碎。

如果出租车司机刚才愿意停下来，也许就不会死了。难道这就是宿命吗？他自己也许都不知道为什么，非要不顾一切地冲过去。

那我呢，我的命运又是怎样？我的这班车要开往哪里？难道我的抑郁和恐慌，也是不可自抑的吗？

我想不通，越想越纠结，难受死了。我继续喝酒，继续找乐子，可是压根儿并不高兴……

我俩打电话报了警。

回到家，我们两人一夜没睡，点上蜡烛，伴着酒精与香烟，打开音响，Grateful Dead、The Doors、The Velvet underground、Pink Floyd……

它们让人如此沉醉，那迷幻而寂寥的歌声仿佛让我们进入了释放灵魂的摇篮。

死者为我们动情歌唱，我们为死者感动举杯。

到了中午，晨非要去算命，我俩来到郑州的诡异一条街——杜岭街。那时，那条街一二百米长，都是算命铺子。

我们进到一个小屋，主人号称自己是巫婆，那个穿着一身黑袍的白发老太太，身旁真的卧着一只黑猫，看起来和动画片里的一模一样。

三句话还没聊到正题，巫婆就直接问晨带了多少钱。

她嫌晨带的钱少，非要她去取钱。晨好奇心重，非要巫婆再聊几句，俩人就僵持起来。

晨让我去替她取钱，自己先听老巫婆说，可是巫婆说什么也不答应。我俩只好一起先去取钱。

附近的取款机坏了，我俩又走了一段路才取到五百块钱。

回来的路上，只见三辆消防车呼啸着往我们要去的方向奔驰。越走近我们觉得越不对劲，等我们想往老巫婆的屋子拐的时候，那条小胡同已经被封锁了。

我俩调查了半天，人算不如天算啊，正是巫婆家失火了……

我们在二十四小时内经历的两件事，统统上了那天的晚间新闻，并且被排进了第二天的报纸。

虽然我们每天过着刺激新奇的生活，传奇得有点“出生入死”，可是我的内心更加迷茫，我都要神经了！这是我想要的吗？我的生命价值在哪儿？我的心，像是在坐大牢！

可笑的工作

从退学开始，我就要求自己不向父母要一分钱。

因为我想，退学是我自己决定的路，我要自己负责到底。

那天晚上，我一个人在大街上，边走边流泪。

我头发凌乱，因为没有休息好而眼窝深陷，我穿着灰色的长风衣、灰色的裤子，还有白色的布鞋，戴着黑色的围巾，在马路上穿行。

我就那样走啊走啊，一个人在大街上。过去的每一幕又一次从我身旁流过，像躁乱而没有声音的色彩。我就这样被夹在回忆中间，充斥在我的左右，我只能选择往前走，但我的前边什么都没有。

我就这样走啊走啊，从垃圾旁边几块被摔碎的玻璃上面，从停靠在路边的一辆破旧的汽车窗玻璃上面，从十字路口的阴沟溢出的污水上面，从闪闪的一分钱硬币上面，从馋嘴里面流出的口水上面，看见了同样的一张脸——凌乱的

PATTI
SMITH

你必须努力学习，去懂得生命的意义，
才能真正爱你自己。
而不是用你现在的心量，
去随意度量随意伤害，
你这个可贵的灵魂。

长发，深陷的眼窝，像一个发育不良的孩子。

我就只能走啊走啊，那军绿色的书包，像一位退伍的老兵身上的一块膏药，我的眼窝在跳，被磨破的裤腿在跳，使得我的腿没有办法自然地走路，变得笨拙，所以不得不执着。

鞋底虽然被磨破，但是鞋面，永远干净。

我一无所有，就剩下了"走啊走啊走啊走啊"，心中一再告诉自己，我是一个善良的好女孩，永远是。

可我总是眼里噙着泪，我不知道是懦弱还是感动。我会忍着饥饿的肚子，哄着我的胃。看这深秋的傍晚刮着风，秋夜是不是很美啊？

无论我的想法是多么标新立异。无论是我叛逆，还是他们世俗。我想我能做的事情，只有让家人生活得更好。我不敢去想，我怎么也不敢去想妈妈那疲惫消瘦的身影。

离晨家不远，有一个西餐厅招聘，不要求经验和学历，我兴高采烈地去应聘，那个经理大姐也很爽快地收下了我。

去上班必须穿裙子、必须化妆，我借来晨的裙子，晨负责给我化妆。

我不喜欢吵闹的地方，更不适应那种暧昧的场合。可是我很珍惜这份来之不易的工作，上班的时候我跑前跑后像个转不停的陀螺。为了赶紧给客人上酒，我两根指头夹一个瓶子，一次抱八瓶十瓶。

可是和我一起工作的几个女孩，她们比我大很多，据说以前也都做过这个，但是不知道为什么，她们总是坐下来陪客人说话喝酒，根本不像我这样跑来跑去地送酒。

到了晚上下班时分，经理把我们召集在一起，结算今天的提成，我竟然一分钱都没有，她们却都得到了很多……我简直晕死了。

我问经理为什么啊？经理很纳闷地说，我是招你们来陪客人喝酒的，你干的都是服务员的事。我立刻被"击毙"了，愣在那里，又可笑又可悲。

经理让我回去好好想想，愿意不愿意继续做。

可是我也不能就那样不干了呀，第二天我还是去了，不过我叫来了我的一个摄影师朋友。

我俩坐那儿聊了几个小时，他很纳闷我为什么约他来这里，我没回答，然后他断定我又在体验生活。我没解释什么。

总有人把我想得神神秘秘，我体验什么生活呀，我只不过需要活着。

第三天，我叫来了晨和另外一个好朋友。

我们仨坐在那儿喝啤酒，他们一直陪到我下班。

晨说，我们在这儿聊天，还不如回家聊天，你卖的啤酒也不好喝，我们家什么啤酒都有。你还是别上班了。

第四天，我去辞职。

经理把我叫到一边，问我为什么不干了，我不知道怎么说，心里又烦躁又憋屈，就低着头。她继续问我，我竟然哭了。

于是我“将哭就哭”，也不说话。经理继续说，是不是交不起学费呀，看样子是个学生，怪老实的，也不适合做这个。

我不解释，一直低着头。

她给了我五十块钱。我自此消失在这个地方……

我难过极了。难道这就是我退学以后的生活？我费尽心思离开学校，让父母为我妥协，对自己寄予厚望，难道这就是我？

我想，每个人都有自己的人生。对于自己，我们是主角，对于这个世间，我们是配角。所以，我想，宿命中的孤独与贫困，我没有理由不接受吧。

我每天坐在晨家的阳台上发呆。

晨晚上不睡觉，白天睡觉。

我晚上不睡觉，白天也不睡觉。

我就在阳台上发呆。

晚上我看远处的小楼，灯光忽明忽暗。

白天我看窗外的太阳，墙上的影子。

有一张面孔，长了一对眼睛。

他活在只能通过一面镜子，才能看到太阳的角落。

有一天下午，这面镜子碎了。

他还有太阳吗？

我会突然觉得一切都毫无意义和希望，那种折磨、那种疼痛，让我变得不耐烦。

我平生第一次有了自杀的念头，没有人会相信，原因是我偶然想起十年前的自己——被同伴出卖，老师恐吓我，要把在厕所捡来的三元钱交给她。我觉得其实我早已经活在了欺骗里。

每一个人都会忘记，忘记振奋和惊喜。伙伴们在幼年相亲相爱，长大以后，相互成敌。人们在月圆时遇见，在月缺时分离，甚至来不及用各自的方式道别。

没有人会相信，爱与美丽，恨与怜悯。我们兴高采烈地活在欺骗当中。气急败坏、接连不断地制造一场场阴谋。

我无法改变大小便失禁的老人和被恶意谋杀于腹中的孩子的命运。我深深地陷入了无尽的恐惧当中。

是什么时候，我学会了勇敢，再也不怕从高高的水池边跳向湿滑的地面。也不怕一个人在黑夜里等待，我学着预言，从而乐此不疲。

我想了又想，悲伤和迷惘，其实并不是因为我真的懦弱，只是我暂时变得困顿了。

我多么渴望找到自己的位置，然后强大起来，我的内心深处，是如此热爱生命，渴望绽放！

知心爱人

那时候郑州突然出现了一个摇滚团体的论坛，他们时常举办一些摇滚演出。

我去看演出，也在论坛上发我写的诗。

我的诗让我认识了一些新朋友，还有一个疯狂追求我的女孩。不过这些，还没有发生就已结束。

但更重要的是，我认识了小白。

小白比我大十岁，是开封一个乐队的主唱。

他说他很小的时候就告诉好朋友，他将来要找一个女朋友，一定要是一个诗人。

他喜欢我的诗，我觉得他不同于我周围所有的人。

他真实、热情、充满生命力，更重要的是，我们都热爱摇滚乐。

记得那是 2005 年 5 月 2 日，我表姐结婚，趁着大家还在吃酒席，我一个人坐上了去开封的火车找小白。

对于去开封，我再熟悉不过了，我想我和开封总是有着说不清的渊源。

第一次见面，他竟然带着我去找他的父母，告诉他父母，你们别再给我介绍女朋友了，这就是我的女朋友，我以后就和她在一起了。

我的心里还是有点疑惑和慌乱，我确实很开心认识他。

可是，现在能代表以后吗？以后能就是永远吗？我是个糊涂蛋，自己还什么都没想清楚呢……

很多事来不及思考，就这样自然地发生了。

那个时候，我们很开心，一起聊音乐、听音乐，像哥们儿一样。

我心想，我可算是找到了一个知心人了，虽然我还不够好，但是我有了并肩前行的“战友”。他能理解我，我能理解他，我们有音乐，有美酒，有一样的摇滚精神。

我把画架和颜料搬了过去，他弹琴的时候我画画。

我们打算一起去北京。

他说他以前去过北京一段时间，还是北京有意思，那里有更好的做音乐的氛围。

我在网上看到北京有个画家村，那里聚集着很多追求艺术的人。我又一次充满了期待，我想，也许那个地方就是我释放灵魂的乐土。

那里没有悲伤，那里没有失望，那里芳草连天，那里充满了光芒。

那里是我应该去的地方。

那年夏天，我告诉爸爸我要离开郑州，去北京了，这次不是旅行，我要去生活，以后都不回来了。可爸爸什么话都没说，他在想什么，我也没去揣测太多。

我告别了父母，告别了郑州，告别了晨，也告别了郑州所有的故事。

我带着一包从爷爷那儿要来的蔬菜种子。

听说画家村可以自己种地，我要带着我的种子，去播撒我的希望。

第二章

你好，北京！

我不怕痛苦，就怕麻木。
我不怕犯错，就怕不知道在做什么。
我不怕坏，就怕假装。
直至今日，让我最舒服的不是多开心，而是足够安心。
让我最踏实的不是顺境，
而是无论身在何境，
我都静静地看着感知着自己正在经受着什么。

⊙宋庄

初到喇嘛庄

我向晨借了一千块钱，小白带了一千块钱。

2005年9月，1487次列车，开往北京西。

刚下火车，我以为著名的艺术村谁都应该知道，没想到司机硬是找不到路。

1487次，当时五十块钱就能从郑州到北京，硬邦邦的座位坐了十多个小时，清晨到的北京，可中午12点多才找到宋庄。

宋庄不是我想象中的样子，也不比我想象中的差。

但我觉得那样的一个时刻，我总得感慨点什么吧，可是坐车的疲惫，让人想不起来去感慨什么。

我们来到宋庄镇的喇嘛庄，诗人苏非已经在宋庄住了好多年，热情的他带我们租了住处，一百七十块钱，一个足足有二百平方米的大院。

我们锄了一下午的草才在院子里找到路。

从我的院子搬到隔壁的诗人吴猛，抬走了房间里唯一的木床，然后他带着我们去镇上买了一块床板和灭虫药。

我们没有准备齐家当，屋子也没通上电，晚上就在吴猛的院子里吃饭。

他的院子里住着五六个诗人还有几个画家。

可能是累了一天，彼此又不是很熟悉，我的话不太多，也记不得别人都说了些什么。

那几个人都是南方人。有的人已经三四十岁了，在家有老婆孩子，可是他们说那样没意思，还是一个人待在宋庄比较好。

我只是默默地听着他们说话，不了解他们的世界。

那天晚上我家还没有买来电。村里晚上10点钟停水，喝完酒回家，水早就停了。

没水，没电。

空旷的大屋子，地上只有一张二十块钱买来的木床板。

我就躺在床板上挨着，等着天亮。

到了半夜，口渴得厉害，死活都找不到水，忽然想起来下午有个梨没有吃完，应该还在院子里的窗台上吧，便立即坐起来，扶着墙往院子里跑，没拿手电筒，也顾不上害怕。

到了院子里，窗台是空的，四周一片漆黑。

实在是渴得不行，就摸着黑乱翻，总有什么东西是可以喝的吧。

结果从下午买来的东西里面找到了一瓶醋，抱着就咕咚咕咚地喝，喝到了第三口就受不了。

就那样忍耐着，度过了在北京的第一个晚上。

买电

喇嘛庄的虫子，真是让我开了眼界，我从小到大都没有见过这么多五颜六色形态各异的虫子。

第二天，我用了一下午的时间找了二十四块砖头，刷干净，晒干净，当作床腿。

在喇嘛庄用电要先到村里的大队上去买，然后再用电卡输在自家的电表上。

我找了一天吴猛，他还拿着院子的电卡，可是一天都没找到他。喇嘛庄晚上没有路灯，出门要随身带着手电筒。

第三天，拿到了电卡，要找村大队，大队很好找啊，门口停着小汽车的地方就是。

电，一次最少得买五十元的，但我们没钱买这么多，商量了半天，好歹买了三十块钱的。

大队只负责收钱，开了条，让我们去村里找一家姓×的，在×号住，拿着电卡到他家里充电。姓×的那家很不好找，大热天，村里的门牌号又不按顺序排，东一家西一户的，找了半天，还是问了个老太太才找到地方。

敲了门，先是狗叫。开了门，狗先出来，半天没有人。

过了会儿，出来了个胖老太太，说，家里那个管事的人不在，一边说着狗还跟着叫。

后来那个管事的男人就磨磨蹭蹭地出来了，他拎着衣服往身上穿，迷迷糊糊地问我们：

“干什么啊你们？”

"充电。"

"充多少啊？"

我把条子给他，"充三十的。"

"啊？充三十的？不能充！"

"我交过钱了，就充三十的。"

他要过去电卡，晕晕乎乎的像是还没睡醒，嘴里发出哼哼唧唧的声音。我们站在竹门帘外面等，他拿着电卡进了屋，过了一会儿，从帘子里伸出来一只胖手，递给我们电卡。

我问："这就好了吗？"

竹帘子里拖出来一声长腔："嗯——！"

我们拿着电卡往外面走，门口的狗又开始发疯似的叫唤，蹦得老高，连绳子都快给扯断了。

回去充电，电表就在我们院墙后面的电线杆上，找了两个小凳子摞起来才够高。

电线杆上的两只电表挨着，一只隔壁小卖部的，一只我们的。

我们分不清楚，小卖部的人竟然不愿意告诉我们哪个是我们的电表。

我跑去找那个诗人问，可他们院的大门紧锁着，也许还在睡觉。

我烦了，干脆插进去算了，充错了再说。

电卡插进去，电表上没什么反应。

折腾了大半天，掂着凳子回家，试了试，有电了，还好没有充错。

来喇嘛庄已经第三天了，终于有电了。

天生一对

从喇嘛庄走路去小堡，是一条笔直得似乎走不到头的路，两边都是庄稼地，路边都是树。

我和小白从一个树荫跑到另一个树荫，打着闹着往前走。

离老远，我就看见一大片白色的楼，像是别墅，干净得有些突兀，黑色的大铁门，雕琢得很精致，门口还有大狮子。

我兴高采烈地跑到大楼前面，大声对着小白说："我要住进去！我们要是住在这儿就好了！"

"你知道这是哪儿吗？"

"哪儿啊？"

"那是精神病医院！哈哈！"

"你怎么知道？"

"上次我和我朋友从这儿路过，我看见了也想住进去，是他告诉我的，这是个精神病院！"

……

喇嘛庄很安静，如果你早上起得晚，在村里一天都见不到人。

在这里，做饭和走路或许就是娱乐活动，这样让人变得很慌着生活，急着吃饭急着睡觉，因为除了这些，一般没什么事情可做。

我变得像个老人一样看日出日落，早睡早起。

走路去宋庄镇洗澡、买菜，洗澡是顺便的，虽然已经很久没有洗澡了。

从早晨醒来就开始情绪不稳定，越睡越困，于是开始不停怀念有天在皇城根胡同吃的羊肉串，好吃。

但是仔细想想，我不能确定它真正的味道，因为当时太饿了，不过倒是挺实惠，一块钱很大的一串，下次改善生活可以再去一次。

就这样想着想着，躺在床上，趴在床上，歪在床上，把觉睡得无聊了，无聊得厉害了，想出了晚上做顿美餐的主意，这算是项娱乐活动。

走路回来。我想走路这件事情已经很深入生活了。现在，我就是"11路"公交车，到哪儿都靠两条腿。那天我俩从王府井走路走到新街口，最后从积水潭坐地铁回到通州。

我俩都不会做饭，买了牛肉回来，打算做孜然牛肉，结果做成了"千口牛肉"，意思就是说：你想要吃这块牛肉，必须得嚼上一千口才能咽下去。

总是为了省钱，后来还是浪费。

有回我想吃苹果，就在宋庄的市场上买了一大堆烂苹果，而且又小又酸。我打算自己做拔丝苹果，专门买了一包白糖。

回到家，削了半天皮，挖了半天的虫眼，把苹果切成了小块，锅里倒上油和糖，开始炒，炒啊炒，炒啊炒，怎么炒都觉得不像那么回事，我以为是油不够热，还加了点火，后来觉得不太对劲了，就关了火盛出来，心想，反正苹果不用炒也能吃，炒炒吃着更没问题。

结果一尝，我的"拔丝苹果"又酸又苦，软沓沓的像烂香蕉，而且又浪费了很多糖和油。

还有一次是炒方便面。

那次晨来北京，半夜坐车来看望我们，送来很多方便面和鸡蛋。

她走了以后，我俩就天天吃方便面，后来吃得受不了啦，我就开始想办法，想起来以前在饭店吃过炒方便面，我感觉自己应该会做，就信誓旦旦地对小白说，今天有美餐了——炒方便面。

结果呢，我浪费了三包方便面，又浪费了很多的油。

我自己吃了几口，感觉想吐，满嘴是油，很腻又很咸。

小白憋着气才往肚子里塞了半碗，我实在看不下去了，可又不舍得扔，后来放了两天，它长了毛，才去倒掉。

但是经过几次试验，后来发现，做饭的时候只要有辣椒和孜然在，这个东西就不会太难吃。

为了纪念这条美食规律，我还专门写了首诗《天生一对》：

辣椒和孜然是天生一对
让人见了就流口水
他们结婚了
生了个儿子叫作盐

喇嘛庄的新朋友

转眼，农历八月初十，已经来喇嘛庄半个月。

快要到中秋节了，月亮开始变得明亮，农村的天空要比城市的蓝，月亮要比城市的亮。

我还不太习惯看到这么亮的月亮，在院子里走动的时候，那么大个儿的月亮刚刚压在房顶，我老以为是老房顶着火了。

小白晚上从外面回来，一进院子总是先喊我一声，因为院子太大，他怕忽然进来会吓着我。

不过我已经习惯了晚上老鼠在屋顶上咬东西和打架的声音，再也不会做被老鼠咬着的梦了。

有天下午，喇嘛庄来了新朋友。

这个新朋友脑袋很大，满脸的胡子茬，看上去很壮实。因为他脑袋大，我私下里都叫他“大头”。吴猛说“大头”写了些关于他们自创的诗歌主义的文章，很有见地。“大头”说自己以前是个记者，认识很多人，但是他不喜欢那样的生活，离了婚，辞了职，来到了喇嘛庄。

我们坐在院子里聊天。我对小白说：“你看，又一架飞机，这里每天都过飞机。”

“大头”听见了赶紧说：“是啊，我数了一下午呢！我一个下午都在数飞机，半小时就有一趟。”

一直住在这里的诗人衡，吃惊地哼了一声说：“啊哼？是吗！？我今天下午突然看见飞机了，还以为我该回家了呢，正在想写诗，原来天天都有！我怎么一次都没发现呢？”

我们几个人，就这样，都仰着脑袋，讨论飞机，讨论旁边的首都机场。

后来，苏非也来了，说晚上瓦克要来喝酒，让我和小白也留下来。

瓦克来了，声音很大，被这里的诗人们迎进院子。

瓦克手里提了个黑包，叮嘱衡一定要放在屋子里面，说是个贵重的物件。这是他的摄像机，他拍过电影。

喝酒的时候，瓦克不停地提起他那台摄像机，他的摄像机值四万块钱，又说今天要拍点什么回去。

瓦克一直在谈论艺术，他的话很多，提到了很多的人名，很多的名人，说了很多很多书的名字。瓦克提到了音乐，提到谭盾。

然后，又开始讲“女权主义”，说，现在中国的女画家，都在倡导女权主义……

然后就问我对女权主义的看法，我不想回答，可他喋喋不休地说着“你是个女人，你坐在这儿，我就没办法把你当成男人”。

可是我想，为什么要谈女权，先问问自己你有男权吗……所以，我根本不愿意回答，瓦克接着开始感慨，说他以前是只羊，咩咩羊，现在他被活活地逼成了狼。所以瓦克要搞一个行为艺术，买钢筋棍、水泥，把自己住的地方圈起来，做成个笼子。

后来感慨地说自己要去教书了，问：“你们看我到底去吗？我要去教书了，去大学教书了，要去做年轻人的老师！”瓦克说自己要去寻找他的另一半儿，要去找个漂亮的、合适的女学生。

瓦克喝得很多，吐得也很多，坐都坐不住了，吴猛拉着他进屋子休息，瓦克嘴里还在不停地嘟囔：“没有人理解我，没有人理解我……”

又一天下午，苏非约我们一起去小堡喝酒，说是有个朋友要来宋庄。

坐车到了小堡，在路口等他的朋友。忽然一股浓烈的香水味儿扑面而来，一个满脸皱纹、大背头梳得锃亮、穿着绣着一条龙的上衣、夹着个文件包的老头子冲我们走来。

苏非给我们做了下介绍，老头儿笑眯眯地说：“现在的年轻人哟，都不和我们这些老家伙玩，你们能来我很高兴啊。”

老头儿说自己曾经在圆明园里待过一阵子，后来被国家清走了。

他从胳膊下夹着的文件包里掏出他的诗集给我们看，我记得诗的句子都很长，一些意象的句子。诗集里有张插图，画的是一根绳子，一张纸上面就那么一根歪歪斜斜的绳子，挂把着钥匙。

老头儿津津有味地向我们介绍画这些画的人：“这个画家很有钱哪，家里面豪华得很，亭台楼阁，老婆也多。羡慕啊！”

苏非和老头儿一起在前面走，我们走路到一个在小堡住的画家那儿。

画家家里有几幅还没有涂完的巨幅油画，画的旁边有架梯子，画画的时候要爬上梯子，梯子边的小推车里全是颜料，看着十分壮观。

小白跟我说，那阵势很像是刷墙的油漆工。

我们几个人坐在沙发上，一个女孩子低着头拿过来纸杯子给我们倒水喝。老头儿和画家在一起寒暄，画家说画是买主预订好了的，付了美金。

老头儿从他夹在胳膊下面的文件包里，掏出来一本诗集，送给他，我在那个女孩子抱过来的一堆书里，看见了很多画家的画，我怎么看起来有很多画都是一样的呢。

该去喝酒了，我们从屋里走出来。院子里种了很多葫芦，葫芦长得很茁壮，老头儿和画家在葫芦架下面拍照留念。

走到路口，我和小白决定告辞，老头儿说："非要走吗，这么不给面子啊！"

可怕的智齿

我想，自己来北京是为了艺术，为了追求心中纯粹真实的生活。可这里并不是我想的那样，也不是我所期盼的那样。

在宋庄的日子，基本上总是各种各样的酒局，我觉得革命不是请客吃饭，后来就不再去喝酒了。

突然有一天，小白牙疼得厉害，以为是口腔溃疡，先是吃黄连上清片，可是根本没用，就去村里的卫生所。

卫生所的大夫给他打消炎针，说不就是上火吗，忍忍就好了。

后来大半夜发高烧，只好去通州的潞河医院。

经诊断，确诊是智齿。挨了刀，开了药。

后来我们听说，村里卫生所的大夫还经常给动物看病，就是说，卫生所那个给小白打针看病的医生也是一位兽医。

看过病，我们都快没钱了。

可是在喇嘛庄每天买菜都要走路二十分钟。如果想出门，只有门口那一辆2路公交车，到了晚上7点就没有车了。所以在喇嘛庄住着，想找工作也没地儿找。

我也曾跑去问苏非，苏非说，你去人才交流市场问一问吧。

以前衡给我说过几次，让我和他们院子里的那帮人一起做书，但是每次也只是说说，都没有什么动静，我也没好意思开口。

有天我们邀请后院的那帮诗人来我家吃饭,吃饭的时候,衡又提到了做书的事情,他说图书公司分给他的书急着要,还有本没有做。

第二天,衡把书给了我,做的是《伊丽亚特》,要把这本十五万字的书缩成八万字左右,这样的话不会牵扯到版权。

比如"今天的天气十分晴朗"改成"今天天气很好",就是这样的一个工作。但是要自己全部录入进去,所以要不停地打字,一千个字是二十块钱。

就是有太多不完美，才能不停地进步。

人在自我不圆满前，总会用烦恼和对外界的挑剔，

来填补自己不安分的心。

然而发生的一切，只不过是人生要经历的一个风景而已，

再艰难也终究都会变成回忆。

⊙霍营

自力更生，丰衣足食

当时已经是月底，我们在喇嘛庄的房子要满一个月了，马上又要交房租。如果仍旧继续在这里住，眼看是坐吃山空。于是决定搬家到传说中位于昌平的摇滚村霍营。

霍营是两年前小白在北京生活过的地方，那里聚集着摇滚乐手，那里也有他的一些朋友。毕竟，小白来北京是为了搞乐队。

把一张北京地图摊开，我们从地图的最东边，转移到了最北边。

搬家那天我们在宋庄镇上找了辆黑车，到霍营一百二十块钱。

一个小面包车里塞了所有的行李和家当，一路上，我被压在那张二十块钱买来的床板下面，像坐了一辆闷罐车，整整被压了两个小时。

到霍营了，我仍旧很精神，激动地跳下车子。

我总是对生活充满好奇和信心。

刚刚安顿好，我就开始接着改那本书，当时身上的钱还不够交房租，向郑州的朋友借了一百块钱，准备稿子改完了再还。

那个国庆节，我一直在没日没夜地改《伊丽亚特》，整整一个星期没怎么睡觉，一天的清晨，总算是全部改完了。

天一亮，我就给衡打电话，可他不在，去天津旅游了，不知道什么时候回北京。他让我去喇嘛庄找一个叫娄左的诗人。

当天，我和小白一起去了喇嘛庄，只有吴猛和“大头”在家，一直等到了天黑，娄左也没来。

吴猛说，等他哪天去交稿子了，叫上我。

我们只好赶快走，喇嘛庄到霍营坐公交车再转轻轨和地铁还有三个多小时的路，再晚就没有回去的车了，就这样拼命地赶车，还是差点露宿街头。

终于，一天早上，吴猛发来短信，我们约好去通州送《伊丽亚特》。

去通州，我要坐轻轨转地铁再转轻轨，完了再转公交车，在通州的车站，我看见飞机飞得很低，想起来住在喇嘛庄的那些天天数飞机的朋友。

我给图书公司打了电话，电话里的人说，这个地方，院子里有个毛主席像，看到毛主席像，就到了。

我找到了那个图书公司，吴猛也在，他和一矮胖的男人在屋里，不知道讨论什么，我坐在外面等，可以上网。

上网上了很久，敲门进去，看他们好像并没什么事情，应该是把我忘在外面了。

“传了没有？”那个穿着一件中式上衣的矮胖男人笑着问我。

我说：“传外面这个电脑上了。”

“好了，我看看。”他低着头，开始干别的。然后就没话了。

我站在门槛上等了他两分钟，见他还是不说话，就说：“能给我一部分稿费吗？”

他终于抬起了头，说：“不行不行，不能这样。”

我着急了，因为我拿了我们唯一的十几块钱来交这个稿子，我告诉他如果不给点钱，我就没钱回去了，磨了大半天，他从钱包里抽出来一百块钱给我。

我走了，走得很慢，吴猛和那个矮胖男人也跟着出来，他们从我身边走过去。

我当时心里很难过，那是我在北京第一次没钱，没有什么朋友，也不能给谁诉苦，眼泪就吧嗒吧嗒地掉，我慢慢往院外面走。

我看见吴猛和矮胖男人在买小吃，他们看见我在哭，便背过脸去继续吃。

走到马路边，我实在走不动了，走着哭着，一不小心撞在了水泥电线杆上，便坐在马路边哭，好像马路上一个人都没有。

我想赶快见到小白，但是想想回去的路，还有那么那么远，我实在是有点走不动了。

我想，哭也没有用啊，哭哭算了。

我实在是没有办法立刻打起精神，但是我的双脚却一个劲往前走，我为了省两块公交车钱，一个人走了几站地，到了通州北苑的轻轨站。

回到霍营，我们把欠的八十块钱房租给交了。

这个霍营7号，没有住几天，房东就要退钱让我们搬走，他嫌我们睡得太晚，打搅了他们休息。

我们只好再次搬家。

在霍营租房子，房子里面都有床，但是我们仍旧要背着从宋庄拉来的那张床板到处跑。

没两天，衡发来短信给我："刘雯，我不会原谅你的。"

我当时就傻了，天啊，他不会原谅我，为什么呢？难道就为了不给我那本书的稿费吗？

虽然我没有钱，但是我也实在是没有力气去计较这个。

但这让我更坚定了，什么事情都要靠自己，无论什么时候都要靠自己。自力更生，丰衣足食。

但是当晚，我还是哭了，哭得很厉害，我趴在小白的肩膀上狠狠地哭了一次。

那一次，也是我在北京，因为生活最后一次掉眼泪。

可笑的兼职工作

为了挣钱，我开始去网上拼命地找文字和美工类的兼职工作。

我们在村子里，上网很不方便，在霍营的网吧上网一小时四元，在西三旗上网一小时两元，如果我坐公共汽车去西三旗上网，来回路费要两元，那样就和在村子里上网没什么两样了。所以我就借了房东一辆破的几乎没有车座的自行车骑车去西三旗。

那辆破自行车的车座就一个塑料板子，硌得屁股生疼。

我在卡车货车小汽车奔驰的乡间小路上，惊险地蹬了半个小时，好不容易找到了个网吧。

可是网吧总不允许我用U盘。我去网吧就是要投简历和我写的文章，如果我不用U盘，根本办不成事。

那时候的电脑，还没有前置USB接口，我总是像做贼一样蹲在那儿偷偷摸机箱后面的接口。有次刚刚插上，就被两个浓妆艳抹的网吧服务员赶了出来。

我狼狈地骑着那辆破得快没车座的自行车，在西三旗转了很久，才找到另外一家网吧，还是继续偷偷插上U盘，满头大汗地上网。

有一次，看见网上一条消息："招人写关于医生的故事，需要情真意切，让人潸然泪下，一字一元钱。"

我跑到阜成门，找到了地方，原来那个所谓的医院就两个人，一个是老板，一个不知道是干什么的，屋里堆得到处都是一种叫作"消毒丸"的药。

那个老板是南方人，看着有二十多岁，高个子，头发上抹的全是发胶，他给我看很多报纸，各个省市的报纸，各类大报纸小报纸。

报纸上面都刊登着他们的"刘医生事迹""马医生事迹""张医生事迹""李医生事迹"……但是照片都是同一个穿着白大褂的老女人，面目慈祥地坐在办公桌前正在接电话。

更有意思的是，他们这些不同的医生，研究出来的都是同一种药："消毒丸"，能治好的却不是同一种病，像"面瘫""风湿""口腔溃疡""牛皮癣"……都是这个"消毒丸"的作用。

这个自始至终都夹着皮包的瘦高个儿老板很热情，拉过来把椅子给我坐，递过来一瓶农夫山泉给我喝，搬过来那些报纸让我看，然后站起来声情并茂地向我介绍。

他像变戏法一样，随手从牛仔裤口袋里变出来几张纸片，这是他剪下来的几篇他认为很得意的文章。他很自信地递给我。

我用手指头捏着看，这些文章基本就是"××教授！××神医！××华佗！然后××病人抱着最后一丝希望拨打了010-5×××××××，奇迹般地痊愈了"之类的，当然要比我描述得更夸张。

老板最中意的还有一篇诗歌："太阳，春雨，大地，神奇，宇宙，010-5×××××××搭救了我"……

我在看这些烂纸片的时候，他突然打开了墙角边的大柜子，叫我抬头看看。我顿时惊呆了！这个大柜子里面全是报纸……

他说，这些报纸全是他们的广告。他现在最缺的就是写作能力强的人，以前找过很多大学生、研究生，中文系的、新闻系的，但是都不是很理想，他希望我能在他这里工作，专门写这些东西，一个月两千元，有双休日。

电话响了，是小白打来的，他问我在哪儿，什么时候回去。

我告诉那个瘦高个儿老板，我有事情要先走。他硬把他剪的那些报纸塞给我，让我拿回去好好研究揣摩。

回到家，小白捂着笑疼的肚子，看完了瘦高个儿老板给我的那些报纸。

后来，我还找了很多兼职工作，结果一个比一个雷人。

可想而知，结果只是赔了很多路费，没有一个成的。

在洗衣房当保姆

再次交过房租，我们身上一共只剩下五块钱了。

那天中午我们买了一块钱的馒头，两块钱的花生米，吃完后，一个人拿一块钱分头出门找工作。

因为没有钱，坐不了车，只能就近找工作。

从下午 1 点多到傍晚 6 点，走路从霍营路过东村到黄土店再到西三旗，见到贴招聘启事的地方就进去问。

有家饭店要服务员，让我第二天自己带着饭盒来上班，但是得自己去办健康证。

还有一家卖彩票的，让我第二天去龙泽上班，试用期是一周，不管饭，一个月五百块钱。问题是我怎么去龙泽呢？早上 8 点上班，我从霍营走路去，不得早上 5 点就要从家走？不管饭我吃什么呢？

心情比较复杂。

当时一个外地的朋友给我发短信，问我在北京怎么样。我告诉了她实际情况，她说："你要是自己在北京，我就能帮你，介绍你去找××作家，但是你和小白在一起，那就……"

无论善意恶意，我当时很愤怒亦很失望，但是正好手机欠费停机。

下午的时候，低着头从马路这边出门。

傍晚的时候，我又从马路那边往回走。

路过霍营城铁站前面那座大桥时，我突然抬头，发现头上的太阳，来的时候是在我身后，回来的时候还是在我身后。

我很累，坐在马路边休息，随手拾起垃圾堆里的一大盘磁带芯，风一刮，那黑色的磁带芯就缎带般飞得很远，最后缠绕在路边的枯草上，被太阳照得闪闪发亮。

我告诉自己，我必须得找到个工作，否则就得饿肚子。

快到霍营村口的时候，我拐到了华龙苑南里小区，小区门口的洗衣房，贴了个招聘小工的纸条。

原来他们是要招个保姆，看一个十个月大的小孩，管吃饭，一个月五百块钱。

他们急着找人，我也急着找工作，第二天，我就去洗衣房上班了。

那天小白也在村口找到了送桶装水的工作。

每天早晨，我和小白一起去上班。

他上班的水站离我去的洗衣房不远。他每天带着琴去水站，不送水的时候就弹琴。

我照顾的那个小孩儿西西不会走路，也不会说话，我要一直抱着她。

从早上 8 点钟我到洗衣房扫地拖地，然后给小孩儿穿衣服开始抱着她，一直抱到中午把小孩哄睡着，我再去买菜，做他们全家的饭，等刷过碗，小孩准时醒过来，要继续抱着她，中间还要给她换尿布、把尿、把屎、喂东西吃，逗着她不让她哭。

到了晚上，老板娘喂小孩儿吃奶的时候我开始做饭，吃完饭刷碗，到晚上 9 点多，我也就下班了。

每天晚上，小白下班路过洗衣房都叫我一起回去，但洗衣房吃饭晚，我们总是不能一路回家。

晚上，回到家，我总是胳膊生疼，累得倒头就睡，可是小白无论再晚再累都会坚持练琴，他为了打起精神，练琴的时候总是叼着香烟。

我知道他的工作要比我累得多，他不会骑三轮车，别人要水多了就推着三轮车去。

我是跟着洗衣房老板一家一起吃饭;但是小白上班,老板不在那儿吃饭,他们每天都要吃土豆,他说水站的厨房,有两大麻袋的土豆等着呢。我心里很难过,可是他说自己喜欢这份工作,因为可以见到不同的人,可以骑着车到处跑,还可以进到不同人的家里面。

我觉得自己的工作,相比他还是比较轻松。

那个小孩子,第一天有点怕生,但是两天后越来越好带。

我发现小孩子从来都不是无缘无故闹人的,她只是不会说话,就哇哇叫着表达自己的意思,如果你认真观察她,心平气和地对待她,是很好相处的,而且她很可爱,总有些举动让人感动。

记得有天傍晚,下班的时间,人们都低着头匆匆忙忙地赶路,大街上一片混乱。正在哭闹的小西西突然不哭了,她仰着脑袋望着天空发呆,嘴里还发出好奇吃惊的声音,我抬起头顺着西西张望的方向看去,天空迁徙的候鸟正密密麻麻地从空中飞过,我心里不禁一颤。

只不过小西西不会走路,也没有小推车,我总得抱着她,胳膊很疼,但是我要坚持,因为这是我的工作。

"自力更生,丰衣足食",我时刻激励着自己。

西西的妈妈是一个温柔贤惠的女人, 西西的爸爸也是个温和善良的男人,他俩同岁,是在农村自由恋爱结婚的夫妻,洗衣店除了洗衣服还维修家电。

他们有两个孩子,另外一个是四岁的男孩,活泼开朗。第一天我去上班的时候,他还没有睡醒,他的眼睛一睁开就显得炯炯有神,向我透露着友好的目光,他总是拉着我的手,让我教他画画,给他折纸,带他去小区里的公园玩。

除了他们一家四口,还有隔壁小卖部的一家三口。

小卖部的一家三口人是西西的伯伯婶婶和五岁的堂姐。

小卖部的生意也很好,为了多挣钱,小卖部什么生意都做,他们送桶装水、除了零售还批发、收废品、送货搬家。

两家人住在店后面用屏风隔出来的屋子里, 都是用板子加宽后的全家床,屋子里除了床就是厨具。

小孩子们就每天在门口跑着玩, 大一点的孩子就去霍营村里的幼儿园,他们以后还要上霍营的小学。

升级为家教

每天下午放学时间，总会有个叫洋洋的小女孩来洗衣房。

原来小卖部和洗衣房，在几年以前都是洋洋妈妈开的。

洋洋妈妈是洗衣房和小卖部这家人的亲姐姐，是她把两个弟弟和弟媳妇从农村接过来照看这两个小店，现在她自己在外面又承包了个邮电所。

洋洋妈妈正在闹离婚，带着九岁的女儿洋洋住在霍营的华龙苑小区里。洋洋每天下午放学都来洗衣房写作业、吃饭，等着妈妈从邮电所回来。

那天洋洋的妈妈回来很早，她把洋洋的班主任请出来吃饭，因为老师向她反映说洋洋的学习成绩在下降，而且总是不能完成作业。

洋洋妈妈让洋洋把那天的作业本掏出来给她看，发现空了很多道题。洋洋妈妈很生气，对女儿说："有不懂的你就说啊！怎么不说话？"小姑娘低着头哽咽。

洋洋妈妈又看练习册上空着的应用题，看了大半天忽然笑着对西西的妈妈和小卖部的阿红说："哈哈，我也看不懂，我就知道挣钱，是个大老粗，怪不得孩子为难，现在这学生的作业可真难。"

那天吃饭很早，我正刷碗，等着小白来叫我。西西妈妈说："让雯雯看看吧，人家上过学，有文化，没事了天天就看书。"

我给洋洋妈妈讲了题，洋洋妈妈让我给洋洋讲，但是洋洋一直低着头不说话，眼泪还没干。我劝洋洋妈妈不要着急，把解题的步骤写在纸上给她，让她再讲给孩子。

洋洋妈妈说："让雯雯带我家洋洋吧，我再给你找个人看你这个小的。"

就这样，洋洋妈妈给洗衣房又找了个保姆，我变成了洋洋的全职家教和保姆。

我搬到洋洋家，就在这个小区里面，每天送她上学，给她补习功课，陪她去上舞蹈课、英语班，给她做饭洗衣服还要打扫房间，一个月给我二百块钱。

这样我写东西的时间多些，而且总算不用一直抱着小孩。

每个周日，我都要去送洋洋上英语课，然后在外面等上三个小时再接她放学。

这个时候，我就会去附近的西三旗桥转悠一会儿。

周末，西三旗桥那儿会有很多卖旧书的摊子，因为临着公交汽车站，所以还有很多推着自行车、三轮车做小买卖的。

下午四五点正是下班的时间，寒风在傍晚冷冷地刮着，卖烤红薯的、卖鸡蛋灌饼的、卖玉米面焦酥的、卖热干面的都挨个儿停在站牌旁边。

他们穿得都很厚，都戴着帽子，大棉袄外面扎上皮带，两只手都抄在袖口里，装钱的袋子有的挂在脖子上，有的只在找钱的时候才扒出来藏在棉袄里面的腰包。

做小买卖的车，一般都是自己用自行车或三轮车改装的，看上去都正好方便合适。他们有的坐在小推车上，有的站在摊子边，但表情都一样的，都用眼睛来回地望着周围，神情显得疲惫又任劳任怨。

同是北漂人

在洋洋家没住几天，洋洋妈妈就拉着我，给我讲她的故事。

洋洋妈妈是信阳人，家里很穷，有个舅舅在东北。那一年，舅舅回家探亲，她抱着舅舅的腿，死活要跟着舅舅走，那时候她十四岁，压根儿没有出过家门，只知道东北是个地方，根本不知道那里会是什么样子，就是想离开家，想离开那个穷乡僻壤。

她跟着舅舅到了东北，正赶上冬天，她住在舅舅家的堂屋里，四面透风，十分寒冷。但她不怕，一点儿也不想回家，她说只要不是在家，哪儿都比家强，她坚信总有一天，会有她自己的房，自己的家，只要她坚持着。

在东北，她听大人说广州那边开发了，很能挣钱，于是她跑到火车站，问到广州的车票多少钱，然后背着斧子到山上砍柴，晒干了捆着到街上卖柴火，天天如此，终于卖够了车票钱。

她告别了舅舅，买了到广州的车票。从东北到广州的火车，途经北京，在火车上，她听见很多人都在谈论北京，说北京是首都，有很多发财的机会，正好邻座的一个男人要去北京，她就好奇地一个劲儿问。

那个男人说自己家是开饭店的，让洋洋妈妈跟他去北京，到北京去他们家的饭店当服务员，洋洋妈妈很高兴，当即就下定了去北京的主意。

到了北京，在饭店里打工，她发现店老板总是对女服务员动手动脚的，有一次老板调戏她，她便掀了桌子愤然离去。

她开始跟着一个老太太卖凉粉，偷偷学会了做凉粉的手艺，暗自打算自己卖，她存了三百块钱，就离开了那个老太太自己去做凉粉。

再后来，她到了一个灯具公司当灯具推销员，赚了些钱。

她说有段时间，在一个公司上班，天天住宾馆，工资很高呢。

她总是时不时地说自己干过什么样什么样的工作，整个冬天，我也没有听完她到底干过多少种工作。

只是每次她吵洋洋的时候都说，女孩子要没有什么特长，长大了就只能靠脸蛋儿吃饭，只能去当鸡，然后就抱着洋洋哭。

洋洋妈妈说，自己当时结婚，目的就是想找个北京人，本地人，她说“要想在北京站稳，就得变成北京人”。

洋洋的爸爸个子很矮，胖胖的，而且没有工作。洋洋爸爸在家里很受娇宠，他们王家三代单传，一个哥哥二十多岁的时候被人一刀捅死了，他父母老来得子。

结婚后，他们和老人住在一起，仍然是父亲给儿子洗脚，可每次洋洋爸爸喝完酒就逮着自己的父亲打，结婚不久，洋洋爸爸的父母就相继过世了。

后来老房子拆迁，他们用拆迁费在霍营的华龙苑买了房子，但还要分期付一大笔的房款。

我在洋洋家住的这段时间，洋洋妈妈还在和洋洋爸爸商量着离婚的事情，因为房产证上是洋洋爸的名字，洋洋妈怕离婚后得不到房子。

他们商量，先把房子过户给洋洋妈，洋洋妈给他五万块钱，以后也不要他给洋洋的抚养费，洋洋爸就同意了。

但是离婚之前，洋洋妈又害怕给过五万，他还回来要钱，要个没完，所以就说，先给两万，剩下的慢慢给。

给钱的那天，我在家，洋洋也在。洋洋妈给了洋洋爸一个信封，说：“看好了，这是两万。你走吧，以后自己多长点心眼，别这么大人了还像小孩儿一样。”

洋洋爸头也不回，拿着信封，一蹦一跳走了，关门的时候喊了一句：“洋洋，拜拜！”

就这样，洋洋的爸爸消失了一个月。

一个多月后，洋洋爸三天两头地回来，说是来看洋洋，然后一住就是一个星期。

他每天躺在客厅的沙发上，电视机没日没夜地开着，他穿着衣服穿着鞋子歪在那儿就睡觉，满地的酒瓶和烟头。该吃饭的时候，就坐那儿只管吃。

洋洋给他夹菜，他不要，说：“什么破烂玩意儿啊，能吃吗？去去去，一边去！”然后，小姑娘就低着头，吧嗒吧嗒地掉眼泪。

洋洋的妈妈在邮电所住，一个星期回来两三次，他遇见了洋洋妈就要钱，要过钱立马就走人了。

有天中午，我在屋里睡觉，洋洋妈和洋洋爸在外面吵架。

“你们外地人，再有钱也是土包子。”

“我们，我们怎么了，我们靠劳动挣钱，总比你强！”

“靠什么劳动挣钱啊，你们就是一窝农村人，就会算计，你们一家人算计我！我怎么没钱了，我有钱，用钱砸死你，我什么都不干，一个月八百！”

“你又不瘸，不残，当寄生虫，谁给你八百啊？别做梦了。”

“我怎么没八百，马上就批下来了，那叫低保，我是北京人！我们北京人，有北京户口，就是能有八百。给你说你也听不懂，你个土包子。”

洋洋妈就呜呜地哭，哭着骂着：“你个不要脸的，你给我滚，你滚，滚！滚！”

“你给我钱啊，给我钱我就滚，你欠我钱！”

我的思念

我总是忙碌在生活中，努力探索着自己的人生。

不是我不想家，只不过顾不得想家。

不是我不愿意依偎在父母身旁，我是多么爱他们，想成为父母的依靠。

我那么想成就一番事业，并不是因为趁着自己年轻，而是趁着父母还年轻，能够自己照顾自己，所以我努力奋斗。

此时此刻的我，深深的爱，深深的念，只藏在心底。

我竭尽全力，也并不是想成为一个强者。每个人活着都不容易，所以我根本不愿意攀附于任何一个人身上，包括父母。

我不希望成为任何人的累赘，如果我能温暖到另一个人，那就更好了。

记得有一天，跟妈妈通电话，她问我什么时候能回去多住几天。

我说，等到秋天吧。

她说，秋天呀？现在才刚刚冬天，冬天过去才是春天，还有夏天啊。秋天，秋天还要等那么久。

我第一次听见母亲这样感慨，感慨春夏秋冬。

我不愿意面对，我已经不年轻的年轻母亲，我不愿意面对这些。

在我还没来得及准备的时候，我已经二十岁了，那我的爸爸呢？

有天他在短信里感慨，他已经对什么都看得很淡了，觉得人与人之间有时候十分无聊。

我想，当一个人叹息他对什么都已经看淡了的时候，他曾经该有多么的激情，却又经历了多少难熬的坎坷和失望啊。

脑子里突然浮现，爸爸年轻时候那一张张邮票大的黑白照片。穿着港衫，大喇叭裤，他那张年轻的脸、发自内心的笑容让我没有办法忘记……

我害怕没有激情，我害怕麻木不仁，所以我总是让自己站直了，眼睛瞪大了。我坚信人可以永远年轻永远充满激情，这或许只是对我这颗不甘苟且之心的提醒。

我劝爸爸，其实有时候劝别人的时候，也是在向自己强调，这一点我十分确切地感觉得到。

我对他说，只要我们坚持做好自己，周围的很多事情都会变成一纸笑话的，必将如此。

我还让他相信，他的女儿会让他引以为荣的，必将如此。

我说得是那么坚决！

我坚信，就算在我最落魄的时候，我还是坚信，任何一个生命中，一定蕴藏着一个令人振奋的秘密，只要你坚持不懈地去探寻。

大门口的保安，揣着手，左右跺着脚，不倒翁似的摇摆在寒风中。

也许当时因为一时年轻气盛，和家人大吵了一架就离开了那个生他养他的南方小村庄。

而现在他的母亲正坐在窗边看着漆黑的山头，即使她再思念儿子，也永远想象不到身在北方的儿子会有多冷。

我无法想象我的父母老去的样子，更不敢想象我亲爱的爷爷奶奶一天天地衰竭。

那我呢？那我的爱人呢？我们都将死去。所以妈妈的一个电话，我哭了，因为她的一句话："妈妈很想你！"这句话那么的清晰，那么清晰地钻到我的耳朵里、我的心里，我哭了……

那天我问小白，我们成了人，是一种惩罚还是一种奖赏呢？他迟疑了一下，突然站起来说他要去练琴了，不愿意陪我把时间就这样颓废地度过。

他说他从来不关心音乐以外的事情，他说他妈妈告诉他家里的老房子要拆迁了，那是小白从小长大的地方，我问他什么感受？他说无所谓。

我想起我家的老房子拆迁的时候爷爷痛苦不堪，用毛笔写了一张纸板"泪别七十年故居"放在将要被拆掉的房子里。

那次我也专门去给老房子画了张水彩画。

难道这对于小白就一点感觉都没有吗？音乐以外的事情，起码对于他来说都不重要吗？他真的是这么有激情和斗志地在活着吗？还是他这样逼着自己呢？我为什么要这样想呢？

我总是容易感动，我总会想得太多，我的眼眶总会湿，鼻子总会酸，心总会疼。人家说眼睛大的人多愁善感，如果真的如此，我恨不得把自己眼睛缝小点。

我不想总是想，也不能总是想，再这样下去我自己就不好意思面对自己了，我应该尊重每一个有理想并且为之努力的人。

现在已经是2006年的第八天了，时间一秒钟都没有停过。姐姐已经结婚半年了，我在北京也要半年了，爸爸的新工作已经不新了，妈妈是否已经习惯了我离开的日子了呢？

我也应该有更大的进步了，就连那个小西西都已经会走路会说话了啊。

我的青春我的生命，我们的青春我们的生命，爸爸，我们不要在寒冷的冬天一起伤感了，生命中还有那么多等待那么多未知。

等明年的春天来了，我还是像小时候一样，惊喜地告诉您路边的柳树发芽了。

要搬家了

洋洋家三室一厅的房子。

洋洋妈偶尔回来，就和洋洋住一间。另外一间我住，剩下的那间，租给了一个弹贝斯的女孩子墨。

后来因为墨养了太多的宠物，洋洋妈讨厌动物，元旦正过节的时候就被赶走了。

洋洋妈不单讨厌动物，还讨厌植物。听洋洋说，以前，一楼的爬墙虎爬上了洋洋家的窗户，洋洋妈一怒之下就用大剪刀把它们统统剪掉了。洋洋说她很伤心，她喜欢爬到窗户上的爬墙虎。

墨被赶走以后，洋洋妈发誓，再也不把房子租给别人了。

她喜欢干净，讨厌沙尘。我想，她对一切和农村有关的东西，都十分避讳。

房子空了不到一个月，过了年，迎来了一对情侣。

洋洋妈说，他俩都是大学生，有文化，有素质。

后来，洋洋妈的私人邮电所对面又开了一家邮局，是公家的邮局。她邮电所的生意比以前萧条了很多，她打算把房子卖了，在小辛庄买块地搞养殖。

所以，我也要搬家了。

那段时间，我虽身在其中，却是个最大的旁观者。

在霍营华龙苑南里小区，度过了 2005 年到 2006 年这个奇怪的冬天，和这个从全国十大扶贫县——河南信阳固始来的一大家子相处了几个月。

经历着这帮来北京谋生的农村人的悲欢离合。

我们要向“不要命的”看齐

从2005年夏天，在北京宋庄，来北京住的第一个房子，到今天，在北京不足十个月的时间，我马上开始第五次搬家了。

无论怎样，感觉生活很刺激。

前途光明，道路曲折，生活将会更加美好！

搬家，这几天就要搬家。

我告诉小白，我要写：搬家后，炒菜的油从烧饼大变成五分钱大了，擦鼻涕的卫生纸从一拃长变成四指长了……

小白刚刚吃胖一点，现在开始感冒，又要瘦了；我今天穿牛仔裤的时候，感觉有点紧，等搬了家就可以穿了。

我想是因为我们做得还不够好，该吃的苦，还没有吃完。

所以，对这些我早有心理准备，可是在找房子的时候还是觉得有点像做梦。想起来洋洋妈妈说的话，她从二十多岁来北京，到现在二十年，搬了三十多次家。

找房子的时候，我一边走一边想，要是人都可以像蜗牛一样走到哪儿都背着自己的窝，那样该省去多少麻烦啊。

再一次身无分文，正儿八经的身无分文，连买馒头的钱都没有，就等着发这个月的二百块钱。小白说，他还存了二斤花生米，够吃几顿……

钱如果不发，连搬家都没地儿搬。

等发了二百，交一百多块钱的房租，还有排练室的钱，我们连一分钱都没有了。哈哈，现在看来一分钱真的是钱。

我掂起装五十斤大米的编织袋，伸直了胳膊，一手捏头，一手掂尾，抖了半天，落出来的米还盖不住锅底，没有米了。

出去买米，超市的扁鼻子服务员态度恶劣。她嫌我买得少，就一直冲我赌气。我要五块钱的米，她给我称了将近八块的，我说要不了，你倒出来点吧。这句话说完，我像是捅了马蜂窝，她开始爆发似的冲着我嚷嚷。

我，转身就走……

在超市里，我见码放整齐的压缩包装的大米，方方正正地活像半截砖头。我想，要是我发了财，就用压缩包装的大米垒间屋子，没东西吃了就扒房。

到村里的菜市场，买了米。

我掂着往家走，想起来小时候，我在大街上，把妈妈买的米弄撒了一地，也不敢吱声。等我妈妈发现的时候，米已经被一个路过的老太婆撮走了大半。

妈妈很生气地吵我，我不以为然。

现在想想那二十斤米，几十块钱，放现在得够我们活多久？

我嘴里嘟囔着："一百元等于十个十块钱，十个十块钱等于一百个一块钱，一百个一块钱等于一千个一毛钱，一千个一毛钱等于一万个一分钱。"

钱钱钱，钱钱钱。

小时候，我见到路边的分分钱都拾起来装兜里，妈妈看见了还总笑我，说我是财迷；后来长大了，我眼瞅着老太婆把我撒在地上的大米撮走。

现在，我开始知道，兜里有五块钱的时候，一定要留着买馒头；节俭的人大部分都是老年人，他们一定是穷得时间太长了。

不管怎么样，这次的变故也是我们意料之中的事情，我们也穷出经验了，就剩下五块钱的日子我们也扛过来了，没有觉得有什么大不了的。

物质摒弃的，被精神获取；精神摒弃的，归于物质。

每当人们提起当年自己花去大把银子的时候，只会摇摇头，"啧啧"地可惜；可是人们提起当年无端地花去大把青春的时候，那就不仅仅只摇摇头，"啧啧"着可惜可惜就算了，那种痛心疾首的苦样子，是一句话不能够说清楚的。

新的春天新的生活，新的生活新的挑战，我们即将掀开生活新的一页。

或者说，继续，继续，向前向前向前！我，比铁还硬，比钢还强。

小白说，硬的怕横的，横的怕不要命的，我们要向不要命的看齐！

房子以前的主人

那时候刚刚开春，因为春天是万物复苏的季节，所以人们蠢蠢欲动，踏上了北漂的路途，这时候村里的房子很紧张。

生命直到今天，让我庆幸的是，
青春的岁月，有那些炙热的生命之声陪伴，
它让我心底纯良，高保真。
作为奖赏，在我想让灵魂往前再走一步的时候，
我的心灵导师出现在我的世界里。
他告诉我前方，生命终极的方向，
来吧，青年，激情闪亮地演好
——生命这出戏！

霍营的房租是越往村里面就越便宜，所以搞乐队的乐手都住在村子尽头的小河沟附近。

我们租的这间屋子，最早住着小白的一个朋友，他刚来霍营的时候在附近的农垦学院当老师，国庆节还发了箱燕京啤酒，我们一起喝酒，开心得很，后来学校裁员，他被裁掉了，就又回老家上学了。

再后来，住的是一个叫赵垒的鼓手。

那天我躺在床上，一睁眼看见床头的墙被以前的租客歪歪扭扭地写了很多字："我是最好的！""其实我也很优秀！""买鼓、听歌、干场子。""你可以的！""扔掉生活"……

第一次见赵垒，那时候我还在华龙苑住。

有天晚上小白在村里喝酒，喝多了，有个人把他送到门口，没有进来就跑了。小白说，那个人叫赵垒。

没两天，村里住的两个朋友来找我们喝酒，赵垒也来了。

他穿一身黑色运动衣，白色旅游鞋。他喜欢打鼓，但就是没鼓，后来跑了两趟新街口，买了一副鼓槌儿。

喝酒的时候，赵垒给我们表演"打鼓"，他拉了个凳子，坐在客厅的中间，一手一根筷子，开始表演。刚开始是打鼓的动作，越打越猛烈，然后就拳打脚踢，筷子也扔了，还做了个谁也不要拉我的样子。

我们哈哈大笑，赵垒更来劲儿了，说要给自己弄个文身，像岳飞，刺"精忠报国"那样，刺上"重型音乐"。

朋友们说赵垒在村子里住，天天自己做饭，就一个电饭锅，什么饭都能做。他能用电饭锅炒菜，拿着一根筷子点着电饭锅中间的芯，油热了把菜倒进去开始搅，飞快地搅，菜就炒熟了，据说味道很好。

后来过了很久没有见到过赵垒。

有天在北郊医院的门口碰见了赵垒。

天很冷了，他还依旧是那身黑色运动衣、白色旅游鞋，冻得缩着脖子。那时候天已经快黑了。赵垒说，他正要赶着去积水潭，在网上找到了工作，就坐在电脑前聊天，一个月能挣一万多，他要去应聘。

我和小白都劝他别去了，明天吧，晚了就没车回来了。但是他还是往城铁跑去了。后来，我还见过他几次，都是穿着他那身黑色运动衣，缩着脖子，在大街上匆匆地跑。

过了春节就再也没见过他了。

霍营的厕所

外面叽里咣当乱响，节拍器的声音远比鼓的声音要大得多。

我坐在屋子里面想写点什么东西。

我总是把霍营每个人住的地方叫谁谁谁的屋，涮羊肉的屋，小新的屋，大胖的屋，小胖的屋……

因为房子简陋得实在太不像样了，就连租房子随赠的床也是几十个烂砖头和一张要么单薄要么千疮百孔的门板组成。

而且很少有谁能住一个地方超过三个月。

我的屋不朝阳，阴冷阴冷的，冻得我屎都要出来了。

我从小没住过农村，现在最受不了的就是旱厕。

每次上完厕所我都下意识想冲冲，一看脚下满是屎尿。

霍营的厕所都是破烂门板塑料雨搭，甚至是旧的菜板或搓衣板拼搭成的一个一平方米的小木头圈。

每次有人两手放在胸口憧憬地说“多想有个小木屋啊”，我就首先闻到一阵辣眼的腥臭，霍营的厕所已经取代了我心目中美丽的小木屋。

厕所总是刚刚没过一个小孩儿的高度，每次上厕所的时候，我都是一边脱裤子一边看着路边来来往往的人和狗。

这里到处都有狗，每家都养狗，狗的数量和固定人口的数量几乎一致。

在村里走动的时候，你总是能看见小木头圈里露着头撒尿的男人和腿翘着或后腿半蹲着正在方便的大狗或小狗。

只要出门，就会看见满街吃垃圾的狗和正起劲地往嘴里塞东西的人，无论是早上晚上还是下午。

我现在已经完全闻不见旱厕的臭味了，也不再觉得恶心，感谢我超强的适应能力，感谢经常出现粪便的梦，感谢我的过敏性鼻炎，当然这时候还要感谢寒冷的天气。

如厕中的我，仍旧是一边看着路边那群正在吃垃圾的狗和正在行驶中的两轮、三轮、四轮车，一边慢慢地脱下裤子。

我虽然闻不见了臭味，但感觉到有点儿冻屁股。

每次打开旱厕歪歪扭扭的门，我都做好它要掉下来的心理准备。

去年在这儿住的时候，这个门的门鼻儿还很紧，总是挂不上。

几个月过去了，我又搬了回来，门鼻儿已经变松了，不知道进来过多少人，不知道有多少个人，路过了下了车尿了一泡就走了。

身为一个门，这块木板显然太小了，离地面还差一尺远。如果不是木板下面的那块脏透了的白布的话，蹲在这里方便，会让我一下子想起来一个笑话：一群姑娘在河里洗澡，走过来一个男人，这些姑娘都慌乱地用手捂着自己的脸。因为下面都长得一样。

我蹲在这里，风飕飕地刮着，门下面的那块白布像台老式的电风扇，调侃似的刺挠着我。

突然蹭过来一只脏兮兮的狮子狗，大小高低正好能从布里钻进来，把我吓得，心想："你进来干啥？你进来干啥？垃圾吃够了想来吃屎啊？"

幸好那条狗并没进来，让我虚惊了一场。

它头在门下面的白布下钻着，露进来个花鼻子，一动一动地嗅嗅，就缩回去了。

我刚准备扭过头来，一个狗屁股出现在门边儿，很严肃地翘起来一条腿。我瞪着眼睛，咬紧了牙，眼睁睁地看着它流出来一泡稠尿，还没等我回过神，便一溜烟不见了。

霍营狗多，小偷也多

说起霍营的狗，真的比人还要多，每家都有狗，有的还不止养一条，还有一些没人管的流浪狗。

村东头的垃圾堆，是狗开会的地方，每到中午头儿那会儿，霍营的狗就会聚在一起。

大的、小的、长毛的、短毛的、没毛的……什么样的都有，有时候能一次凑上个一二十只。它们在扒垃圾的时候尾巴会兴奋地直挺挺向上竖起来。

这些狗，天天聚在一起，因为就这么几只狗，都属于霍营族，来回地交配过来交配过去，所以，很多狗看起来都像是怪物。

有好几次，离很远看见有东西往这边跑，不像是狗，也不是猫，更不会是个长条板凳，走近了才能确定那是条狗。

这里狗多，偷儿也多。

有天我和小白去村头的菜市场买菜。正在挑鸡蛋的时候，我眼睁睁看着一个小偷，把我的手机从我棉袄口袋里掏出来。

因为我眼睁睁看着他在偷我，所以我俩拉着小偷，死活不让他走。

他还不承认，我就一直拽着他的衣服，任凭他身高一米八多，身材魁梧，八十多斤的我还是疯狂地扯他的口袋，结果掉地上好几部手机，还有一把长剪刀。

我心里只有一个念头，我没冤枉你，就是你偷的。如果我没有手机就和父母朋友们失去了联系，我根本没钱再买新的。

所以我对小偷是软硬不吃，一定要把手机要回来。

就在那一瞬间，手机已经不在掏我兜的这个人手里了，早就被二传手传出去很远了。

可是小白拽着他，他知道自己是走不掉了，就打电话把二传手叫了回来，悻悻地把手机还给了我们。

没几天，我们在农垦学院门口等朋友，再次遇见一个小偷，他跟着我们，前前后后围着我们绕了好几圈，发现我们有了提防，便捏着一块钱坐公交车溜了。

有天小白的乐队要排练，我只能一个人去买菜，因为前两天丢手机的事情，我变得有点神经质。

我不停地摸自己的口袋，摸钥匙，摸我口袋里仅有的五块钱，嘴里还嘟囔着："没有带手机，我没带手机……"

我付了钱就跑，好几次都忘了拿菜，但是摊主一冲着我"哎，哎"，我就一激灵地拐回去拿，因为我一直注意着刚刚买过菜的摊子，总害怕落下什么东西。想着买花椒、买油，总是一次次走过头儿，一次次拐回去，我脸红着，恐怕菜场里的人都反倒开始怀疑我在蓄谋什么了。

我没办法缓解自己的紧张，买东西时紧张的脑子反应不过来，心里一直暗暗对自己说："放松，放松……注意小偷！"

终于把要买的东西都买齐了，手里拎着五颜六色的大袋子小袋子，弄得我更加焦头烂额。我唯恐落在哪儿或者掉地上什么，我可不愿意再跑一趟了。

买酱油醋的时候，我在超市要了两个大袋子，把所有的东西都装在里面，连葱也窝蜷着硬塞进去，袋装的酱油被压在最下面。我狠劲儿地把东西往袋子里按，心想着只要能塞就全都塞进去，酱油洒了回去可以倒进碗里，只要让我赶快回家，一定不要落下什么东西，一定不能丢东西。

最后我专门腾出来一只手，就是为了时刻检查自己的口袋，时刻准备着。我步履飞快地往回走，一路上不敢扭头，总觉得有人跟着我，甚至觉得身边的路人都很可疑，他们随时都会袭击我。

我看着自己的右手指头被塑料袋坠得发青黑紫，愣是没有想起来换换手，更是不敢停下来休息一下，就那样一根筋紧紧绷着，后脑勺麻着，憋着一口气回到了家。

奇人"涮羊肉"

村里又来了一个奇人，我叫他"涮羊肉"。他住在村子里的河边，练鼓房最东边的那一间。

涮羊肉每天穿着棕色的大头皮鞋，棕色的翻毛皮衣和一条印着字母并且脏得黑亮的宽腿牛仔裤。他的一头大波浪披肩发，有点儿像顶了张绵羊皮。涮羊肉喜欢戴着过时的蛤蟆镜在村子里转悠，天晴的时候还会戴着一把抓的灰色毛线帽子。

有天朋友告诉我们，他家门口搬来一个奇人，第一次见面硬要塞给他一个烤红薯，塞完就跑。朋友拿着烤红薯一看，塑料袋里包着的烤红薯已经被这哥们儿啃过一大截儿了。

朋友说完我还不太相信，那天小白在河边有幸目睹了这个哥。他蹦到小白面前，说："在哪儿住呢？"小白说，前面。"哦，不远不远，改天我们涮羊肉！你主持，你主持！"

从那儿起，我就叫他"涮羊肉"，我也确实相信了那个朋友说的话。

后来我又见到一个朋友，他告诉我说："涮羊肉到我鼓房找我，给我送了个苹果，一个他已经削过皮的苹果。"小白告诉我，他和一个朋友半夜在路上碰见了涮羊肉，涮羊肉拦着他们，从胸口摸出一包润喉糖，非要给他们吃润喉糖，还要看着他们吃进嘴里去。

有天晚上我们喝完酒出去撒尿，路过涮羊肉的屋子。他屋里的生活用品很全，崭新的鞋架上面放着"王致和十三香"，有啤酒、大肠、腐竹，涮羊肉抱着电热汀坐在那儿发呆。

他让我们坐下，说没有凳子，尽管坐音箱上。他递给我一块和他的窗帘颜色一样的花布，说："姑娘，脏，垫着坐吧。"

他的眼神总是很认真。

屋子里除了有几个吉他音箱，还有一把断了根弦的箱琴，一把"叉琴"，他说这把叉琴他抱着去韩国演出，绝对很牛逼。

他枕头边有一把国产的 Fender 吉他，他很认真地说："总是觉得国产的 Fender 比美国的牛逼！"

涮羊肉说自己是北京人，听口音，我一开始不太相信。后来他要出去上厕所，出门的时候，突然扭过来头，很严肃地说："我总觉得朋克音乐是受了北京摇滚的影响。"

我算是彻底服了这哥，他是不是北京人已经不重要，重要的是他长了一颗迷恋北京的心啊。

屋外面一有动静，涮羊肉就会停止说话，一动不动伸着头听外面的动静。这样重复了很多次，我想他心里一定在等待着什么吧。

他抱着琴唱歌，一首接一首，表情有点模糊，嘴巴喃喃着说："这首是我 1987 年写的……这首是我 1988 年写的……这首是我 1991 年写的……"我记得有首歌的歌词是这样的："在昨天，也就是十几年前，天空那么的蓝，衬托着我们的脸，纯真的脸。"

他告诉我们，他已经三十六岁啦，要参加今年的迷笛音乐节。可他现在还没有乐手，也没有排练。

我们告诉他今年是没戏了，演出乐队的名单都已经公布了，他陡然间变得十分难过，眼睛里一下子没有了神采。

涮羊肉中午仍然在他门前的太阳地儿里，抱着他的那把梦想去韩国演出的叉琴，仰着脸眯缝着眼睛看着太阳，嘴里嘟囔着什么。有时候他关着门把音箱的声音开得很大，自己在屋里唱歌；有时候就趴在别人的排练室门口往里看，也不怎么说话。

练鼓室门口聚着很多年轻人的时候，我总能看见涮羊肉站在河边的太阳地儿里，直愣愣站在那儿，对着太阳仰着脸，使劲儿地闭上眼睛再睁开，闭上眼睛再睁开……

我是穷光蛋辍学儿童

现实问题总得解决，从洋洋家搬出来，就意味着我要继续找工作了。

冬天里，我写了几篇比较有意思的短文，想着看看哪里能投稿，先赚点稿费。

那时候有个叫“万国马桶”的网站，我在上面看见了一个刊物要征稿的帖子。于是就发了封邮件，随即就认识了Ting。

她是那家刊物的编辑。在网上，她说她要回青岛了，因为她爱着的一个人在那儿，但她还在这个杂志工作，她说走之前我们可以见一面的。

那天中午，Ting来到了霍营。她说自己以前在重庆上大学，毕业了就来北京了，她在那儿待了八年。

我就奇怪了，怎么八年大学啊，她笑了笑，很含蓄地说：“我是研究生。”意思就是，她上学，整整上了二十年！

当时我还不到二十岁，我在想，从我出生到现在，这么长的时间里都待在学校啊，不禁脊背发凉！

中午，小白排练回来，因为没钱，我们想买菜在家吃。Ting说，饿了，还是出去吃吧，她请我们吃饭。

我们叫上小白的鼓手，一起去了平时和朋友们常去的那家饭馆。

饭吃得差不多的时候，Ting 叫我陪她一起去厕所，在厕所，她扒开自己的裤子，给我看她屁股上的文身。我看了老半天，才看出来是只“流氓兔”……

为了写那篇稿子，我专门回了趟郑州，跑到开封，拍摄了要用的照片，写了一篇关于开封风土人情的文章。

我把图片和稿子用 E-mail 发给他们的第二天，他们就转账给我了稿酬。

可是回北京的前一天，我在网上看到了 Ting 的博客，顿时让我不知情何以堪。

Ting 在博客上说，她之所以要我的文章，是因为我太可怜了，可怜的原因是因为我辍学。她做这件事的动机是，她觉得自己是个强者并且充满了爱心，她救赎了一个辍学的穷光蛋。

我想，人都是相互的，大概她对我不上学的态度，就像我惊悚她寒窗苦读二十年的态度一样……

Ting 一直在我 QQ 里，我总是能见到她不停改变的签名“我变成现在这个样子，都是我自己害的”“为什么费尽了力气还是找不到”“烦烦烦烦烦”“我喜欢的人，在现实世界中几乎不存在。还是猫和音乐更轻松，更好些”……

我看着她在签名里那种在愁云惨淡中挣扎的心情，真替她捏把汗，却也爱莫能助，只能保持缄默。

因为在她心里我是弱者……

⊙香山

香山，让我们迎接新的生活吧

霍营到处都是专门出租的临时房，很多房子的房顶，只是随便盖上了几块石棉瓦，单薄得让我觉得，在屋子里使劲儿放个大屁，房子就会被震塌了。

我的小屋阴冷潮湿，被子是发霉的，床单是潮湿的。快 4 月的天气，屋外的青年都穿短袖了，可我在屋里坐着写东西，还得穿着棉袄、毛衣。

每天上午，霍营安静得让人害怕，到了下午，村里闹腾得让人想发疯。

霍营，让我住到了宁可在外面晃悠、也不愿意进屋的份儿上了。

都说智齿是成对成对长的，就像是对恋人。

小白终于又长了另一颗智齿，虽然有了上次的经验，知道怎么吃药治疗，可是还是得眼巴巴挨着疼。

我不禁调侃起来："阴冷潮湿的小屋里，有一个嘴巴肿老高发着烧的病人，和一个穷光蛋辍学儿童。"

日子总得继续，笑着哭着都得过。

何况我已然走在自己选择的路上，我已经够幸福了。哪还能有什么叽叽歪歪的。

那天中午，我们准备去春游，坐车去香山的朋友家。

两个多小时，车到了终点站。

香山安静，空气清新，路上的人们衣着鲜艳，戴着花帽子，穿着运动鞋，他们都是来香山踏青的。

那天，香山湿漉漉的，不知道是薄雾还是小雨，不管是什么已不重要，反正我们喜欢香山。

我们沿着山路往下走。4 月的香山，连空气都充满了春天的味道。汽车从我们身边驶过去，只有轮胎轧过地面的声音。

很快，我们离开了霍营，搬到了香山的脚下，牛禄坟。

狠了狠心，我们租了一间比较宽敞明亮的房子，还装上了网线。

让我们迎接新的生活吧。

刺激又发生了

生命不息，战斗不止，没有什么能阻止我去继续前进。

我喜欢香山，希望能在香山住到秋天，希望能在秋天看到香山的红叶。

但是万万没想到的是，刚搬到新家，炕头还没暖热，正沉浸在布置新家的喜悦中的我，刺激又发生了。

笔记本电脑在屋里被偷了。

房门没有被撬，屋里没有被翻，唯独丢了电脑。

我写了一半的小说，还有很多诗歌，我们在北京的一些珍贵照片和日记都一起丢了。

房东是个行为古怪的老头，他和楼下的老婆分居，一个人住在我隔壁，他还拿着我们房间的钥匙。房东养着两条白狗，我被拔掉的网线插头上还粘着白色的狗毛。

那天房东给我们要房租，他眼看着我和小白一起出门去取钱的。

当晚我们报了案，但是派出所也只是走了个过场。

只有再次搬家，这次搬到了香山山腰，就住在香山公园大门口，旁边是植物园、卧佛寺。

香山上阳光明媚，空气沁人心脾，这些足以让我依然满怀热情。

搬完家，我们身上剩下了不到九百块钱。

我们用这全部的财产，在中关村买了台二手的电脑，台式的！

小白说："台式的很好，大，防盗！"

逃票秘籍

五一假期,迷笛音乐节,朋友们从外地来玩。大家来看望我的时候,都不约而同地带着一桶油,原来他们看了我写的那首名为《节约》的诗。

一块钱一捆菜
买两份五毛钱的比一块的多
我看了看地图中关村到香山　一拃远
走路去　总可以走到
以后做饭的时候
少放些油多兑点水
其实可以不吃炒菜吃炖菜
炖菜比炒菜更营养
那半瓶油拿报纸包着　放床底下
等朋友来了炒菜用

四天的迷笛音乐节,来了全国各地的读者和朋友。

几天下来,我收到了十几桶油。可是我心里有种奇怪的、说不出的滋味。

我从网上找了一份图书校对的工作,要从香山坐车到亚运村附近,来回得四个小时,就是为了挣三十块钱,还得分两次给。

坐车时间长,学会了逃票,有时候出去一天,一分钱不花。

我写了首诗《进步》,就是写我在北京带六块钱出门,出去一天回来还剩六块钱。

有次一个写诗的朋友来香山找我玩,因为她看了我的那首诗,还严肃认真地向我请教怎么逃票。

正好那天我俩要一起出去办事,我就给她来了个言传身教。

我们那天要从香山门口坐 696 路到亚运村,然后转车去东风桥。车费共 1

元(正常资费 6 元)。

晚上回家的时候坐 801 路到圆明园再转车 696 路。车费共 0 元(正常资费 4 元)。

正常资费总计 10 元,实际资费共 1 元,10:1,节省开支 9 元。

逃票秘籍是:

1. 我那一块钱是怎么回事呢?因为当时车上人很少,乘务员盯着我呢,不得不给。

秘籍是,我要到的是亚运村,票价 3 元,可我买了到圆明园的票,这是 1 元能去最远的地方。要到圆明园的时候,我就睡着了(或者假睡),乘务员不会叫我(或许她还暗暗得意,这傻子坐过站了)。

到目的地亚运村的时候,我准时"苏醒",拜拜了……

2. 我们一起坐车去东风桥的时候,朋友刷卡。

乘务员问谁没买票的时候,我和她谈笑风生。

下车的时候,朋友很紧张,她小声嘀咕着要给我打掩护,让我从前门下车。

结果我神态自若排着队从后门下,比她的速度还快,她是吓坏了……

若无其事、神态自若是这一关致命的要点。

3. 回家的时候在三元桥附近坐 801 路,本来是要到中关村转车,我发现能到圆明园呢,就没有下去。

票价 3 元,怎么没有买票呢?是啊,坐了就坐了,没有人找我要票,我就安静地坐在那里,屁股要沉,坐得要稳,不要想票的事情……

快到站的时候,我问乘务员大叔:"696 路在哪儿转?"

"下一站。"

"谢谢。"

车门一开就走了!

4. 696 路不是很容易逃票,因为它不是自动刷卡,乘务员拿着一个像是大号手机的打卡器一个挨一个地收钱、刷卡。

我从上车一直到下车都在玩手机,还睡了一会儿。

至于乘务员一直在说什么,全然不知。

记得到站准时"醒来"。

其实坐“霸王车”无非是心理战术而已。

诗人德旷

无论日子怎么样，我都喜欢呼朋唤友，更喜欢做饭给朋友们吃。

有天诗人镭言来香山找我，我们在去香山车站的路上，遇见镭言的一个朋友，诗人德旷。

德旷说自己就在山上面住，要了我的电话。

德旷第一次来我家，是让我帮他发一个帖子。

那是德旷诗歌交流会的新闻帖子，然后又在一些论坛里发了些他的诗歌，他的诗歌都很长，成百上千字的，要拉很长时间才能粘上去一首。

德旷向我和小白讲了一些自己的事情。

德旷已经快四十岁了，是湖南人，长在山区，大学毕业后开始一边流浪一边写诗，靠大学同学的资助维持生活，曾经还在山里跟着婚丧嫁娶的队伍唱过歌，现在和父母的关系很紧张。

德旷说有次在家，一个人到山上转悠，天忽然下起了雨，他只是慢慢往回走。路边旅店里的小妓女，平时路过的时候都会招揽招揽他，但是，那天他浑身湿漉漉，看起来很落魄，路过小旅店的时候，那些小妓女看也不看他一眼。

可是就在那天，已经好多年不理他的老母亲，第一次和他说话，催着他赶紧换上干净衣服。

德旷叹息，在北京和在家乡都是一样落魄……

我不禁想起，小白写在本子上的一段话：“傍晚，从西三旗回家，路边的街灯昏黄如蜡。坐在车里，昏昏沉沉。想起，故乡的灯光，一样的蜡黄。”

没几天德旷又来串门了，还带了些枇杷给我们吃。

德旷说，想用我们的录音机录下来他的歌，让小白用吉他给他伴奏。因为有人要用他的歌做 FLASH(一种动画创作与应用结合的做图软件)，放网上，应该会有些报酬的，想拿去试试。

小白说，那要花点时间慢慢写，德旷对我们说：“不用不用，我唱，你就只管弹,有声音就行!”

可事实并不像德旷想象的那样,除了歌词,德旷每次唱的调调几乎都不一样。

我看小白也不愿意这样糊弄,爱弹不弹地坐在那儿,看着德旷很投入地、闭着眼瞎吼乱叫。

挨到了该吃饭的时候,德旷硬是要请我们去饭店,我们说,不能去不能去!

心里都知道互相都没钱,帮他弄歌也不是什么大麻烦事。

我去菜场买菜,准备在家做饭吃。

德旷出去买了些毛肚,说,这个下酒,很好!

做饭的时候,德旷和小白在旁边坐着聊天,我也一边聊天一边做饭。

我说:“我做的这个大盘鸡很正宗,是迷笛音乐节的时候,从新疆克拉玛依来的朋友亲手教我的。”

说着说着,我把鸡肉往油锅里一倒,油太热,“轰”的一声,屋里全黑了,挨着油锅坐的德旷变成了“大黑脸德旷”,但他还是一边不住地点头,一边不停地说:“香!香!很香!很香!”

喝酒的时候,德旷告诉我们,他现在也不怎么写诗歌了,也没有什么状态,天天就待在山上喝酒。没有事情可做,没有钱,又不愿意去上班。朋友都害怕借给他钱了,现在倒觉得唱歌挺有意思,说不定能唱出来点儿什么名堂呢。

说着说着,德旷就开始扯着嗓子唱:“坐在小卖部台阶上喝酒的男人,他的吼叫听起来多么像控诉……只有我知道,他的心中有多么迷惘,因为我就是,那一个坐在小卖部台阶上喝酒的男人……”

他闭着眼睛咧着嘴巴唱,唱着唱着歪着头就睡着了,鼻梁上的大黑框眼镜也掉在了地上。

⊙和平门

弹尽粮绝时搬进二环

3 月份诗人老管来北京，介绍我们认识了古玩商力古先生。

我帮力古先生录入他的书稿，给了我四百元，但交完房租不到一个星期就又弹尽粮绝了。

我们和房东相处得很好，房东说我们看起来老实，到了该交房租的时候，房东一直也没有来催着我们要钱，就这样已经多住了大半个月。

最后实在没有办法，我给力古先生发短信求助。

他答应我们暂时搬到他在和平门的一间空房。

再次搬家。

如果搬家，我们就得把多住的半个月房租和水电费交齐，那样我们就身无分文了，正儿八经一分钱没有了。

那天早上，高成老兄来帮忙搬家。我们几个人关着门把东西都打好包，每个人拎两个包，坐公交车往力古先生家去。

我们计划一次搬一点儿，蚂蚁搬家似的偷偷溜掉。但是香山离和平门太远了，一个来回就已经傍晚。

房东和我们住在同一个院，周围还有邻居，所以我们密谋夜深人静的时候再展开行动。

傍晚，我们和平时一样。我在屋门口煮白面条，小白和高成老兄在屋里聊天喝酒上网。9 点多的时候，高成老兄有急事只能先告退。

终于夜幕沉沉，房东和邻居都睡觉了。我和小白出去找黑车，不巧又逢大雨，我们也没有伞，顶着雨，直到夜里 11 点多，才找到一辆黑车。

我们住的胡同太窄，汽车只能停在大马路边，所以要抬着东西走一段路才行。

搬东西的时候，在院门口遇见了个喝醉酒的男人。这个男人是我们的邻居，他正叽里呱啦冲着树哇哇乱叫。

他看见了我们就打招呼："嘿嘿，搬，搬家啊！"我们也顾不上理他，只管顶着雨搬东西。

从房东家扯过来的十几米的网线，是我才花了二十块钱买的，我不舍得丢，还冒雨爬到窗户上，踮着脚尽量多剪走一些。

最后，我们把房门虚掩着离开了。

雨一直下。

到了和平门已经是将近深夜两点了。

力古先生很费解，我们为啥一定要半夜搬家。我什么也没回答。

搬家也搬出了经验，两点十分卸完的车，两点半就已经全部安置好了。

不管怎么样，坐在屋里总算是松了口气。

我心里浮现出来那个房东第二天看到人去楼空的场景。开始暗暗难受，胸

我让我静，我让我动，
我让我疯狂，我让我从容，
我让我离开，我让我归来。
我是谁，我在哪儿……

口痛得很不是滋味，但也没有和小白交流。说有什么用呢，又是矫情，可我真的已经辜负了一个好心人。

如果我有钱了，一定要去香山把房租给他。可也许这已经不是仅仅钱能弥补的，他会不会觉得他的信任换来了失望。

哎呀呀，我真的很难过。可又该怎么办呢……

就这样，在我们弹尽粮绝的时候，从五环以外搬进了二环，搬到了和平门。

沃尔玛之旅

第二天一早，高成老兄就来了。

我们仨一起去招商银行办信用卡。

招商银行正在办活动，自从高成老兄从广播里听到了这个振奋人心的消息，他立刻变身喇叭，他通过电话、网络和口头告诉每一个朋友："招商银行可以办信用卡，可以透支！招商银行可以办信用卡，可以透支！"

填了办卡申请，还得到了招商银行的水杯，我们兴高采烈，一蹦一跳地从东单回到和平门。

我总记得老管对我说的那句话"天佑天才"，而且总是这样鼓励每一个正饿着肚子准备做点事情的热血青年。

我和高成老兄都没有得到那张卡，只有填报资料最真实的小白得到了。

当时，我们已经又一次身无分文了！那个卡，像是天上掉下来的一块馅饼！

信用卡，提取现金的利息要比刷卡购物的利息高，所以我们只刷卡购物。

我们附近有家很大的超市，沃尔玛。

沃尔玛真是个好地方。

进了沃尔玛，可以品尝酱牛肉、哈尔滨红肠、鸭胸脯、腊肠、火腿、家乡肠……能吃得饱饱的。

如果想再吃点甜点，可以！哈雷面包、吐司、曲奇……随意品尝。

饱饭后去水果区消消食，吃点哈密瓜、葡萄、菠萝、橙子……

然后散步，到地下一层，去品尝各种茶水、饮料……

散步累了可以休息，坐在家电区看新闻啊，看广告啊……

每次快下班的时候，服务员把大堆大堆的面包和熟食倒进垃圾桶。

这些东西像是糖衣炮弹，我们开始用信用卡疯狂购物，还添置了家当，刷了两个塑料收纳柜，那天我们高兴得一人抱一个，我笑得合不拢嘴，一路都没休息，一口气搬到了家。

那段岁月里，我们身上一分钱都没有，每天吃饭的时候就跑到沃尔玛去刷点东西吃。

我们没钱去门口的小卖部买一块五一瓶的燕京啤酒，就去超市刷卡，刷听装的青岛啤酒或者小瓶的百威啤酒；没钱买两块钱一包的大前门，就去沃尔玛刷最便宜的，四块五一包的中南海。

如果坐公交车能刷卡呢，我想我就再也用不着逃票啦，谁愿意逃票呀……哎……

这张卡可以透支一千元，我们就疯狂地刷吃刷喝，滋补身体，邮箱里不停地收到催款单，但我们才不管它。

不知道过了多久。

那天我和小白去刷肉馅、卫生纸、牙膏。结账的时候，服务员说余额不足，我就把牙膏放了回去。

回家的时候，信用卡不见了，怎么找都找不到，它消失了！

就这样，我们像做梦一样得到了一张信用卡，像做梦一样开始了我们的沃尔玛之旅，像做梦一样再见了沃尔玛！

四合院里的邻居

我们住的院子以前是个四合院，可现在院子里到处盖的都是房，住的到处都是人。院子的中间起了栋二层小楼，小楼的四面都是门，看着像一座碉堡。

我们这间屋子的对面住的是一家卖早点的，他们全家男女老少统统挤在一间屋子里，听他们说话叽里呱啦，不知道是哪里人。

每天凌晨不到 3 点钟他们就起床，开始煮东西蒸包子熬米汤，到上午 10 点多，他们推着装着煤火、炊具的三轮车回来了。

在水管旁边，我刷牙洗脸，他们刷洗卖早餐的锅碗瓢盆。接着他们开始做一顿很丰盛的中午饭。

一般到下午一两点，院子里会安静下来，只剩下他们家空调的声音，一台老式的窗式空调，像坦克车一样，轰隆隆轰隆隆……

到了下午五六点，院子里又热闹起来，他们开始准备第二天要卖的早餐。

其中一个年轻男人，每天站在院子里生炉子的时候，嘴里总是不停地在唱："是你让我心碎，是你让我流泪！是你让我心碎，是你让我流泪！"就这么一句，循环上几个小时，像是生炉子的咒语。不念叨这句炉子就生不着吗？

早点家有两个小孩儿，一男一女。

小男孩在家里人忙活不停的时候，一个人跑水管边洗水果吃。

女孩总是在帮着家里人洗菜剁菜。剁菜的案板就放在院子的地上，小姑娘蹲在那儿，两只手抱着菜刀，不停地剁，剁葱、剁姜、剁蒜、剁韭菜……

小姑娘剁肉的时候，院子里房东的狗会赶紧跑过来，就卧在旁边，一动不动的，眼睛直勾勾盯着案板。

到了傍晚，一家人开始做晚上饭，然后整个院子安静了下来，一直到凌晨3点，又开始热闹。

一天一天，一夜一夜，如此往复。

北苑与通州北苑

住在力古先生的房子里，我每天除了给他整理文稿，还负责给他做午饭和晚饭。

一天中午，刚吃过午饭，我之前做过兼职的图书公司给我打电话，说公司校对人员临时有事，但稿子急着用，问我愿不愿做校对。如果我能做的话，他让我当天下午在他们下班前赶到。

稿子都可以快递收送，可是虽然路途十分遥远，我也次次都是自己坐车去。同城快递当时五块钱，我想，如果我坐公交车逃票的话，五块钱也省了。

马上就要两点了，再一个我根本出不了门，因为此时此刻的我一分钱都没有。就算我可以逃票，可是每次出门的时候，起码我口袋里还有那么几块钱装着。

可我还是硬着头皮答应了别人，我总是这样，凡事先做了再说，坚信无论任何事，一定会有办法解决。

我卖了几个啤酒瓶，又翻箱倒柜地连犄角旮旯都不放过，找出来几个硬币，匆匆赶去拿稿子。

我还从来没有从和平门去过北苑，在门口找了半天，一直走路到前门西大街，总算看见一个写有“北苑”二字的站牌，瞬间，这辆车就出现了，我匆匆上了车。

当时已经下午3点多了，我知道北苑很远，既然已经上车了，再着急也只能一点点挪动，我让自己平静，慢慢走吧。

过了很久，连公交车里面都已经不太拥挤了，可是北苑还没有到，我开始担心起来，就给图书公司的编辑打电话。对方说没关系，稍等一会儿也好。

也许是因为这几个小时都太紧张了，也许是我真的有点累了，伴着公交车里的徐徐冷气，我昏昏欲睡。

终于到了北苑，一下车就激动地给那个编辑打电话说我到了。编辑让我在路边打听一下，去欧陆凯旋城找他。

其实北苑我也去过，凯旋城我也去过，而且我是一个方向感很强、闭着眼转一百圈也不会找不着北的人。可是我出了公交车站，怎么看怎么不对劲，为啥和我之前去的北苑不一样呢？

我问了问周围的人，又去重新看了看车牌——通州北苑！

天啊，这是东六环的通州北苑，凯旋城的那个北苑在北四环！两个地方相差十万八千里！

当时已经5点半了，稿子是没办法拿了，还害得人家等了我那么久，像存心耍他似的。

我突然很想哭，但是又觉得自己真可笑……

我根本顾不得想什么，因为我必须赶紧赶回去给力古先生做晚饭，希望别饿着他了……

王老师

王老师来和平门的那天，我已经将近一个月没有见过钞票了。

我叫她王老师，是因为我在网上找兼职工作，看到了一家文化公司留的电话，署名是王老师。

第一次去王老师上班的那家文化公司拿稿子，我觉得她人很好，说话也很和气，但是等我去领校对费的时候，她却说，校对得不认真，要扣些钱。

我觉得很委屈，以后就再也没去过她那个公司做校对了。

过了段时间，我发现她在我的 QQ 里面，我们在网上聊了几次，就成了朋友。她在自己的博客里写了很多关于她的孩子成长的故事，我发现她是一个很细心很有母性的女人。

她说，看了我放在博客里的故事，就像看到自己刚来北京时的样子，她知道很苦，一定要见见我。

那天的天气很热，中午的太阳火辣，王老师坐了轻轨转了公交还坐反了一次车，两个半小时才好不容易从天通苑来到了和平门。

当时我的手机停机，口袋里没有半毛钱。可是接她的时候，也只能硬着头皮在报亭里打公用电话给她，打完给人家说"我忘带钱了"。

我带着王老师在琉璃厂附近的胡同里转来转去找饭馆，因为平时不在外面吃饭，也不知道哪儿有饭馆，哪儿的便宜。

王老师看出了我的意思，说："没关系的，不用找了，随便找个地方吧。"最后我们去了南新华街的"馄饨侯"。

吃完饭，我带王老师去我住的地方，只坐了一小会儿，因为路远，她要赶回去，孩子要考高中了，她要给孩子做饭。

临走的时候，王老师硬是塞给我六百块钱，她想让我赶紧把信用卡透支的钱给还上。

在送她的路上，我们聊了很多。

王老师说，为了更好地照顾孩子，她已经辞了职，但是这样反倒让孩子的压力更大了。她告诉我说，在北京上学的孩子，考学的时候都要回户口所在地考试，她孩子的班上一下子走了三分之二的学生，剩下的几个还是学习不好的，可是只有这几个学习不好的学生才能考市重点，别的孩子只能考二三类的学校。学习很优秀却不能去考最好的学校，这对孩子打击很大，她不知道该怎么劝孩子才好。

我把王老师送到了地铁站，她说："早上来的时候，你告诉我'来和平门可以坐公交也可以坐地铁，但是坐公交便宜些'。我很感动。但是现在我急着回去，还是坐地铁吧，我也不想挤公交了，以前我也不是这样的。"

送走了她，我赶紧跑去还上了中午欠电话亭的四毛钱。

《刘霁诗集》

6 月了，在和平门，马上要迎来我二十岁生日，我突然间发现自己已经不是十几岁了。写诗差不多六七年，我决定印一本诗集。

我做事一向不受任何局限，我只是决定是不是做某个事，做这个事是不是对的。除此之外，是不是有钱，是不是认识人，是不是困难，这些问题我几乎从来不去想。

说做就做，我一个人完成了选诗、排版、封面、样书等一切工作，为了省钱，我跑来跑去找地方自己出胶片出硫酸纸。

都弄完了。突然像梦醒了似的，发现我根本就没有钱印书啊……

几千块钱，对我们来说不是小数目，就算是借来了，什么时候才能还上呢？

我决定一百、五十地凑，等书印出来了还书吧。

一连几天，我趴在床上不停地翻看通讯录，抱着手机发短信，用 QQ 给朋友们留言……

我把要印书的事情通过博客告诉了读者们，他们都很高兴，开始热情关注我出诗集的事情。

大家几乎没有见过面，只是因为喜欢我的诗。如此支持我，让我感动，也让我斗志昂扬。

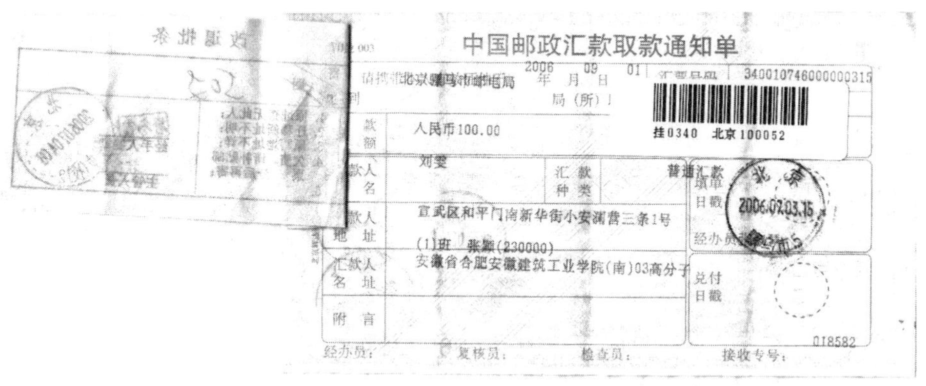

中国邮政汇款取款通知单

请携带……到北京骡马市邮电局 局（所）取款。 2006 年 09 月 01 日

汇票号码 340010746000000315

挂0340 北京100052

汇款金额	人民币100.00		
收款人姓名	刘雯	汇款种类	普通汇款
收款人地址	宣武区和平门南新华街小安澜营三条1号		
汇款人名址	(1)班 张颖(230000) 安徽省合肥安徽建筑工业学院(南)03高分子		
附言			

汇款填单日戳：北京 2006.09.03.15 骡马市5

经办员

兑付日戳

经办员： 复核员： 检查员： 接收专号： 018582

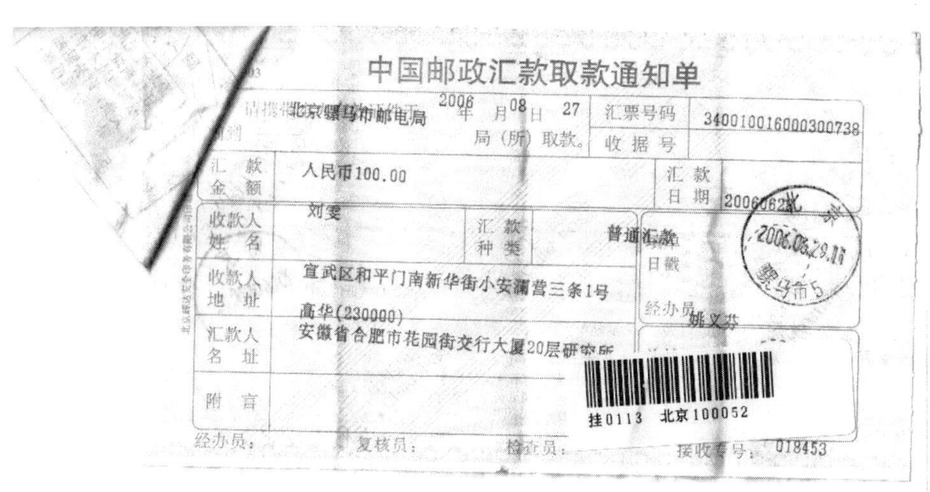

中国邮政汇款取款通知单

请携带……到北京骡马市邮电局 局（所）取款。 2006 年 08 月 27 日

汇票号码	340010016000300738		
收据号			
汇款金额	人民币100.00	汇款日期	200606
收款人姓名	刘雯	汇款种类	普通汇款
收款人地址	宣武区和平门南新华街小安澜营三条1号		
汇款人名址	高华(230000) 安徽省合肥市花园街交行大厦20层研究所		
附言			

汇款填单日戳：北京 2006.08.29.11 骡马市5

经办员 姚文芬

挂0113 北京100052

经办员： 复核员： 检查员： 接收专号： 018453

钱在一点一点地凑，我开始联系印刷厂印书。

找了几个做过书的朋友问印刷厂的事，但都没有什么结果，白白耽误了时间。一个在通州做书的诗人，他要我交××费××费等，说，一千册起印，而且印不到一千本也要按着一千本的价钱收。

我烦了，靠山山会倒，靠人人会老。怎么样都是掏钱印书，我自己找印刷厂！

正好志颖来北京出差，通过她，我认识了章欢，热情的章欢立刻加入了帮我印诗集的队伍。在章欢的帮助下我们联系到了一家印刷厂。

终于可以印书了！

半个月后，印刷厂打电话来送书，可印书的钱还没有凑齐，志颖又借给了我三百元，总算凑齐了印刷费。

我再一次，身无分文！

但，书，印出来了。

很高兴，十分高兴！

这是我二十岁的礼物，我是个幸运的人，有那么多支持我的朋友，我走在一条自己选择的路上。

诗人小招和老阿坚

小招是我在和平门认识的一个诗人，他大学退学后来了北京。在我之前，是他帮力古先生整理稿子，可是力古先生说小招总是出去到处跑，就不要他帮忙了。

小招和我同一年出生，也是双子座。

在我最穷的时候，曾经坐在一条断了腿的凳子上写东西。而小招骑着一辆没有轮胎的自行车到处乱跑。

那一年，小招和五十多岁的高个子诗人阿坚，一起住在琉璃厂附近的一间破屋子里，屋里的墙上用毛笔题着：啤隅斋。

他们说，在这里可以一直住到房子拆迁。

一天中午，小招发短信给我说，阿坚见了我的《刘雯诗集》很高兴，说要见见面，一起喝啤酒。

到了晚上，我和小白从外面回来，看见小招和阿坚拎着一大捆燕京啤酒，坐在门口的台阶上等着。

进了屋，阿坚让小招把一副羽毛球拍送给我们。

阿坚放下啤酒，双手比画着说："我和小招，下午的时候，去打羽毛球了，打羽毛球锻炼锻炼身体，感觉很好！现在把它送给你们，你们也要锻炼身体，你们都太瘦了，要多锻炼。"

说着，他做了个打羽毛球的动作。

我们一起喝酒，阿坚提议玩个游戏，说着就从身上掏出来一个骰子，掷骰子。我十分惊讶，他怎么随身带着骰子。可阿坚却淡定地说："这没什么，没什么，现在我把它送给你们了。我们再玩个新游戏。"

立刻，阿坚又从怀里摸出了个塑料勺子，我目瞪口呆，他高兴地说："哈哈，没什么没什么，这个待会儿也送给你们了，我们先喝酒，喝酒。"

一捆啤酒下肚，我们转移到了胡同口小胖子的羊肉串摊，又要了七八瓶。

刚一坐在那儿，卖肉串的小胖子就赶紧跑过来对阿坚说："大哥，这次早点走成不？两点就得收摊，太晚了人家提意见。"

阿坚用胳膊呼扇着说："没关系没关系，下班了我们去阿里巴巴，阿里巴巴不下班。"

阿坚把空啤酒瓶放地上，站着能把羊肉串的签子投进去。

酒桌就像是阿坚的舞台，他变身一个魔术师，表演着各种各样的戏法。

卖羊肉串的小胖子收摊了，我们又转移到阿坚所说的一晚上都不会下班的阿里巴巴。

阿里巴巴的老板是新疆人，阿坚指着老板娘身边的一个小孩对我们说："这个是我的儿子阿里巴巴，我是父亲，过来，让爸爸抱抱。"

阿里巴巴的老板拿着菜单站在一边，咧着嘴嘿嘿笑。

小招已经喝得差不多了，趴在桌子上打呼噜。

阿坚和小白开始吵架。

阿坚义正词严地说："人不需要尊重，人真的不需要尊重！"

小白来劲了，冲着他喊："那你让我揍你一顿？"

“那不行，打人不行！”

……

我们该回家了。

我们拉小招走，他一下子摔在了地上，可是眼睛仍旧紧闭着，他趴在地板上，脑袋压在两条胳膊上。

阿坚说：“小招这是在找枕头呢，在找枕头。不要叫他了，咱们回去吧，他是不会醒的，每次来阿里巴巴他都会睡在地板上。”

《刘雯诗集》首发演出

7 月中旬，我们在元大都 NewWhat 酒吧和一些乐队举办《刘雯诗集》的首发。

那天来了很多朋友，力古先生、章欢、王老师等很多帮助过我的人都到齐了。

当时一本诗集十块钱，那晚卖了几十本。朗诵会结束后，我们和小招走了两条街才找到夜班车。

夜班车两个小时一趟，我们就坐在马路边，开玩笑，猜汽车，熬时间。

等得麻木了，瞌睡和饥饿两只怪物突然袭来，它那么大个儿那么招摇，怎么掩盖也掩盖不住，我们成了俘虏，谁也不说话了。

夜班车终于来了，像是来了个夹着火腿的大面包，我们激动得扑了进去。

车上没几个人，乘务员收钱的时候，小白发现卖诗集的钱没了，低头一看，钱撒了一地，十块、五块……一直拾到车门口,钱少了很多。

车开了一站。刚一停稳,我们就赶紧跳下车往回跑,沿路找钱,想不到一站地竟然会这么远。

离我们上车几十米的地方,小白找到了第一张十块钱,接着我们开始拾到二十块、三十块、四十块,一直拾到站牌那儿。

一分钱都没丢。没一会儿,就有人过来等车了,再晚一步我们的钱也许就找不回来了,真是有如天助。我再次想起老管对我说的"天佑天才"。

又回到原点,再次等车,像是N机了重新开始。

很累,我们都耷拉着脑袋坐在路边。

我靠着栏杆睡着了,不知道睡了多久,小白把我晃醒:"车来了,车来了!"

回到了和平门,天已经亮了。

我们一起在和平门吃了早饭,各自回家睡觉。

那是2006年的夏天,小招总是叫着我们一起喝酒。

自从我出了诗集以后,就经常在北京的各个Live house(小型展演场地)朗诵诗歌,我也每次都会叫上小招。

跟和平门的日子说再见

我的演出越来越多,支持我的朋友也越来越多,我一个人的朗诵,没有任何音乐和音效,却能引得台下的年轻人Pogo(摇滚音乐现场狂热的人一起跑圈、互撞)和尖叫。

舞台上的我,像是在尽情燃烧,我不顾一切释放出身体里所有的温度,每一次我都当作是最彻底的释放。

我多么的希望每一个生命都可以自由盛开,没有悲伤,没有迷惘,没有孤单。我不愿意看到任何一张忧伤的脸庞,我不愿意望到任何一双失望的眼眸……

我总是还没朗诵两句,就干脆从台上跳到观众群里,和他们一起Pogo。

也许我们都没有办法改变现实的生活,可是就在那一时刻,我愿化作火焰,温暖每一个呐喊的青年。

那年的草原音乐节，我朗诵过后，一个女孩跑过来抱着我就哭，她用颤抖的嘴唇告诉我，她从来没这么激动过，我是那晚的天使……

那是真正激情燃烧的日子，除了激情和疯狂，我什么都没有想。

观众开始不满足于听我朗诵，期待我也做一支自己的乐队。

那好吧，名字我都起好了，叫“甜蜜蜜”。

“甜蜜蜜，甜蜜蜜，我们的生活甜蜜蜜”，或许是一种嘲讽，但也是一种希望。

9 月初的一天晚上，我们要去五道口的 13Club 演出。

小白下午先去霍营排练，在路上我们吵架了，于是我一个人早早地就在五道口街上转悠，正好给外地的朋友邮寄诗集。

我看见一个很漂亮的德国姑娘，穿着一双很旧很脏的黑色匡威在路边站着。那一瞬间感觉亲切又美好，就跑过去问她，你喜欢音乐吗，我们搞个乐队吧，就这样，Insa 成了乐队的第一位成员。

Insa 说自己从小拉小提琴，在德国是一个 Emo 乐队的主唱，吉他技术不好，还是弹贝斯吧。

没几天，她找来了 Imke。Imke 在德国就做乐队，是个名副其实的女吉他手。

可是女鼓手迟迟没有落实。男鼓手也试图接触过，却总是不理想。

这时候，有个出版社的编辑从昆明飞来找我约稿子。

因为他看了我的诗集，了解到我的生活，希望我能写一写，做一本书。

那时候一些外地的音乐节也会邀请我去朗诵。经常要离开北京，所以难免会耽误给力古先生做饭和整理文稿。

我告诉了力古先生这件事，打算给和平门的日子说再见。

鼓手一直没有落实，所以“甜蜜蜜”还不能活动起来。

再加上我写东西的时候，没办法出去挣钱，如果在北京，一天不出门不吃饭也得花钱，所以为了稿子，我就暂时回了郑州。

⊙费家村

我们搬进了费家村

一只苍蝇，冻死在肥皂盒里，告诉我 2006 年的冬天要开始了。

在郑州待了一个多月，北京的朋友们一直催着我回去，Insa 也希望“甜蜜蜜”能赶紧走起来，她是那么热爱摇滚乐。

小说还没写完，我就又回到了北京，这次经其他乐队的朋友介绍，我们搬到了费家村，在北五环以外，京顺路附近。

费家村，也是我住的时间最长的地方，从 2006 年的 10 月 1 日直到 2007 年的 9 月。

那年初冬，我每天看着屋里的苍蝇慢慢悠悠地站在桌子上、窗台上。

天气一天比一天冷，我数着可怜的苍蝇，一只只被活活地冻死。

每一天，我蹲在屋外的垃圾堆旁边刷牙，太阳晒着我的背，腐烂的菜叶，扑鼻的臭，我总在这个时候发呆，思考些不着边际的问题。

这是个简易房子，刮风的时候房顶和门窗会有节奏地呼呼晃动，在屋里钉钉子，墙上掉下来了半截砖，从此窗户边就有一个透风的大洞。

因为不朝阳，被子总是湿漉漉的，我总可以咬着牙，忍着这一切，不就是睡一觉吗，有地方睡就行了。

门口是玻璃厂、防盗门厂、铝合金窗厂……每当切割机的声音响起，就告诉我新的一天开始了；每当切割机的声音停止，我知道天黑了。

我住在费家村口的一排临时房里面，紧挨着的是一排排没日没夜嗡嗡叫的变电站。

这一切都没有变化，和当时在霍营一样，五六平方米的小屋，房东搭了个棚子装上从废品站回收的破门，租给人们住，而且也不便宜，没有厕所，也没有地方扔垃圾，门口的垃圾堆成了山。

我们每天上厕所要走五分钟的路，厕所脏得有些夸张，我在这里住了半个月，那个厕所里面的粪便越来越多，我总担心哪天会脏得进不去人。

那天，我一个人在费家村转悠了整个下午，也没有找到能够让乐队排练的房子。

到处住的是人，只要能挤下能塞下都住着人，无论再脏再简陋再臭……都住着人，都挂着正滴着水的小孩衣服。

我一边走，村里的广播一边响，“开心的锣鼓，敲出年年的喜庆……”

房子没有找到，即使找到了又能怎样呢？我有钱付房租吗？尽管一个月一百元。

又快月底了，卡上就二百块钱啦，交了一百五十元的房租再加上水电费，就剩下二十块钱。

我和小白在商量怎么办，我们总是不时地陷入这种局面。

血色浪漫

起初我一天吃一顿饭,饿得撑不住了才去吃。

再后来一天吃一次馒头、咸菜,大冷的天,坐在四面透风的屋里,啃着馒头就着凉咸菜。

有天突然停电了,我们就抱着馒头满村找地方吃饭。

坐饭店吃馒头太不像话,再要瓶啤酒不划算。去网吧,又太贵。村里的风实在太大了,干脆掏了五毛钱,买根蜡烛算了。

家里再破也是家,屋里的风总比外面的风小些。

那天高成老兄也在,他一边点蜡烛一边说:“烛光晚餐!咱们也浪漫一回!”

小白说:“我们这叫血色浪漫!”

屋里可真冷,眼球都要冻裂了。

这可是2006年年底了啊,我怎么感觉像是解放前?解放前的人们像我们现在这样天天啃干馒头喝凉水吗?

也许这更像是1960年闹灾荒,我没有经历过,只是听奶奶常说那一年没东西吃。

我一边啃馒头一边听小白讲,1960年的“辣椒砖”。

他说在1960年的时候,人们把辣椒晒干,磨成粉,做成辣椒砖,冬天冲水喝。

第二天我去上厕所,仅仅一夜间啊,村里的厕所竟然都被房东们封死了,租房的人到哪里上厕所呢?

我问门口收废品的租房户,厕所在哪儿,他笑眯眯地对我说:“都封着了,要跑可远才有个厕所,走十分钟。”说完他继续蹲在地上数易拉罐和塑料瓶子,很认真的,用他皲裂的手。

房东只是用残砖断瓦搭个破屋给我们,他们不管这些人去哪儿上厕所往哪儿扔垃圾。尽管我们的电是一块钱一度,房东的电是四毛五一度,但我们仍旧时不时地停电。

当你学会感知痛苦，那么你进步了。
当你学会抵御孤独，那么你成熟了。

我们都是人，人与人之间的关系一天比一天紧张，紧张到了靠养条狗来缓解压力的地步了吗？

那天我去买菜，一个大白菜给我要一块钱，我称了称，其实就七毛钱，为了这三毛钱，他就愿意撒谎？

钱是人们活着的一切？我想起小白写的歌词："金子银，银子金，一寸光阴难买一寸金。"

鸡蛋在涨价，电话卡在涨价，洗澡票也在涨价……

人们无怨无悔地不顾一切地去买去卖，去卖去买，然后再拼命地互相残杀。

好吧，好吧，那就在自残中尽情享乐吧，我亲爱的人类朋友！

晚饭炒大白菜，大白菜是个好东西，一棵可以吃好多顿。

吃过饭要去无名高地演出，是一个朋友乐队的专场。

记得有次演出，一个乐队给了二十块钱，几个人分，一个人得不到七块钱。晚上没有公交车，打车回去还要赔很多钱。

有时候一个人会分到几十块钱，刚够打车回家。

为了留着这点钱，我们走过一夜的路，也在路边坐过几个小时，为了等夜班车，有时候在二十四小时营业的麦当劳里等着天明……

我有时候会怀疑，人们是否可以不需要音乐、不需要诗歌、不需要尊重，我们所做的一切，像是在给饱饭的人们再做一桌饭，明明知道没人会吃，但还是非要做这顿饭。

稀稀拉拉的观众，麻木地坐在那儿，我们为了什么？我们的理想？我们的生命？激情那么廉价吗？人们真的不需要尊重吗？

高成老兄说，吃饭吃个半饱就行了，吃多了会犯困又浪费钱。

饥饿为了自由，我们得到自由了吗？

待会儿去无名高地可以卖些书，我在纸上写了"卖我的诗集 10 元/本"。

小白看见了笑我说，把牌子挂脖子上，头上再插个草标。

最后我改成"《刘雯诗集》10 元/本"。

这次能卖出去吗？反正试试吧，也只能这样了。

今晚会是怎样呢？会走一晚上的路？还是会在麦当劳待一夜？还是会……我不知道，别问我，我真的不知道。我只知道，要带上两个馒头，再把所有能穿的衣服都穿上，穿得越厚越好，省得没地方去。

我们很穷，而且总是这样，但我不会因此而有所动摇，坚持着，总会有办法的，生命本该如此！

你看看你周围的人，麻木的脸，想想都害怕，还好我和他们不是一样的。

生命不息，战斗不止。

那天晚上在无名高地的朗诵会，小招也来了。

小招仍然是骑着他那辆没有车胎的自行车，他说车胎烂了还得补，没气了还得打气，干脆不要车胎了。这辆车载着小招，穿梭在北京的很多街道，也载着他去过别的城市。

我不知道他骑了多少个小时，从和平门来到无名高地。

虽然很慢，虽然很累，但是他比我们强，他可以一直坚持着往前蹬车，总会到达目的地的。

那时候已经是 11 月，北京的天气，已经很冷很冷。

小招光膀子穿了一件皮袄，光着脚丫穿了一双比他脚大很多的皮鞋，还是夏天他天天穿的那条牛仔裤。

他说，他这一身都是别人给他的。前些日子在朋友的公司当编辑，干了几天没意思就不干了，现在继续和老阿坚一起待着。

小招朗诵完，当晚的演出还没有结束，他就把我叫出来说自己要走了，因为路太远，还要骑自行车回去。

我送他从无名高地出来，临走的时候，他冷不防从口袋里摸出来一张绿色的崭新五十块钱，塞进我手里就跑。

我愣在那里，心里百感交集，还没等我缓过神来，小招短信给我："我知道你没钱，我前几天工作了几天，手里还有一百块呢。"

我站在那儿，眼泪就吧嗒吧嗒地掉，吧嗒吧嗒地掉……

我们都很穷，都一样漂泊在外，食不果腹，同病相怜——到底是谁在帮助谁……

我爱麦当劳

我们每次都是只管先去演出,完了至于怎么回去,到时候再说。

激情过后,又是现实,演出完了,我们几个人在路上,一直往前走,一直走,我想总会走到家的……

在十字路口,看见了永和豆浆,那是二十四小时营业的餐厅,我们高兴地跑了过去,想进去歇歇脚,虽然很饿,但绝对不会消费。

刚走进永和豆浆,几个服务员就像苍蝇看见肥肉一样拥了过来,问我们要点什么。我们只好离开。

没走多远,我们很幸运地看见一家麦当劳。

我们找了个靠窗户的座位坐下来。这里的气氛十分随和,人也挺多。我平时就喜欢去麦当劳上厕所,那里不单提供卫生纸,方便完还可以把手洗得干干净净。

麦当劳的服务员不会介意我们是否要东西吃,麦当劳的服务员也不会介意我们坐在那儿多久。

我们就在那儿坐着,看着周围一桌桌不同的人,来了走了来了走了,汉堡可乐汉堡可乐……

我们的确饿了,高成老兄在我们的桌子上铺了张当晚的演出海报,在反面开始画大汉堡,我建议大家都来把想吃的东西画下来。

我画了个更大的汉堡,一层两层三层……

贝斯大李,他眼巴巴地看着我画,不停地说"加多点肉,再加点肉,再加点肉"。

我一下把汉堡画得像一座宝塔,大李的口水都快流出来了,说:"啊,好了,差不多了,再加点菜吧。"

这真是考验人,我肚子咕咕叫唤,麦当劳的空气真是香,奶油、汉堡、薯条、鸡翅……我们在纸上画满了闻到的食物。

高成老兄身后的墙上,是个巨无霸汉堡的广告。那汉堡比高成老兄的脑袋,不,应该是比我们所有人的脑袋加起来都要大。

我们闻着香味儿,乐滋滋地在纸上涂抹着所有食物。

凌晨3点左右,麦当劳打扫卫生,从二楼餐厅下来了一批睡眼惺忪的人,他们到了一楼,各自找到桌子继续睡。

原来不止我们几个在这儿过夜,麦当劳真好,我只选择麦当劳!

“以后有小孩了,想吃汉堡就去麦当劳,吃肯德基就打屁股!”

“有钱了来麦当劳吃汉堡,一次吃十个!”

我们不停开着玩笑,也不是很瞌睡了。

高成老兄仍旧不停地在纸上画画,他在画一个瘦骨嶙峋的男人的脸,张着大嘴要吃东西,画了很久,很认真。

我们开玩笑,他也不笑,一直低着头画,说是要给“麦当劳之夜”做个留念。

两个小时后,高成老兄喊了句:“好了,相机拿出来吧,给我拍一张。”

高成老兄把他画的和他自己一样的脸,放在面前要求拍照。

可我们集体发现,那个头像旁边赫然写着“KFC”。

我们哈哈大笑……

高成老兄半天才反应过来,赶紧把“KFC”给撕掉。

那段曾经的岁月

写到这儿的时候,往日的一幕一幕清晰地就在眼前。

我想起来在霍营的时候,涮羊肉唱他的歌:“在昨天,也就是十几年前……”

时至今日,我也才经历了几年的光景,大浪淘沙,人来人往,有的朋友还在继续,有的朋友早已远去。

我从黑暗走向光明,从隆冬走向春暖花开,可北京还是北京,你爱她,恨她,淡漠或是追逐,她永远是一片大地,一座城市。

也许我所经受的一切,只不过都是我心的距离。

如果我生活得不好,只是因为我努力得还不够,你也可以说是,机缘不成熟。

好吧，让我们继续回忆那段曾经的岁月。

冻死了，真冷。昨天晚上下了些不知道是雨还是雪的东西，真是糟糕透了，这让天气变得更冷。

我坐在床上改那没有完成的小说，身上披着毯子，裹着被子和棉袄。屋里比外面冷，被子又凉又湿，真是糟糕透了。

油壶里没有油了，瓶底儿被冻得梆硬，桌子上的剩馒头也跟着变硬。所有的东西都是硬邦邦的。

我想起我的小说，要交给远在昆明的编辑，他那里一定很暖和，而我却坐在这牢房似的阴冷的小黑屋笔耕不辍。

这个冬天将怎样度过，贫穷和寒冷。

贫穷不是错，赤贫才是罪。

前几天，我还有一个掉了一条腿的残疾凳子，现在终于全部断了，写东西的时候我只能蹲着。

我不得不反思一下我的生活。

也许激情和热血在这个时代是被遗忘的，人们根本不需要尊重和感动……

真他娘的冷，我只能一边哆嗦一边写，电脑的屏幕上满是我的哈气，我得一会儿一擦。

我住在难民营似的地方，刮风的时候房子呼呼晃动，会忽然没有电，忽然没有水。

邻居都是收废品卖废铁的农村人，他们还会时不时杀只鸡子吃，可我们呢，已经断火好几天了，这么冷的天，啃剩馒头，吃凉咸菜。

我的书，让我越写越泄气，即便是出了，也许人们也根本不会理解我的生活，我和他们是那么遥远，他们只会像看稀有动物一样看我，我想这是一定的。

吃什么呢？我总会饿。

饥饿，真是件麻烦的事情，如果是夏天还好，可以不停地喝水，可现在是冬天，凑合着吃，很快又会饿。

拿什么唤起我的激情？面对一群麻木的动物！

喜欢摇滚的人，他们根本没有钱去看演出，有热血的人被活活逼成了疯子。

好的，一切都没问题！我不想改变这个世界，我也不要被世界改变。

横的怕硬的，硬的怕不要命的！

“甜蜜蜜”乐队

虽然生活很窘迫，不过一切都在紧锣密鼓地进行着。

还是没有找到合适的鼓手，但 Insa 和 Imke 每个周末都会坐两个小时的公交车，从五道口来费家村看我。

千呼万唤始出来，犹如琵琶半遮面。

那段时间，我上百度搜搜“鼓手、北京、女、摇滚、音乐、朋克……”。

各种搜索，终于在万国马桶找到了鼓手小毛，虽然她最后一个出现，但她是日后“甜蜜蜜”的终极元老。

乐队的成员终于齐了，大家都很团结很有激情，但是毕竟都是新手，磨合起来不是那么容易，迟迟都没有出作品，但是这也不影响我们对音乐，对“甜蜜蜜”的热情。

我们每周都会聚在一起，排练聊天喝啤酒吃火锅。

可是没过多久，Imke 因为各种原因，需要回国。

甜蜜蜜乐队再次被搁浅。我又得找乐手。

第十二次搬家

我们的房东四十多岁，天天开着屋门，边晒太阳边上网，要么就去院门口打麻将。每天如此。

马上要过年了，他要回东北老家，让租户们一下交仨月的房租。

他临走的前一天晚上，拿个小本挨个地敲门收房租，不一会儿手里就抓了一大把百元大钞。

我们哪儿有钱一下给他三个月的房租，那可是一千多块啊。

我们说晚些时给，他根本不愿意，让我们立马搬走。

房子还没有到期，刨去电费，给了他三十块钱。

房东怕我们把他留在房间的破柜子搬走，就专门嘱咐烧锅炉的工人，盯着我们搬家，交代完就走了。

第二天找了一上午，也没有找到合适的房子，一个屁大的小黑屋就得一百五。

风嗖嗖地刮，又要搬家啦，想想就够了，唉！心情不好啊，告诉了几个朋友，他们统统都劝我不要搬：“房东走了，你只管住啊！”

下午有朋友来，他说：“啊？你搬什么啊，反正房东走了，你就随便住啊！”

本来就有点这个想法，经过朋友们的“鼓励”，便下定了决心。

烧锅炉的真的来了，小心地敲门：“还没有搬啊？”

我没去开门，只是喊了一句：“没收拾好啊，放心吧，我不会要那破柜子的！”

到了第二天傍晚，大老远就听见烧锅炉的在后面叫：“你房子到期了吧？你房子到期了吧？”

我只管往家走，烧锅炉的跟着我进了屋。

“我准备还住，等房东回来把钱给他。”

“那你房子到期了，把钱给我吧。”

“怎么能把钱给你？不给，我只给房东。”

第三天晚上，房东打来电话。

“你把钱给烧锅炉的吧，他一会儿过去拿钱。”

“你是谁啊，好好好，就这样。”

过了五分钟，烧锅炉的来了，他一定是接到了指令，敲门的声音比前几次都底气十足，门一开就往屋里冲。

“你怎么进来了啊？”

“钱呢？”

“什么钱啊？”

“房东说了，把钱给我。”

“你走吧，你出去。”

“把钱给我。”

“好好，知道了，你出去。”

“你那同学呢，你们得商量啊？”

“嗯，就是就是，你走吧。”

晚上，我们迎接新年，在家吃了顿火锅。

白水煮菜，清汤寡水，不是很好吃。

过了二十四点，接到朋友们的祝福短信，手机嘀嘀嘀地响，但是已经欠费，根本就没办法回。

想必，元旦又要搬家啦。

嗯，搬家，又要搬家了。

来费家村三个月，第三次搬家，每个月都要来一次，比月经都准时。

记得那天是元旦，过节了，为了庆祝一下，我中午给自己吃了顿特别的“大餐”——我在网上找了一张红烧排骨的图片，我趴在显示器前面，看着图片，吃白水煮面条。

吃过“大餐”，我去门口的小卖部，借来了一辆三轮车，准备搬家。

新家以前住着一个鼓手，屋子里面的墙上有个洞。我每次去他家，那个洞总是嗖嗖地进风，这么冷的天，劝他几次他都不愿把洞给堵上。

今天搬来才发现，小屋没有窗户，这个洞是小黑屋唯一的采光点。

大白天的把门给关上，屋里就伸手不见五指，那个透着光的洞，像是一轮明月。

小白说，这里是皇后的后花园，什么时候想赏月都行。

1 月 2 日晚，完成在北京一年零四个月的第几次搬家呢？掰着指头算，总会算错。

越搬家，东西越多，每件东西背后都有它的故事。

开业
垂钓园
往东
30米

我的凳子现在已经是一家三口了。从偏远的宋庄带来的小长条板凳，跟着我奔波的时间最长，它是标准的农村式凳子；后来遇见了通鼓，是从传说中摇滚乐手聚集的霍营带来的音乐式凳子；在费家村，又多了不土不洋的小木椅子。

再看看别的家当，宋庄时期20世纪六七十年代刷了红漆的木箱子；香山时期的折叠简易柜子，就是买它的时候笔记本电脑被盗；和平门时期从沃尔玛刷来的塑料收纳柜，要感谢招商银行信用卡；还有费家村时期20世纪80年代的老式木柜子。

我像是坐在冰箱里，用手机发短信的时候，要不停地擦屏幕上的哈气。

乔迁新居第一晚，我的头被冻成木头了，做了一晚上乱七八糟的梦。一个劲地裹被子，小风还是嗖嗖地往里钻。

屋里见不到阳光，不知道什么时候睡醒了，发现牙疼，想了半天，一定是因为太冷，睡觉时咬了一晚上的牙……

起床后发现已经中午12点了，屋里仍旧一片漆黑，我一个月一百五十元的房租，却享受了朋友在市里租的四百元一个月的地下室待遇。

刷牙时，发现屋外很暖和，寒冬腊月，我站在雪地里晒太阳。

想起来，酷热的夏天小白在霍营排练，屋里太热，几个人就蹲在太阳地儿里凉快。

下午本想去美院卖诗集，时间有点晚，就在家写东西吧。

把我那台超级防盗的大电脑装好，我也全副武装。

我戴着帽子围巾手套，穿了三层袜子。

边跺脚边敲键盘，手脚不停，体力劳动和脑力劳动同时进行。

我所经历的是我的生命，我选择，我付出，我承受。

现在是新年，2007来了，2007轰轰烈烈地来啦。

我慷慨激昂地奔向我的生活。

逃票回家

我有一条原则，无论我在哪儿，无论什么情况，过年的时候，我一定会回家，回到父母身边。

回家的时候，身上真的一分钱都没有。不知道怎么凑了四十多块钱，便去了车站。

我要在费家村口坐944路到来广营转去西站的847路。

在来广营等车的时候，我去市场买包子和矿泉水。谁都知道，越是需要方便的地方东西越贵，特别是火车站。

我发现肉包子和素包子一个价钱，于是要了一个肉包子。她递给我的时候，我发现五毛钱的包子怎么跟乒乓球那么大点儿。

我问她素包子大吗，她说比肉的大一点儿，但是这个好吃。

我就是想买东西填饱肚子，省得在火车上饿得难受，想想还要坐十二个小时的火车，绿皮车，人满为患，而且一路没有座位……

既然素的只比肉的大一圈，我还是要肉包子了，我从小就讨厌吃肉，但是现在只不过肉比菜挡饥。

来了几辆847路都是空调车，空调车要比普通车贵一倍，所以在北京我和我的朋友们从来都不坐空调车，忽然想起来元旦以后空调车要和普通车价钱一样，但这只是听说，我不能确定。

又过来了一辆847路，还是空调车。

我扒着门问司机到西站多少钱。

她颇不耐烦地喊："你上不上，上不上？"

"多少钱啊？"

"你上不上啊？多少钱你不都得坐吗？"

我一脚在车上，一脚在车外，扒着门问："到底多少钱？"

"三块，三块！快上吧。"这不就得了吗，哪那么多废话。

坐847路的人，基本都是往西站去的。个个都掂着大包小包，售票员要包票和人票，一个人要买两个人甚至三个人的票。

听朋友说过，他见一个售票员给背行李的民工要四个人的票。

售票员过来了，她问我去哪儿。

"西站。"

"六块。"

“不是三块吗？”

“还有你包的票。”

“我的包超过 1 立方了吗？”

“啊？你还知道这？”

“当然知道了，窗户上不贴着的吗？”

“算了，那你下次坐车别带东西了。”

“我坐车不带东西还坐车干什么？”

“给，找你两块。不是 1 立方，是 0.12 立方……”

她说完掉头走了，接着去售票。

我想她这种人总是说话不经过大脑，0.12 立方是什么概念？我坐公交车带个饭盒也要给饭盒买票吗？

到了西站，13 号候车厅等候 2553 次，人多，遍地都是。

吵吵闹闹的，而且气味很难闻，心里急躁，我决定不买车票。

开始检票了，每个人手里都攥着票，像山羊似的排着队，我皱着眉头一脸不耐烦地跟着往前面挪动，检票员竟然对我问也不问，冲着我后面的民工就喊：“快点！快点！”

就这样，我顺利混进了站。

见了火车，人们都发疯了似的，三四个人并作一排往车门里挤，咬着牙瞪着眼往里挤，几个人双脚腾空被卡在车门上，真是疯了。

终于挪进了车厢。

我迅速站在座位上，把行李放上架子，当我下来的瞬间，架子已经被全部塞满了。

行李都横七竖八地挤在上面，我想车一开动，一定会砸伤人。

人还没有全进来，我随便找了座位坐下来。

“这是 ×× 号，我的。”

“是吗？你的票呢，我看看。”

“给。”

“哦，来吧。”

这样一来，反复了三次。

我仍旧找个座位坐下来。

火车开动了，广播忽然哇哇响：“青春少年是样样红啊，你是主人翁……”一片喜洋洋。

被压成罐头的人们叽叽喳喳地在讨论着钱钱钱，个个都很亢奋的样子。

我坐的座位还是没有人来。

很久，一个老头儿，穿得破破烂烂，手里抱着个破棉袄，散发着尿臊味儿，他站在过道拿着车票东张西望的时候，周围的人都侧着身子用手捂着鼻子。

我想这老头儿一定有座位，要么拿着票找什么呢？但他怎么不去坐啊？也许我坐的就是他的，也许我坐的这个不是。

我的第一反应想上去帮帮他。我的理智告诉我绝对不要去！他如果看见自己的座位，为什么不过去让别人走开？他为什么不去？就因为自己是农村人？就因为自己脏？就因为别人嫌弃他的目光让他自卑？这一切都是他自找的！

一个人自己都把自己看扁了，看得比别人低贱，我干什么还要去帮助这样一个人？我想他越痛苦越好！对于自轻自贱的人，我巴不得他赶紧去愤怒起来！我希望他真的会愤怒，只有愤怒的时候，他才会意识到自身的价值！

对此，哎呀呀，我是多么难过，我的鼻子怎么突然就酸了，眼眶干吗又湿了……

火车不停地停，人们像蒸桑拿一样满身大汗。

但我想它越挤越好，开的时间越长越好，反正我没有买票，越拥挤检票的越不出窝，开的时间越长我坐得越够本。

不就是十二个小时吗，它总会到站的。

2007 年回家过年

记得我十二岁的时候，跟着夏令营去北京玩，我省下妈妈给我的“差旅费”，给爸爸妈妈爷爷奶奶姥姥，带了木头的小弥勒佛还有北京果脯。

那是我第一次一个人出门。

从那以后，无论我去哪儿，都会给他们带礼物。

刚刚退学的时候，我一个人周游中国，为了给爸爸一个惊喜，我每去一个地方，都会买一包当地的烟。

就连2006年冬天，在霍营给洋洋当保姆的时候，虽然一个月二百块钱的工资，我也存下来买了条围巾，过年的时候送给妈妈。

可是今年，也就是2007年过年的时候，我却背了一大包脏衣服和床单回郑州。

因为我的“皇后的后花园”阴冷潮湿，没有水管，根本没有办法洗衣服，囤积了一个冬天。我也一个冬天，几乎没敢换衣服。

从火车站回到家，还没上楼，我就先把这一大包脏衣服和被单，藏进地下室。

直到第二天爸爸妈妈上班的时候，我花了一天的时间把这些东西洗干净，晒了满满一阳台。

回家的第三天，我要和父母一起去表哥的新家“燎锅底”。

其实人们总是想尽一切办法找借口吃，这个和任何一个元宵节、“饺子节”“粽子节”“腊八粥节”“麻糖节”一样。

晚上，我骑自行车去见我的两个老朋友，大街上到处是楼，我竟然在我的家乡迷路了。

洗完澡后朋友提议去“杀人俱乐部”，我感到很稀奇，怎么有这种地方，于是决定去看看。

车在一座写字楼前停下来了，黑乎乎的看不出来有什么名堂。

我不停地打量着这个房间，实在想不透这里有什么好玩的，半夜三更的是什么让这么多人如此兴奋？

我努力地去听，人们在激烈争论：“那个匪，那个警察，杀了，要杀了……”

我一头雾水，觉得莫名其妙。

之后的几天，我总是待在家里，我想我二十年搬了多少次家，去了多少个地方，睡过多少张床……可还是家里的这张床最舒服。

但我仍旧不能久留，也许天空一无所有，远方一无所有，却能给我年少的心带来安慰……

我们家并不富有，但是也不贫穷，房间里每个角落都充斥着安逸和温暖，爸

当因缘聚合，你能否感到，

这只是业力的化现，

你爷爷如此你爸爸如此，难道你亦要如此？

当真相被你看到，你能否拥有一颗包容的心，

像青莲般出淤泥而不染？

当你从容走过，你能否用那颗觉悟的心，

像太阳般普照大地？

爸妈妈通过自己的努力,把家里面的一切都打理得很方便,而且生活上的东西应有尽有。

也许年轻的我,并不能承载他们的一番苦心给我带来的安逸和平静。所以我得独自一人去经历一场,于是我离开,我奔跑,我寻找,才能明白他们的心……

虽然快过年了,我却看着妈妈每天起早贪黑,在为工作忙忙碌碌。

她是个普通的汽车配件库的管理员,她用她的生命和精力,成全着她老板的梦想。她也用她的心血和努力,筑建起来我们这个温馨的家。

所以,她这样的人生,必定拥有着她的价值。可是我曾经不理解,我觉得这样是庸庸碌碌。我错了。

父母的这一切,早已在我身边发生了二十年,可是直到此时此刻,我才如此动容地感受到。

就在那一瞬间,我便再也不觉得自己的梦想有多么的雄伟。

每个人的出生就怀抱着不同使命,任何一个生命都有他存在的价值。只是分工不同,所以大家都各自经历着自己该经历的一切。

有天妈妈休息,爷爷奶奶来了。

爷爷按开门铃,我就赶紧跑下去接奶奶,她已经爬到五楼了。她一只手提着篮子,另一只手抓着楼梯扶手,正艰难地往上爬。我接过来她手里的提篮,扶着她上到了六楼。

奶奶的篮子里面是半瓶雪碧,大半瓶酒和专门给我妈妈带来的粉浆。奶奶知道我妈妈爱吃粉浆面条。这一提篮全是水质东西,老沉老沉的,这些都是她从郊区的舅爷家带来的。

爷爷和奶奶坐在沙发上,半天不说话,累得呼哧呼哧喘气,爷爷不停地擦头上的汗。

坐在沙发上的奶奶,比爷爷矮一头,她蜷缩着,穿着棉袄也能清楚地摸到她凸起的脊椎骨,胸前已经弯成了个能放进去拳头大的坑,我眼睁睁看着一个人这样的衰老,这是多么地让我心痛。

奶奶总是迎风流泪,她用皱巴巴的手,从口袋里掏出来一块小手帕擦眼睛,那是我小时候用的手帕,已经二十年了,然而这二十年奶奶老成了这个样子。

爷爷叫了我妈妈一声:"凤……"

"怎么了爸?"

我奶奶吞吞吐吐地说:"我该洗澡了。"

"洗啊,我昨天就说带你去,下班太晚了,没有去找你。"

奶奶眼里忽然闪着泪:"我那天给你大姐说带我去洗澡,她都不理我。"

"大姐没听见吧?"

"听见了,我站她跟前儿说哩。"

奶奶说完鼻子就红了,又掏出来小手绢擦眼角。

我心里是多么难受,我知道奶奶心里是多么受伤,那么辛苦养活大六个儿女,如今自己年老多病,换来女儿这样的态度。

儿女多了,比的不是谁孝顺,而是谁吃亏了,真是让人感到悲哀。

那天是 1 月 31 日, 也是妈妈的生日, 晚上我三个阿姨和姨父都来我家聚餐。

就在几个月前我从北京回郑州写小说的那段时间。有次四姨父在我家喝多了,他指着我爸爸说我爸爸没他有本事,当时我忍不住吼了他,还要把他轰出去。

然而这次又坐在一起了。亲戚之间,总是这样,剪不断,理还乱,让人没办法。

他们说话很热血沸腾,无疑,他们在讨论钱。

是从什么时候开始,人们变成这个样子?无论何时何地,见了面人们总是在讨论这个。

吃完饭,收拾了桌子,喝水,聊天,他们走了。

多少年了,都在重复这些。

我回家几天了?四天?五天?心里从来没有轻松……

明天会是怎样,我仍旧要艰难地为理想而奋斗。

因为光阴似流水,哗啦哗啦流淌的是我的生命。

搬家，搬家

春天来了，万物复苏。

年轻人的心，更是蠢蠢欲动。

我们的费家村又来了一批做音乐的朋友。

估计过几天还会有别的朋友搬来费家村，我们的队伍越来越壮大了。

在排练室门口的空地，我们举办了“费家村文艺青年运动会”。

我们拔河、摔跤玩“两人三足”游戏。

一起弹琴，一起唱歌，一起喝酒。

有一轮明月的“皇后的后花园”我真的再也“消受不起”了，除了睡觉，要一直开着灯，一点儿不夸张，不开灯真的是伸手不见五指。

被子、衣服还有我的书都发霉了，潮湿阴冷的小屋，终于再见了。

这是第几次搬家呢？十三次？十四次？懒得去算了。

将要搬去的这个地方，家具很多，房子大还亮堂，并且能上网，房租也不是很贵，可以说是在费家村能找到的最合适的了。

这是我决定放弃找房子时候发现的，这家门口没有写出租的牌子。我看他们家房子粉刷得很干净，只管去问问，结果还被我问中了，真好。

一般门口挂着出租牌子的房子都不会太好，想租好房子就得主动去找房东问。因为他们有的房子出租不出租都可以，但如果你正好问到了，也许就能租个好房子。

记得最早搬家的时候，只有我和小白两个人。

后来总会有一两个朋友帮忙，再后来朋友越来越多。这次搬家，村里做音乐的朋友都来了，我们一大帮人，一人掂一点，一趟就搬完了。

家里的东西，是搬一次多一点。这次 Imke 回德国，她把在北京的东西统统送给了我。

Imke 是个典型的巨蟹女，巨蟹座最大的特点就是，无论住在哪儿，无论住再短的时间，非要把住的地方弄得跟家一样。

我把家当分给一些刚来费家村的朋友。

我是双子座O型血，适应能力很强，无论到哪儿无论什么环境，我总是能立刻进入状态。

昨天交了房租，兜里又没钱了，下个月的房租还没着落，这样的生活很好，谁知道明天会是怎么样呢？

我最害怕的是一成不变的死寂，那样真的会要了我的命。

卖诗集

住在村东头，才发现再往东边不远，通往北皋的路两旁，是种植着各种蔬菜的田地。

我高兴地跑到田地里去买菜，自己刨了菠菜，进大棚里亲手摘了蘑菇。这些菜很便宜，很新鲜。

虽然时不时地有朋友和读者资助我，可是我还是想摆脱这样的状况，我知道这是暂时的，我从来没有停止过努力。

吃过新鲜的蔬菜，我继续出门卖诗集。

坐944路去离费家村不太远的中央美院，很奇怪，那美院的校园里到处是卖东西的，原来这是他们的“春集”。

我放心在这儿摆摊，“春集”这几天保安应该不会赶。

学校北边是卖书的，买卖的人都很少。我摆了一会儿就挪到了热闹的南边，南边全是卖衣服的。

卖衣服的都是女学生，她们把自己的新衣服旧衣服和鞋子都整麻袋地从宿舍拉出来，在路边摆了一地，叽叽喳喳地卖。买东西的也都是成群结队的女学生和拉着男朋友的女学生。

学生卖东西很专业，一招一式都是小商小贩的样子，坐在路边歪着头数钱的样子更专业。

风很大，我裹着羽绒服，穿来了最厚的衣服，可是蹲在路边坐一会儿就冷得厉害。可我眼前络绎不绝走动着穿着各种丝袜的腿，红色、蓝色、黑色、花的、肉色的……眼花缭乱，她们不冷吗？

也许她们是很冷，所以都走得很快，站着的时候也乱蹦，以至于她们浑身的肉都乱晃，甚至露出了超短裙里面的屁股。

从下午 3 点到傍晚我都在美院里面，下班时间，我搬到了花家地西里的路边。

那一天，我都在一边卖书，一边用笔在本子上记录来来往往每个人的对话：

1.“现在读诗的人很少，不好卖啊！”

2.“有《百家姓》还差不多，我买两本看！”

3.“你怎么不让出版社出？……不买。”

4.“这是什么？……”(走了)

5.“我对诗不感兴趣！”

6.“十块？……太贵了！”

7.“这是你的书啊？你是哪个大学毕业的啊？”

8.“书上的博客有吗？这些上网都能看的吧！”

9.“应该坚持啊！应该坚持！现在没人喜欢这个啦。”

10.“你，你是文学青年吗？”

11.“哎哟，你还会写诗啊？”

12.“这句什么意思？你能解释吗？”

13.“这书有书号吗？”

14.“诗歌啊？太高深了，不懂！”

15.“我们就会死读书，没人喜欢这个。”

16.“诗人啊？你是诗人?!”

17.“这是什么？卖本子吗？”

18.“这是什么？”

19.“什么啊这是？”

20.“卖什么的？”

21.“好像是自己的书。”

22.“什么？什么？看那是什么？”

23.“什么啊？算命的吗？”

感谢您支持
个人原创诗集！
祝每一个路过的朋友，平安快乐

24.“你的书？你是大学生吗？”

25.“我也写诗啊。我喜欢×××。我上高中时候，给我女朋友写过，现在太忙不写了，哈哈。”

26.“What？”

27.“《刘雯诗集》？诗？”

28.“诗集？为什么自己卖？”

29.“你毕业了吗？”

30.“《刘雯诗集》？刘雯是谁？刘雯在哪儿？哈哈。”

31.“刘ZI？贾雯？这是什么字儿？啊？哈哈，不知道……”

32.“What's this?诗集？哦……”

33.“我也写诗！哈哈。”

34.“刘雯是谁？刘雯是谁？是大学生吗？”

……

我喜欢麦当劳，不单麦当劳可以让我在演出完留一宿，还因为此时此刻灯火通明的麦当劳门口我能卖诗集。

我的书摊对面是卖鞋垫、烤肠、苹果、盗版书的。

甜蜜蜜乐队，燥起来

因为《刘雯诗集》，让我认识了来自天南海北的朋友们。

又是一年迷笛音乐节，一帮朋友从香港来北京见我。

他们来之前，让我帮忙在北京借房子住，我才知道很多房子是日租的，而且合租的房子加起来比整租的贵。

我在想，我是不是可以整租一套房子，然后分租出去，或许我还可以解决一下烦人的房租问题呢。

因为现实问题，我真的不愿意再让朋友们资助我过日子了。

所以我向父母借了六千块钱，准备去打听一下房子的事，那是我退学以后第一次向父母张口要钱，而且是借。我真的不想向家里人要钱，甚至希望能赶快替家人分担。

我去中央美院门口，到处打听房子，发现电线杆和墙上贴的出租的条子，打过去都是中介公司贴的。中介费就要一个月的房租，三居室最少得两千块钱。

于是我临时决定，去中介公司工作，起码能找一个不要钱的房源。

很快我得到了一份工作，在酒仙桥附近的一家21世纪不动产当业务员。

随之，通过朋友介绍，“甜蜜蜜”在MIDI音乐学院，找到了新的女吉他手。

“甜蜜蜜”，终于又可以走起来了！

每个周末，我会请半天假参加乐队排练。

之前的几个月虽然没有吉他手，但大家从2006年冬天一直到2007年夏天，每个星期都会准时排练，磨合一些作品，只是从来没有演出。

2007年的7月份，亲爱的贝斯手Insa要回国继续读书，为了送别Insa，我们为她办了一场甜蜜蜜的专场演出。

我亲手绘制了海报，印了几百张，甜蜜蜜的全体成员变成了派放员，进到鼓楼和新街口一带扫街。乐队几个人无论走到哪儿都揣着一摞海报，播撒在身边每一个角落，有可能没可能的地方。

我也通知周围所有的朋友，有可能没可能的不管是不是喜欢音乐不管是不是看过演出，连我上班的客户也统统通知一遍，甜蜜蜜要演出啦！

终于到了演出那天，在故宫老What吧，空前地辉煌，人满为患，观众都拥在酒吧外面的街道上，我们挥汗如雨。

老What吧的舞台很小，我干脆就站在观众里唱，由于过于激动，我拿着麦克像流星锤，甩来甩去，不慎砸到了观众的脑袋，可是那个人还是继续在人群之中Pogo……

还有一个观众由于过于激动一头撞在了墙上挂的椰子上面，那下子是真的爆了，满脸的血，简直要疯了……

演出完已经是凌晨，肯定没公交车和地铁了。穷的“文青”是没钱回家，有钱的小资是不愿意回家，我干脆大声地吆喝起来，都别走了啊，大家一起去喝酒！继续燥起来！

甜蜜蜜带着所有的观众，浩浩荡荡杀进大排档。

我也不知道去了多少人，我们把大排档的桌子全部横着拼在了一起，像是又一个舞台。

我不知道喝了多少酒，还激动地站在桌子上继续唱歌。

那一晚，我们畅饮到天明……

我是"售楼冠军"

Insa 走后，我们很快找了新的女贝斯，那段时间，甜蜜蜜的演出越来越多。我在中介公司的工作也越来越忙。

我要求自己尽快还给妈妈那六千块钱，如果这份工作能维持我的生活那再好不过了，所以我很珍惜这份工作，也认真努力。

我卖的都是高档的楼盘，我想人家如果通过我花几百万上千万来买房子，一定是信任我，我怎么能辜负了别人，我一定要尽我所能为他们想得更加周到。

在这里上班，要穿白衬衣、黑裤子、黑皮鞋。

我真不想违反纪律，可是我也真的没钱买这些行头。每天早上 8 点上班到晚上 9 点下班，抽空还去排练和演出，所以也没有一点时间去买，一拖再拖。

有天中午，领导拦着我，给我放假两个小时，立刻去买衣服。

到公司附近的市场，转悠半天，衬衣都挺贵。有件标标准准的正装白衬衣，却是短袖，被挂在门外正在打折处理，十五块钱一件，这十五块钱其实也是我借来的两天的饭钱，足以达到了我承受能力的极限。

鞋子和裤子，我只好从我现有的衣服里面找。我除了匡威还是匡威，我只能用黑布鞋代替黑皮鞋。

当时真不知道怎么想的，明明知道是要穿白长袖衬衫，却买了白短袖，我还侥幸地认为，差不了太多，袖子拽拽，胳膊缩缩，说不定能应付过去。

两个小时后，我穿着黑色牛仔裤、黑色匡威和这件皱不拉叽的白短袖，回到了公司。

可是，这看起来更像个另类了，连我自己都觉得很无语。

虽然领导给我排除了没时间的原因，可归根到底，还是因为没钱买。

可同事和领导，却直接把我当成了另类，觉得我故意要穿成这样子。

更有意思的是，我总是下了班就直接跑去排练和演出，也是穿着这个皱巴巴的白衬衣，这下我彻底被误解了，就连文艺青年们也觉得，衬衣就是刘雯的范儿，以为我如此混搭 office lady(白领丽人)的范儿，是蕴藏着某种反叛的寓意。

其实这个范儿，是真实生活的范儿，是无言以对的范儿。

我只有这一件白衣服。每天起早贪黑地忙碌，早上 7 点就要从家走，晚上 11 点才到家。也没有洗衣机，累得回家倒头就睡。大夏天我可以一个星期不洗澡不洗头，穿着这件将要变成灰色的衬衣，那双黑匡威也脏成了灰匡威。

我的黑牛仔裤不知道哪天演出的时候，膝盖和屁股上都挂了个洞。上班的时候，我试图用透明胶带粘着，可是那样看起来更诡异。

头发也脏，衣服也脏，每天慌里慌张，口袋里也一穷二白，乐队也忙。

我和小白也总是闹别扭。其实甜蜜蜜的开始，也是我和小白关系出现问题的开始。他越来越不赞成我搞乐队，问题就一直僵持着。

现在看来，这样的一个我，简直像个疲惫不堪的小丑，可当时的我，根本就没有心思去想这些，我只想好好工作，赶紧挣钱，自力更生。

当我听到有人说，想要重新活一次或者羡慕别人的生活，我就会想想自己。我从来都不希望重新活一次，我也不羡慕任何人的生活。

因为我自己的生活，每一步都是自己选择的，每一步都需要付出很大的代价，每一步都是熬过来的。我选择，我付出，我承受。

这就像在完成一道应用题，我只有做好现在这一步，才可以往前走。无论明天怎样，我坚信，我所走的路，都是只属于我的路。

记得我第一次开单的那个客户叫曹姐。

她找我的时候，先前在另外一家中介公司看了一个月的房子，已经最终确定了一套，交了五万订金，正等着业主从香港回来签合同。

她预订的这套房子我们公司也有，我俩聊了几次感觉很投机，曹姐觉得我人很实在，她想让我挣钱，愿意和我交朋友，她竟然去那家公司退了订金，来转交给我的公司。

从那以后，我觉得自己必须更加努力，老天总是眷顾我，付出总是会得到回应。我想这是我最大的福报。毕竟，并不是很多人付出都可以有结果。

客户信任我，委托我买房子，在房产这方面的专业知识我一定要做到最好，这才对得起别人的服务费，这才对得起我的工作。

我开始顶着大太阳去看地形熟悉户型，脚也磨烂了，皮肤晒得很黑，但是这些换来了我负责的这片区域，哪个地方有什么样的房子，哪个单元是什么户型，哪个户型什么朝向，在我心中滚瓜烂熟，客户和我聊一会儿，就省去了他们自己去亲自调查的工夫。

我会和客户沟通，依照他们个人情况和喜好，量身制订一套置业方案。

首先过滤出来几套最适合他的房子。从户型、朝向、设计到税费，甚至考虑到一些他个人的生肖星座和风水，从感性到理性，从品位到实用，我能想到的都用心去研究。最后一目了然地把置业方案打印出来给客户。

无论怎样，我的这些努力，总能让客户短期高效地买到自己最满意的房子。

最有意思的是客户马姐。

她从我这里租售买卖过很多套房子，她把周围朋友所有的房产问题都拉来给我。平日里她总爱带着我吃饭聊天，把我当成自己的孩子。

别的同事都在苦苦打电话找房源和客户的时候，我的客户却源源不断地来找我。我的客户不断带给我新的客户，我每天的任务就是接待上门来找我的老客户。

从置业顾问，到高级职业顾问，到置业经理……每个月底我的名片都在不停地升职，朝阳区的每一个店铺都挂着我的照片。

到了9月份，北京两千多人的员工大会，在朝阳保利剧院召开，我作为业绩和单数双重第一名的身份，面对所有的员工发表讲话。

我的目标很明确，上班、挣钱、学习业内知识和带客户。下班以后我就一心写歌排练。

突然有一天，我的上司当着很多同事的面，把我叫到办公室，开着门很大声音地呵斥我，他说别的店的同事打过来电话举报，我给他们店打电话不礼貌，周围的同事觉得我做人做事不顾别人感受，没有感恩的心。

我当时十分迷茫，因为我根本就没给他说的那个店打过电话，而且我周围的同事表面上对我都很友好。我想了半天，我最大的错就是总是上班迟到吧，但也从来没给人闹过不愉快啊。

我愣在那儿，莫名其妙。还没等我解释，上司赶紧把会议室的门关上，开始小声地说："刘雯你太张扬了，要注意一下周围人的感受。"

他说我每个月总是还不到十天，就一个人完成公司规定任务的百分之九十。每个月迟到的罚款，比别的同事的工资都高。一个月的工资，比别的同事在这儿做几年都多。同在一个办公室,让我要注意一下别人的感受。

从会议室出来,我一时还想不通,因为我一直认为自己老实上班,认真工作就完了,原来还不是这么简单一回事。

但是毕竟我来到的是一个团体;毕竟,让任何一个人不开心,都不是什么好事。

从那以后,每次我签下单子的时候,就会买很多饮料和零食给同事们。领到佣金的那天,就请办公室所有同事去吃饭。这样,关系很快缓和了下来,不但再也没有人找领导告状,反而我成了大家心中的英雄。

很多别的店里的同事,会专程来我的部门向我取经。平时我签合同或者和客户谈事,同事们就争着为我打下手,哪怕是给我的客户沏茶倒水,就为了看我是怎么处理问题的。轮到我值日的时候,同事总是已经早早地替我打扫干净。

毕竟我得到的,也是周围很多人希冀的,如果我能分享给更多的人,照顾更多的人,我就可以把他们的嫉妒转化成和我一起进步,所以何乐而不为呢?

我每天都在忙碌地应对着我的工作任务,各种谈判各种签约和与客户之间的沟通,几乎连睡觉的时间都没有了。因为业务繁忙,有时候要忙到半夜 3 点才能签完合同,白天还要带着客户去过户或者办理贷款,每天四处打车,下了车就跑。

那段时间我已经有了意想不到的收入, 可是我仍旧穿着脏成灰色的白衬衣,还是那一双黑色匡威帆布鞋。因为我根本没有时间去买,也没有时间去花钱。

哪怕舍弃一个几万块钱的单子,我也不会错过一次排练。

因为我清楚我的目的。

无论沿途的风景再美,再令人羡慕,可它不是我的心之所向。

我当初工作,只是为了解决我的温饱问题。

我来北京,是为了我的艺术生活。

现在甜蜜蜜乐队是我的精神,没有什么比它更重要。

⊙瞰都

搬进我的公寓“瞰都”

那年9月底，我工作刚满四个月，在公司销售的楼盘买了一套小户型。

我直接从费家村，搬到了朝阳公园北门——瞰都。

曾经弹尽粮绝的时候，我从遥远的香山搬到了内环。

这次还欠着房东二百八十块钱的我，突然搬进了属于自己的涉外公寓。

我的生活不停上演着所谓的无常。

我总是发生着无法预料的事情。

因为我是一团火焰，因为我是一棵只会面朝太阳的向日葵。

我实在是太忙了，就趁着一天夜里搬家。

那天费家村的小超市就要关门了，我问超市老板愿不愿意去朝阳公园一趟，他很高兴，也许觉得是意外之财。

东西太多，要搬两趟，司机很高兴。

到了瞰都，司机找不到小区汽车的入口，终于进了小区，保安又四处设限，折腾了半个小时才开始往五号楼卸货。

东西十分多，全都是小零碎，一趟一趟地卸，然后又从电梯口运到九层。

折腾了几十趟，司机都要睡着了。

卸完货，司机死活不愿意再拉一趟。

说太不划算了，给再多都不成。

我给司机说，你看看，第一趟那么累才挣三十，下一趟东西少，轻轻松松就挣三十啊。

无奈之下司机又开始了第二趟。

东西是少，但是还有我的三只猫。

司机已然烦得不能忍了，汽车要开走了，我的猫多多还没抓到，在门口四处跑，越抓越跑，我甚至想是不是缘分已尽了，不抓了吧。最后还是努力了一把。

一路上很热闹，三只猫受了惊吓似的，在汽车里狂叫，一声高过一声。我心里暗暗鄙视，难道农村的猫，没坐过汽车，有什么好叫的。

忽然很臭……

猫咪大小便失禁了。

司机惊了："啊？猫拉屎了吧！"

我很不好意思地说："啊，是啊，拉我身上了，拉我身上了！"

终于到了地方，我把三只猫塞进一个布包里，紧紧扎着口，任凭它们多么撕心裂肺歇斯底里地扑腾，我只往前狂奔，进了屋统统锁进厕所。

大老远，我看见司机不停抖搂汽车里的脚垫，抖搂着往地上摔着："臭死啦！臭死啦！"

见我走近了，干脆把脚垫狠狠地抛了出去，抛成一个弧线，大喊一声："不要了。"

给钱的时候，司机什么都没说，摇晃着脑袋，唱着歌，抓着钱扭头就走。

也许他受刺激了吧。

我搬到了新家，完全属于我的家。

这也许很突然，但是生活总是这样，来不及给你商量什么。

我得感谢我的父母，那些一直支持我的朋友和读者，还有甜蜜蜜的所有成员。

明天会更好，我多么想温暖更多的人！

我其实从未遇到过任何困难，生活上的坎坷都是进步的阶梯，坚持不懈是我的信仰！

放弃工作，放弃乐队

在工作最辉煌的时候，我选择了辞职，我的领导和同事都无比震惊。

无论做什么，我只能专心地做一件事。工作和乐队都进入了正轨，我没办法分身。如果这样下去，会让我觉得对不起乐队的朋友，也对这份工作受之有愧。

因为我并不是为了挣钱，不是为了升职而来北京的。

这份工作带给我的收获，已经足以令我惊喜。

我需要更多的时间和精力去继续我的乐队。

临走前，我用三天的时间，把我手头正在进行的客户转给同事们，如果这些客户只能成交百分之五十，应该也能挣二十万以上。

可是刚刚辞职的那段时间，总有些客户给我打电话，问我最近有没有什么适合他的房源，或者问我为什么不带他们看房子。

我总是把他们介绍给以前的同事，可他们偏偏认准我，说我不干了他们目前就不考虑房子的事了。

那段时间，小白的乐队人员变动很大，他每天都待在家里上网、喝酒，不开心。

有一次，不知道因为什么事情，他摔了屋里的所有东西，平静下来后他也试图去做过一些挣钱的差事，可乐队毕竟是他的全部热情，所以他总是闷闷不乐。

随着甜蜜蜜乐队越来越火，我和小白的感情也越来越糟糕。

因为我们最大的爆发点是，他一直对我搞乐队嗤之以鼻。

他的理论是，音乐上我什么都不会，只是一腔热情，根本就没有资格搞音乐。

可我的演出越来越多，喜欢甜蜜蜜乐队的人也越来越多，他认为摇滚乐就是被我这样的人给祸害了。

还有一点，他觉得我心里只有乐队，只有朋友，破坏了我们以往的生活。

那段时间，经济上我比较宽裕，喜欢叫上朋友们酒肉欢歌。每次演出过后，我们从来没有把演出费各自装过口袋里，而是呼朋唤友地邀请观众和其他的乐队一起直接杀向酒桌，来个不醉不归，一闹到天明。

就像我第一本诗集开篇的那首诗所述：

最高兴的事情是
写出来牛逼的东西
和遇到志同道合的朋友。

我是梦中人，还是在静观一场梦？

我的热情点燃了好多年轻人，这些年轻人被我感染，激情和呐喊。

可是无论多么激情多么狂放多么开心多么尽情，演出过后，还要面对工作的压力，爱情的危机，人生的痛苦和烦恼。

而我根本不能带给他们内心彻底的帮助和改变。

我猛然间感到羞愧难当，怀疑自己只不过是一个在舞台上癫狂的疯子。

渐渐地，我内心深处越来越迷茫，有股说不出的酸涩。

突然有一天，我远远地站在看台下面，眼前的乐手和台下的观众，嘶喊成一团，歇斯底里。

那晃动的身体，刺眼的灯光，狂躁的音符，绞作一团，让我觉得是那么的无力与悲哀……

那一刻，我恍然间不知所措，我快崩溃了，我不知道该做一个什么样的动作，不知道能说出来什么，我站在那儿感觉像是要被摧毁。我所坚信的摇滚精神，我所呐喊的激情与愤怒，在我面前摇摇欲坠。

烟、酒、情欲让人发泄和麻痹，严重了就去吸毒和自残。我这样疯狂的激情，只能成为人的一味镇静剂和发泄，我何尝不是在毒害别人呢？

可我寻找的最终的极乐是不朽，是纯粹。

这样的生活让我产生了疑问，可当我心中有一点疑问，就一定要想个明白。

我和小白的感情也一次次战争不断。

所以我更愿意和我的猫咪们待在一起。

我从小喜欢动物，小时候最喜欢的就是去动物园。这几年在北京自身难保，根本顾不得它们。可是从2007年工作以后，手头刚刚开始宽余，我便见流浪猫就试图收留。

之前的三只猫，到瞰都以后，发展成五只，时不时寄养几只。

后来我的小户型装不下那么多只，我干脆把房子租出去，再次搬家，租了一个两居室。

猫咪们在房间里横行无阻，最多的时候固定猫民有十四只，朋友们总是提出到我家“看猫”，我成了彻底的“猫奴”。

寻找内心平静的方式

我应该怎么继续我的生活呢?

我该何去何从呢?

我渴望有人帮我,我渴望有一个答案,我渴望有所依靠,我渴望有一个内心的皈依。

这个时候,我突然想起来,两年前志颖来北京出差,就是帮我印《刘雯诗集》那次。当时她已经开始学佛,还让我陪她去雍和宫请香炉。可是我并没有接触佛教,而且也没想过要学佛。

在雍和宫那一路上,她在前面一边走一边好奇地到处看,我在后面跟着,头也不抬地按着手机。

记得她进了一家叫扎西德勒的佛具店,进去好久都不出来,我在外面等得着急,干脆进去叫她。

可当我一进店门,正对着我的一张僧人的照片,立即映入眼帘,我像是被磁铁吸引了一样,被猛然震慑,像走进了另一个世界。照片中的那双眼睛仿佛已经洞穿我的心底,那样的静谧深邃,跨越千年,难以言喻的坚定、安详、智慧。

我就一直无意识地站在那儿,根本忘记了自己进来是为了叫志颖走。

志颖晃了晃我,她说你干吗愣在那儿,我才发现自己竟然不知不觉流泪了……

她说你有什么心事吗?可我真没有,或者我自己当时根本就没有好好想过。我不知道我为什么流泪了。

我问志颖,照片上的那个人是谁啊?

她说,那是大宝法王。

从此,我记着有这么个名字。

可是,也并没有接触佛法。

志颖临走的时候,留在我家一捆从郑州带来的经书,因为她原本计划送给北京的一个居士,可是时间没有来得及,就托我帮忙转送。

那次，我认识了顾师兄，为了表示对我送书的谢意，她也是第一个买《刘雯诗集》的人。

那次见到大宝法王照片时候的感觉，虽然并不是我当年所追求的，可是那坚定的眼神，却一直映在我心底，时不时地涌现出来，让我来回品咂，却不知道如何安放。

也许这就是所谓的机缘不成熟吧，所以事隔两年，此时此刻的我，开始向往起那样的宁静，回味那副独特的眼神。

于是我翻找电话本，找到了顾师兄的电话，我告诉她，我也想皈依师父，我也想学佛。

机缘成熟，一切瓜熟蒂落。

两年了，我第一次给顾师兄打电话，她说你真有福气，我的上师今晚来北京。

就这样我一个人，第一次来到雍和家园，见到了别人总是难得一见的嘉祥堪布。

他是那么的慈祥，静静地端坐在那里。

我给顾师兄说，师父好像我爷爷啊，长得像我爷爷，不不，是看我的眼神，让我想起来我慈祥的爷爷。

师父很忙，等我再次去雍和家园的时候，他已经离开返回了寺院。

不过这里的居士们会经常组织一起学习，一起探讨。

我只是觉得自己的生活有问题，所以想接触一个新的环境，试图去解开我心中的疑问。

那段时间，我频频穿梭在雍和宫一带，一个人走来走去……

我急于摆脱我当时的生活，我渴望有强大的能量注入我的生命。

可是我选择的新的方向，不知是对还是错，我只是想试一试。

我虽然总是爱发问总是爱怀疑，但是我可能比任何人都更快地去投入，因为我想任何事，只有试一试才知道是否真的适合自己。

这些，一如我当时选择来北京，去宋庄，去搞摇滚，都是一样的动机。我在寻觅，给自己一个合适的位置，来呈现自己的生命。

其实也许并没有对与错，一切都是我必须经过的路。

只要我能到达的地方，我能遇见的人，都是一种机缘成熟吧。没有什么错与对，应不应该。

我始终让自己清醒，无论再苦再迷茫，无论正在遭遇什么，我心中都还有希望，因为我渴望的还没有达到。那个没有痛苦，没有恐惧，那个永恒不朽，只有平静与爱的地方……

我开始纯粹素食，每天打坐诵经，深居简出。

我突然改变生活方式，随之而来的是我和小白更激烈的斗争，他说我和他的交流越来越少了，他不理解我的想法，更无法接受我一个人去做他不感兴趣并且他不知道的各种事情。

也许他的事业让他抓不住摸不着；对于爱情，看到我离他越来越远，让他更加的焦虑和悲伤。

可是我又能怎么办呢？我一个对自己的人生还迷糊的人，我拿什么拯救你，我的爱人。

小白想回开封，先找家里的乐手做一张 EP（介于单曲与专辑之间，俗称细碟）。

我也打算先回郑州，因为无法收拾的爱情，因为我对自己的疑问。我想我必须暂时离开。

我们都在不停地追求“我所”，我所有的人，我所有的东西，我所有的事业，可是“我”是谁呢？

如果我连自己都没有搞清楚，何谈“我所”呢？所以怎么样都是迷茫，越追求越痛苦。

一个对人生还迷糊的人，再轰轰烈烈也是那个时代的过去。

第三章

寻找香格里拉

我和上师的关系一直是：

我遇到问题，他点化，我思考，我去做。

所以说，修行只是自己的事情。

没有不好的老师，只有愚钝的学生。

佛陀也只是靠自己证悟得道的人，任何贤哲圣人，

也只是在告诉我们，他们如何获得成就的方法。

那些也许适合你，也许不适合你，

但是也只有你自己去实践去做了才知道。

⊙师者，传道授业解惑者也

遇见我的心灵导师

我回郑州，小白回开封，我和小白开始“两地分居”，却还是争吵不断。

他想要一个一成不变的我，和他一样的我，虽然他对自己的人生和理想都还迷茫。

所以，在追求的过程中，我们越来越远。

至于我的人生，我该怎么办呢？我简直困惑到了极点。

我和父母住在一起，我不能让他们感到我的难过，更不容许他们看到我的眼泪。其实，也没有人能帮助我摆脱痛苦。如果你问我怎么了，我根本无言以对。

如果父母在家，我总是一边打扫房间，一边扬起脑袋，我不让自己的眼泪掉下去。实在受不了，就站在窗前假装看风景。

几乎没有朋友知道我回郑州了，我没有心思去面对任何一个人、一件事。这不是我的作风，所以就算再痛苦，我坚信，这一切总会过去的吧。我在等待一个转机，我知道，这是个过程。

只要我一直向前，我从不相信泪会白流，也不相信苦会白吃。

这个时候，志颖告诉我格瓦师父在郑州，让我去找他。

其实，我并不是第一次见格瓦师父，在一年前的夏天，那时候我已经买了房子，还在做乐队，有天志颖给我打电话，告诉我她的师父来北京了，让我去见见。

当时的我，从来都没有想过要有个信仰，更是觉得自己的生活没有什么问题，所以怀着好奇心和应付志颖这个老朋友的热情，和乐队的鼓手小毛一起去见了格瓦师父。

那天，格瓦师父约我在天安门前的国旗下见面，想想那个场面真的很有趣，因为就算不在国旗下，他一身僧袍在大街上也是很容易找到的，所以大老远我就看见他了，和他一起的还有两个居士。

但我不知道出于什么心理，远远看了他几分钟才走过去，那应该是我生平第一次去见一位僧人。

格瓦师父看起来有点累，眼睛里充满了血丝，但这丝毫掩盖不住他独特的眼神，清澈剔透、坚定安详。这样的眼神在现实里，我还是第一次遇到。

师父的汉语不好，我也不知道和他说什么，我只是默默看着格瓦师父，和小毛相互交流着，嘀嘀咕咕地跟在他们后面。

我们本想找个地方坐下聊聊，可是四周很难找到一个适合师父去的地方，转悠了半天未果。

再者，我实在不知道接下来要说什么，我也没什么好请教师父，所以干脆和小毛一起匆匆告辞了。

这就是我第一次见格瓦师父的情景，有些匆匆，有些突兀，有些尴尬。突然出现，又突然不见。

没想到时隔一年半，师父又来到了我的身边。

并且，这次的相遇，让我们不再分离。

他指引着我，鼓励着我，成了让我相遇自己的心灵导师。

那时候，格瓦师父从藏地来郑州，住在宾馆，我和妈妈去拜访了他一次，才一年多的时间，师父的汉语竟然变得流利自如，这让我感到很震惊。

虽然上次只是那样一番匆匆会面，再次见面却像是久别重逢的亲人。也许在师父那坚定的眼神背后，就是我此时此刻迷茫的内心，苦苦寻觅的栖息。

居士们想请师父在中原久留，就为他在郑州的市中心，交通最便利的地方，租了一套房子作为道场。

大家发动周围的力量，最后我爸爸帮忙找到一套房子，就在我家附近，走路三分钟就到。

记得道场刚刚收拾好那天，去了很多居士和热心的人，大家围坐在一起，听格瓦师父开示，他教大家如何在生活中得到一颗平静自如的心。

当人们都慢慢离开，唯我一人不忍离去，坐在角落看着格瓦师父，他是那么智慧，却又如此平易近人，像一泓清泉，像一片大海。

格瓦师父走到我的面前，我不禁流下了泪，要问我为何流泪，我也不知道，泪水是无法抑制的吧。

四目相对，我一刹那思绪如泉水喷涌，对着师父说：

“师父啊，我寻寻觅觅，如此奔波，可我的心却始终不能够满足，越追逐越漂泊。几年前，我离开家的时候，我们家住着只有七层高的新楼，三年后我回到故乡，我的家淹没在直耸入云的高楼之中，那些风靡在20世纪90年代的小楼已经被推倒。

“我想，这直耸入云的高楼一定也会被时间和欲望所磨灭。师父啊，这循环的默剧人生，像是一张难以逃脱的网罗，可是多少人还在为了一时的得失，为了金钱、名利和欲望，而不顾一切地拼搏，看到这些我是多么痛心。这条路的终点是痛苦，可是我虽醒来却难以自救，我被痛苦和惭愧吞噬着。

“师父啊，请您告诉我，活着究竟如何找到极乐？我热情并且真爱生命，我停滞在这里，并不是颓废，只是我不愿浪费生命里的每一分钟，请您告诉我该何去何从啊？”

也许这才是我真正积压在胸口多年的心结，当我对着格瓦师父说完这些话时，早已泪流满面，究竟是痛还是苦，我想我的迷茫，已经不是感情、事业那么简单的问题了……

因为懂得，所以慈悲，真的能明白，只需要一个眼神，一个刹那，言语仅仅是一种修饰。

格瓦师父弯下身子拉我站起来，我坐在他旁边，他淡淡地微笑。

只一句：“你是个善良的好孩子，相信师父，会好的，你说的一切都会好的。”

师父的眼神，好像包含了世间一切的悲欢离合、喜怒哀乐，所有的一切，在他的眼神背后，化作温暖、光明。那里，也许是我经过那么多挣扎与喧嚣后，真正需要到达的彼岸。

从此以后，我每天一睡醒就去格瓦师父那里。

如果他不在，我就待在道场，一个人看书或者用他教给我的方式打坐冥想。

如果他在，我们就在房间里促膝长谈。

那段时光是我人生中最难忘最温暖的记忆。

我想，他是我见过的最慈悲的人。即便我的生活依旧，我的周遭仍旧困顿，但是在师父面前，我可以卸下一切枷锁。

师父告诉我说，你想到达人生的彼岸，就必须先过这条河，无论你是游泳还是坐船。

我告诉师父，我真的想做一个有成就的人，我觉得生命真的很宝贵，我不愿意枉费这短暂的几十年。

师父笑了，他说，世间再大的成就，都不能算作真的成就。只有出世间的成就，才是真的成就。

我说，师父，我不愿意活太大的岁数，我只求我的生命有价值，这和活得长短没关系。

师父抿着嘴，看着我说："不可以啊，师父希望你活很大的岁数，让你经历一切一切世间能够经历的事情。"

我们就这样交流着，冬日的阳光透过窗子，洒在师父慈悲的脸上。他就端坐在我的面前。用他最柔软的心，最智慧的方法，来洗涤我那颗迷茫的心，一点点给我注入光明。

我曾像一只小船，孤独地漂泊在苍茫的大海上，是你，我慈悲的上师，照亮了我前行的航线。

我曾蜷缩在世间哭泣，在这变幻莫测的人间迷茫，是你，我慈悲的上师，滋润了我苦痛的心。

我深深地感受到，师父比我更了解我自己。他就像一个真正的我，一个我所期盼的自己，一个我最终要达到的自己，或者是我遗失已久的自己，那是希望，那是光明，是无垢无染最真最初的自己。

我决心要找回自己。虽然艰辛，虽然困苦，但是这是生命唯一的出路。

不畏艰难，勇往直前。

指路明灯

虽然我还没有对明天有一个完美的规划，可是我的心，开始慢慢变得平静。

我知道，无论再忙再奔波，如果我们的心没有找到自己，没有安定下来，人生再大的成功，物质、金钱、名利，包括我们的爱人，都无法让我们感到满足，只有我们自己的心满足了，才能做到宠辱不惊，才能真正解脱。

人们一出生，就开始着急认识这个世界，认识朋友，追求所有令自己有感觉的事物。可是，却忘记了认识自己，忽略了这个将要承载你所拥有的一切的灵魂和躯体。所以我们才总是迷茫，总是痛苦，所以快乐总是稍纵即逝。

我想，我必须选择一条最适合我的路，能够发挥出自己最大的能力，然后我一辈子，只做好这一件事。

当我开始重新计划自己的生活时，竟突然发现美术、音乐、写作、摄影……这些年我几乎把所有的艺术形式都尝试遍了，我都喜欢，都愿意去做，因为我不够了解自己，没有能力对未来有个更合理的规划，所以一直没有办法取舍。

我把想法告诉了格瓦师父，他建议我做音乐，并坚持写作。

如果选择美术还好，我从小就喜欢画画，喜欢观察和思考。记得小时候有一次去姥姥家，阿姨让我自己在客厅玩，她去厨房做饭。当她做好饭回到客厅，我已经把沙发上的一个书包惟妙惟肖地用彩笔搬上了白纸，这让她惊奇不已，不相信这画出自五岁的我。

小时候我很想学国画，于是报了个美术班，可学了很久，却一直在教我们写美术字。

不死心的我开始自己在家挥毫泼墨，还让爸爸给我买来刻刀，自己钻研篆刻。我十岁的时候，已经开始了云里雾里的"创作"，搞得家里门上、墙上到处是我的"墨宝"。

后来我放弃了国画，开始醉心于西洋油画那斑驳色彩。所以按天赋和美术功底来说，如果我选择美术，相对比较容易。

可格瓦师父却偏偏让我选择音乐，这需要我付出更多的心血和努力，因为我从小就被家人称为"鸭嗓子"，而且我什么乐器都不会。

格瓦师父笑眯眯地听我讲述这些，好像他什么都知道似的。虽然在听我回忆的故事，但这并不影响他替我做的选择，他给我信心，鼓励我，让我努力，他说我一定能唱好，而且会用歌声让很多人感动。

音乐是最直接的一种交流，是对整个宇宙万事万物没有阻碍的沟通。它不需要语言去讲，不需要双眼去看，甚至你可以没有耳朵去听，只需要用一颗心去体会生命的震颤。所以我去唱歌，是多么有福报，这又是一件多么神圣的使命，我只想让自己的心，宁静再宁静，不沾染一丁点的污浊，让我所发出来的每一个音符，都绽放着生命最本来的姿态，那就是爱。

方向选好了，可我不知道自己是该留在郑州、再回北京，还是出国呢？

格瓦师父希望我再去北京，而且他意味深长地说："去北京吧，北京需要你去！"

这使我感到了一种使命、一种责任。

我也没有问太多，也许师父有他的理由，他慈悲智慧，他看得更远更究竟，比我更了解我自己。

到底回不回去，也许我还没有做好准备，也许我还没有想清楚。

我接受和期待一个全新的自己，虽然我并不以过往的自己而懊恼。每当我回忆起以前的自己，更多的是感慨，从来没有过遗憾，爱了就爱了，想做什么都做了。

现在，我只不过在等待，等待一个全新自我的到来。

一场不合时宜的梦

不知不觉到了年末，一直处在思索中的我，突然被一场清新愉快的、不合时宜的梦惊醒了。

梦里我还是个学生，要毕业的时候才知道自己的学校在哪里。但是，怎么也找不到自己的班级。

我匆匆在校园里奔跑，脚上的鞋带断了，所以我干脆一整天都光着脚丫，满脚的泥土……

我身穿绿色如嫩草般的紧身长袖T恤，粉橘色的迷你小纱裙……

一个班正在联欢，希望我能为大家唱首歌，我告诉老师，我没有穿内裤，没有戴胸罩，如果我乱蹦乱跳会走光的。

老师还在发呆的时候，我一跃而起跳上了讲桌，高声大喊，"我脚踩着泥土，身披着春天，带给你们的是灿烂的阳光，我是如此的纯真！"

又蹦又跳地唱歌，"Sunday is rockroll.rocccccckroll……"

划破时空界限的感动

现实中，我仍旧寂静一人，去找格瓦师父，或者偶尔约志颖聊天。

志颖不希望我每天待在家里，她希望我去一个有传统文化特色的私立中学工作。可是当时就快放寒假了，我只好暂时留在家里看书。

那段时间，我徜徉在中国传统文化的典籍当中。

我开始静下心来，看中国古诗词，才发现那是一种享受，一种浩然之气，一种穿越千百年的浮想。像是一坛陈年老酒，像是一盏淡雅香茗。

这些简短的词句，格律优美、沁人心脾，时而气壮山河，时而婉转低回。它们化现在我的眼前，使我不得不钦佩诗词中的智慧与意境。

这些诗词只可意会无法言传。就在那个时候，作为一个中国人，一个会使用汉字汉语的人，我感到了一种深深的幸福。

在我翻阅这些典籍的时候，发现到处充满了佛学的思想，由衷慨叹儒学和佛学，像是天上的月亮和荷塘里的月亮，对影成双，相映成趣。那种感觉，真是美妙，难以言喻。

学国学，读古诗，听古琴，成了我那段时间最美好的享受，那种感觉，神奇而美妙，好似天籁，深远悠长。虽然相隔千百年，但是心中的感动却划破了时空的界限，在我心中绵延不绝。

愚者破茧

2009 年 1 月 19 日，北京下了雪，听朋友说，很大。

可是郑州却一个冬天干冷，没有雪。

我想，如果我在北京，我就可以写，这个冬天有雪。

猫猫说，她的朋友过几天就放“暑假”，要回郑州过年。

我以为她说错了，外面的风冻得我头皮都要裂开了，大冬天的，怎么放暑假啊？原来，她的朋友要从澳大利亚回来，而那里正值夏天……

是呀，一切都不是绝对的，就像这一年四季有人在挨着寒冬，而有人在晒着烈日。那人生呢，喜怒哀乐，顺境逆境，世间的一切，都是无常的。

那段时间，我变得很安静，每天都在不停地剖析自己的内心，一个想法，一个念头，我比任何时候都更爱问“为什么”，这次问的不是别人，而是自己的心。

我几乎每天都在写日记，写“自我检讨书”去分析自己的内心。

我想，这些年，或许我是太“执着”了，就拿小事情来讲。

比如，有一天中午猫猫说下午两点见面，我就会因而省略了从接到电话一直到下午见面这之间的所有事情：吃饭、上厕所、喝水、洗手等一概忽略。

然后下午在一起的时候，我就会因为和朋友在一起，而不去接电话，不管我们见面有没有什么要紧的事。

当我写东西的时候，虽然很饿，很渴，很冷，很想上厕所，耳朵旁边有些痒，但是我都一动不动，直到写完。

在做一件事情的时候，我总是如此“执着”。

记得以前，我总觉得“执着”是个好词，但现在发现，其实不然，这确实是缺点，我得改！

想起来，凡·高先生，去教堂当义工，因为过分热情被赶走了。

现实并没有发生什么，一切那么自然，我想一切都会变得很好。

把自己说得好听点，或许，我现在是只毛毛虫。毛毛虫总要变成蝴蝶，在破茧时候一定很疼吧。

我想，自己正处于这个时期。

塔罗牌里面，6 月 16 日那天生日的我，牌面是愚者，一个不受世俗规范约束的人，所以这张牌代表了自我。它暗示我虽然活在尘世中，却仍然有一颗纯洁的相信梦想的心，为了心中的梦，甘愿去面对凶险的未来。

只要心中还有梦想，就要努力去把它变成现实，冒险又算得了什么？

时间“滴滴答答”在表盘上来回循环，一年又过去了，又要春节了，外面一片喜庆，却怎么突然显得空洞而敷衍？

时间，或许并不是值得炫耀的东西。新春的钟声响起，我却在回忆过去。

⊙为了这段缘

他是一只曼妙的小鹿

该来的总会来，平静只是为了养精蓄锐，等待着一个崭新的开始。

一天晚上，电话突然响了，一群很久不联系的老朋友一定要我出去一趟，他们就在我家附近。

这个意料之外的约会，却打破了我一个人的宁静，我的生活终于掀开了新的一页。

因为，这让我认识了小益。

当我来到约定的地点，慢慢走近朋友们，一个陌生的面孔，却显得那么熟悉，像一只从森林里奔来的小鹿，虽然羞涩含蓄，却透露着忧郁和倔强。这就是小益。

那时候，他刚刚高中退学，喜欢音乐，是个吉他手。他在和我当年一样的年龄，经历了和我一样的事情。他热爱艺术，也如我当时一样，不被理解，忧郁而孤独。

他很想做音乐，很想去北京。他单纯的眼睛，闪烁着善良和热情，我仿佛看到了曾经的自己。

他对我信任而依赖，“姐姐，姐姐”地叫个不停，我只想给他我经历和明白的所有，呵护他，鼓励他。

我们一起去吃消夜，他立即和我一起也开始了素食。

一晚上，我们都在交谈，他告诉了我他当时的困惑，包括退学以及和家人的矛盾。我耐心地给他讲怎么孝敬父母，怎么“齐家治国才能平天下”。把我学到的所有都告诉了他。离开的时候，我送给他《弟子规》和一些我正在学习的传统文化书籍。

回家后，他按照《弟子规》去面对家人，才几天却像变了一个人。和父母的关系缓和了，他自己也慢慢开心起来。

我约他来我的画室聊天。我告诉他，几个月前我的那个穿着粉红裙子在操场唱歌的梦，说着就唱起了梦里的那首歌。

小益顺手拿起了我的吉他，开心地附和起来。我俩弹琴唱歌，快乐地笑，随着音乐无拘无束地跳舞。

好久好久了，因为各自的生活，我们都没有这样放松和开心过。

更重要的是，我们从来没有配合过，我一边唱，他一边弹，竟然一气呵成，创作出来了 Sunday's rockroll 这首源自梦中的歌，那天正好是星期天。

我相信缘分，相信巧合，我的心总是被这些触动。

如果我俩不一起做音乐，简直太可惜了。

人们常说，如果想从失恋的伤痛中走出来，最快的办法就是再开始一场爱情。虽然我和小益不是情侣，可他的出现，却让我忘记了过往所有感情、生活的纠缠和烦恼。

我所经历的一切困苦，都不是白白经历的。小益的纯净打动了我，我多么希望他不再受伤，不再迷茫。我要用我所经历的，帮助他，尽我所能去实现他的价值。

或许，无助的我，也是想借此实现自己的精神价值？

我没有细想，一切都自然发生，无论怎样，我的生命仿佛回到了万物复苏的春天，朝气蓬勃，四处洋溢着生命的气息。

做一个女孩

那么多年过去了，我都在用香皂洗脸，有钱没钱都没有工夫去考虑穿衣打扮。我的头发那么长，根本没去考虑过自己的发型。

朋友玥说我不像个女人，恨不得说我连海飞丝都不知道，更别提什么睫毛膏、BB 霜了。

她们说我的头发像刘欢或者是郑钧。我莫名其妙，我说女孩扎一个马尾有啥稀奇？她说，那不一样，你没“刘海儿”。

节制让我自由，真理让我飞翔。

一天玥拉着我去剪了一个“刘海儿”，我确实不知道，这头发还可以剪个“刘海儿”。我如果画小人，还知道给小人画个“刘海儿”呢，但是现实中，我真不知道。

要剪的时候我还在做最后的抗争，会不会太俗气了。剪完我立刻像变了个人，难怪在理发店，玥坐在旁边，一直不停地骂我“不食人间烟火”。

而且，我又过了很长时间才知道，烫头发并不是中老年妇女的专利。原来年轻女孩也可以烫发，而且不会显得老气。

在那个时候，我才知道，女孩子的长指甲，是修出来的。可是我总是努力把指甲剪到最短，都露着指尖的肉，因为我觉得它长了还得剪，太麻烦了。

原来我的脸并不大，指甲也并不短，我有着白皙的皮肤，瘦弱的小身板，其实我是一个女孩。

二十多年了，我从来没有真的考虑过自己是个女孩，凡事都有规律，不去遵循就会出问题，我想我应该先从小女孩做起吧。

共同的誓愿

我开始穿上颜色最鲜艳的衣服，让自己迈开最轻盈的步伐。

和那个在我心中如泉水般纯洁的小益，徜徉在2009年的春天里。

他每天的工作就是来我的地下画室找我，起早贪黑和我在一起，就算晚上我们分开了，也赶紧回家继续上网聊天。

我俩总有说不完的话，好像是跨越千年又重逢的亲人。

有一次我俩去开封铁塔公园放生，荷花盛开，天空湛蓝，我们一起站在铁塔下面，听到风铃叮当作响，让人陶醉，就不禁拉起手，面对佛塔立下誓愿，让佛菩萨见证，我们要同甘共苦，一起做事业，共同进步，共同成就，用爱心、真心做最优美动听的音乐，温暖每一个生命。

很快，我要去之前提到的那所私立中学工作了。我负责学校的国学网站，每天编写和整理“儒释道耶回”的各种资料，工作不算轻松，但是我很喜欢，因为每天都能学到对我有益的东西。

我的QQ总是在线，小益就在家里和我聊天，等到下班了，他就立即出现在我面前。

这样的日子不到一个月，学校开始招聘新老师，我鼓动小益也来试试，最后他应聘上了小学部的音乐老师。

刚上班，他的任务不重，只是学习古琴和传统文化，作为储备老师。我们之间又增加了一层关系，成为同事，更加形影不离。

他总是早上先到我家楼下找我，和我一起去上班。我俩有时候一起坐公交车，有时候一起骑自行车。无论怎样，每天都欢声笑语，无拘无束，我想那才是真正的春天。

也许有时候，你不愿意去想太多，可是有一种力量却牵引着你往前走。你压抑、逃避、不理会，只会让自己越来越揪心。

有一次，我站在窗边，看着阳光透过窗帘照在小益的脸上，他趴在沙发扶手上，正在熟睡。

我就那样看着，他均匀地呼吸，像不曾来过这个世界一样安静。我静静地在本子上写下诗句：

你在阳光下
安静地睡着了
你纯真的小心田
一尘不染
阳光如此温暖
令我如此贪恋

我忽然间发现自己，好像并没有把小益只当作弟弟。可他呢？他会怎么想？

我辗转反侧，我的确只是想让他好，希望他能实现自己的理想。我不确定这是不是爱情，我就是这么心甘情愿地希望这个人好，希望尽自己所有的一切为他。

虽然我们仍旧天天在一起，可是我内心深处，变得很纠结，我觉得自己怎么这么不洒脱了，这一点也不像个“浪漫的诗人”。

《刘雯诗集》第二部

也许那就是感情的晚熟，我从来没有触及过的内心地带。

那个在北京勇敢漂泊的刘雯，那个在舞台上狂欢的刘雯，那个“强大”的刘雯，被我埋在了找不到的地方。

人们都说，所有的感情经不住时间和现实的考验。可是我甚至想，就算小益变成一根毛，一个不真实存在的影子，我也会像现在一样对他好。

我俩那不明朗的关系，让我变得很纠结。我看见了一个极度压抑、又充满了幻想的我。

“凡人刘”想好好的。“凡人刘”最讨厌哭鼻子了，“凡人刘”总遭到误解，“凡人刘”真是个笨家伙，“凡人刘”不善于表达，“凡人刘”只不过想有个好伙伴，总是总是总是陪着我、陪着我、陪着我……

自闭的“凡人刘”、虚伪的“凡人刘”、装假坚强的“凡人刘”、病恹恹的“凡人刘”、“磨叽”的“凡人刘”、大老粗的“凡人刘”、脆弱的“凡人刘”、自卑的“凡人刘”、头痛的“凡人刘”、晚熟的“凡人刘”、不合拍的“凡人刘”、哭鼻子的“凡人刘”、被人误解的“凡人刘”、没头脑的“凡人刘”、关怀强迫症的“凡人刘”、傻帽儿的“凡人刘”、智障的“凡人刘”、大毒瘤的“凡人刘”、大麻烦的“凡人刘”、顽固的“凡人刘”、小心眼的“凡人刘”、冲动的“凡人刘”、冒失的“凡人刘”、健忘的“凡人刘”、笨手笨脚的“凡人刘”、贪得无厌的“凡人刘”、愚蠢的“凡人刘”、不自然的“凡人刘”、不合群的“凡人刘”、孤独的“凡人刘”、慢吞吞的“凡人刘”、反正是个腻腻歪歪的“凡人刘”……

“凡人刘”不知道还能做些什么，“凡人刘”的身体是直的，脑袋是直的，嘴巴是直的，心肠是直的，像一条大虫蠕动着笨笨的身体慢吞吞前行着……

所以我把感情都寄托在了音乐上，Bob Dylan 那沙哑动人的声音，让我没日没夜地陶醉其中，小野丽莎那柔软清雅的音调，让我分分秒秒心怀温柔。

所以，我把我的思绪，天马行空的爱意、任性、渴望、焦虑，都写到了诗歌里。

在我 2009 年二十三岁生日之前，开始默默地准备《刘雯诗集》第二部，一大半的诗歌都创作于我认识小益以后那短短的半年。我之前很不喜欢写情诗，觉得那一点也不大气，可是在我的第二本诗集中，却毫不避讳地写了好多温暖的小情调。

那是不明朗的爱，藏在“凡人刘”心中的小春天，我变得有点迷糊，满脑子的幻想，一点也不像之前那个“强大”的刘雯了。

但是，这个我从来没有触及过的内心地带，一定是我人生中必定要经过的一段路。虽然我变得晕头转向，但是它是那么真实，那么情真意切，这才是真的刘雯，我只不过是个小姑娘。

2006年我的第一本《刘雯诗集》，封面是火红的底色，翠绿的剪影是一只细长的手握着一朵太阳花。火红、翠绿、太阳花，是我激烈挣扎、肆意挥霍青春的岁月。

第二本书，洁白的封面，淡淡一行黑色小字《刘雯诗集2》，缀一朵烫金的小莲花。白色代表我的重生，莲花代表我所期盼的自由平静。

做这本书，没有筹钱，用了我在那所私立学校几个月的工资，之所以印出来，只不过是希望更多的还在痛苦和迷茫中的人，能够找到光明。

所以，我在扉页上送给每个读者同一个祝福，“愿所有看到此书的人，得到生命之光的照耀”。

之所以写“看到此书”，而不是“拥有此书”，这里面有我一个小小的愿望，就是哪怕你只翻阅了一下或者看到了这本书的封面，只要有看一眼的缘分，都同样会得到这个祝福。

我相信心性的力量，只要我想，更何况是正知正念，一定会感应得到。

书印出来以后，首先送给周围正在愁苦中的朋友和一直支持我的读者。另外，这本书的书款，我只用于放生和救助流浪动物。我想，这是我所能尽到的能力吧。

这本书通过网络、读者和朋友们的口口相传，开始在各个城市和角落蔓延开来，还漂洋过海去了欧洲一些地方。

读过我第一本诗集的朋友们，我们又都经历了三年的青春，不同的城市、不同的生活，却都在同我一样寻找着自己……

火红色的岁月,我们因诗歌而彼此靠近。而纯白素净的现在,也因这些由衷喜悦的小诗而彼此感动。

我的小心愿

之前说的,都是大家众所周知的我,我的确希望去温暖每一个人。

我总是在任何时候都对下一刻抱有希望,不气馁、不低头。就连在最苦的时候,我也告诉自己,这是高潮的前奏。

我最见不得别人流泪,见不得别人唉声叹气,"苦肉计"总是对我百发百中。

也许是我内心的侠气,或者我自己就是个极其敏感的人,我深深知道痛苦的滋味。

可我有一个小心愿,我多么希望小益也是喜欢我的。

虽然我一直没有说出来,可是我那么笨拙,那么情绪外露。

明明父母在家,我也告诉他,正好我家也没人,每天下班和他一起吃饭。

明明很困了,还是坐在电脑前面和他说话。

明明不顺路,也说顺路。

我总是问猫猫,问志颖,小益到底会不会喜欢我呀?我啰唆得已经无人能及了,我像个失魂落魄的"神经病"。

我总是看着电话,总是期待一个见面,总是揣测他的只言片语,我简直疯了……

所以当我看着小益在我身边弹钢琴的时候,我觉得自己就是个笨头笨脑的粗人。

我这样一个傻瓜,全世界最大的傻瓜,任何人也会看出来我的心吧。

记得第二本诗集还没有出来时,我就一个人骑着自行车跑到印刷厂看着那些纸张进到机器里,切割,粘胶,最后从机器里被吐出来,还是烫手的呢。

我先拿走了三本,兴高采烈地告诉小益,我的书印出来了。

那天小益、猫猫和玥来到地下室给我庆祝。我在书上面写"NO.1""NO.2"

“NO.3”，送给他们。

我真的好开心，我觉得是小益给我带来了那么多美好的小诗，我很感谢他，当然我也很希望他能明白我的心。

那天晚上，他们三个人离开后，我便一个人坐在地下室踌躇不安。我的心要从嗓子眼儿里蹿出来了，我多么希望小益明白我的心，我侥幸地觉得，是小益害羞，他毕竟比我小，我应该告诉他，也许他不知道的。

我来回按手机，我试图发一个短信给他：“谢谢你给我的这段，最美好的时光。你出现的这个季节，是最最美丽的春天。给我一个拥抱吧！”

我写出来这条短信，自己都难以置信，我到底怎么了，怎么会这样啊？我从来没有求过任何一个人、一个事。我这是怎么了？我没有发，坐立不安，来回纠结，当我一扭头看见镜子里的自己，脸红得像个关公。

我想，有什么了不起，我刘雯怕什么，爱咋地咋地，就真的发了过去。

发过去了，我的心百感交集，我感到自己的脸滚烫，听见“怦怦”的声音，那原来是我的心跳啊。我第一次听见自己心跳得那么厉害。

我以前常说，一个人的快乐如果需要另一个人点头说了算，那是很可怜的。那我现在不就是最可怜的傻子吗？

可是怎么办？我根本控制不了自己。

我收到了小益的回信。

他说他不能给我一个拥抱，他可以把我当最亲的亲人，就是那种如果他以后结婚了，他老婆也要接受我的亲人。他希望和我做事业，共同进步。

我收到了短信，心中不知道是什么滋味。

他说的没错，我们俩刚刚认识的时候，就是说好一起做事情的。

怪我，我怎么这么冲动。可我根本不是一个容易冲动的人，但是现在，我为什么会这样……

我趴在靠垫上，哭了，我该怎么办？

小益依旧每天和我在一起，我们一起上班、一起排练、一起吃饭。

无论他是否爱我，现实是他从来没有离开过我，我对他的爱没有改变，我只是希望他好，尽我所能给他所有。

我把爱埋得很深很深，但是它还是会往外溢。也许是我太倔强？我从来没有得不到的东西，所有的事情，我都会拼命、都会努力，直到我拥有。

所以小益说，感情不是做事情，你执着了、努力了，就一定有结果。

很快到了暑假，我俩一起辞去了学校的工作，准备着9月启程去北京。

⊙我在这里寻找，也在这里失去

剪不断，理还乱，是情缘

2005 年 9 月，我十九岁，小白二十九岁。

1487 次绿皮火车，来到北京，一头扎进了宋庄。

2009 年 9 月，我二十三岁，小益十九岁。

国航波音 737，重新去了北京，东风北桥“瞰都”。

如果我是小益，应该会这样写：

2005 年 9 月，刘雯十九岁，来到北京。

2009 年 9 月，我十九岁，来到北京。

我和小益都在十九岁去北京，这样看来，又是一种机缘巧合。

我们出生在同一所医院，儿时生活在同一条街，说过很多同样的话，做过很多同样的事情。同样是小学转了一次学，初中转了两次学，同样是高一退学，小益的一切都比我整整晚了四年。

我是一个相信缘分的人。也许一次次的刻意安排，我都不会为之所动，反而一个偶遇就会让我觉得亲近。

他对我形影不离，现在又和我一起在北京。我想，总有一天，他真的会爱上我。

刚到北京的那天，我之前快递过来的被子没有送到。

他睡沙发，我睡床。天很冷，就这样将就了一夜，第二天我们都有些感冒。

白天给快递打电话，可还要再等一天才能送来。

那天真的很冷，我找出一条棉睡裙，可以勉强当被子。晚上我和小益缩在一起，盖着棉睡裙。那是我认识他十个月以来，第一次靠得那么近。

我看着他在我身边睡着，我感到自己仿佛和他失散了几千年，我对他苦苦寻觅，跨过千山万水，越过刀山火海。我的心，经过了几个世纪，他是那么纯真无瑕,像掌心的一粒水珠。所以他,静静地躺在我的身边,不曾感受到我那热泪盈眶的爱。

不知道什么时候,我睡着了。醒来的时候,我们竟然抱在一起。我的心“怦怦”跳,我紧张极了。他没有睡,他在睁着眼睛。

我虽然那么爱他,如果他不爱我,我不需要一个怜悯的拥抱,我是个倔强的人,我追求的是纯粹,渴望没有杂质的感情与爱。我宁愿真的坏,也不要假的好。

我既不开心,也不激动,我只是问他,小益,我们拥抱了,你爱我吗?他没有回答,只是“嗯”了一声。我再问,他就不回答了。

我想,也许是因为自己不够好。也许是我自己不够知足,要了这样又要那样。也许是我们说好一起做事业,我却半路冒出来这样的念头,是我不对。爱让我变得卑微,爱又让我变得晕头转向。

也许这些谁都不怪,只是我人生中应该去经历的事情,就让它任意发生吧。

我和小益的亲近,并没有让我变得开心。我以为我们可以像情侣一样拉着手;我以为我们可以像情侣一样看电视的时候靠在一起;我以为他会关心我的一颦一笑;我以为他会感动于我为他所做的点点滴滴。可是这些都不可以有。

反而他会说我,不让我沉迷于感情。听罢我就变得更加沮丧了。我想,我的爸爸有妈妈,爷爷有奶奶,而我呢……我不是一个超级强大的女强人,我也希望有人关心我。

我是那种可以忘记自己,而对另一个人无私付出的人。比如,我从来不会给自己选到一件合适的衣服,却可以替别人选择到令其心满意足的颜色和款式。

别人随口说的一个想法,我就会记着,然后默默帮他实现,有一天突然送到他面前。

那还是对别人,可想而知,对小益,一个我从来没有如此动情和怜惜过的人。我恨不得把自己的心掏给他。

我告诉自己不要太贪心,凡事都要循序渐进。我以为,那是一个我需要重新慢慢去适应的另一个世界。我没有退缩,也没有放弃。反而越挫越勇。

我每天一日三餐加消夜,不重样地为他做着好吃的。从来不考虑价钱,不考虑我会不会做,只要他想到的,能让他开心的,我都会努力实现。

我把钱都给他拿着,因为我们外出见朋友时,我不想让人家看见总是我在掏钱。我把自己所有的一切,都给了小益,我把我的一切都说成是我们的。

我把小益当成我自己,我吃过的苦,经历过的事情,不希望他再经历。他是一个加强版的我,直接站在我奋斗过的四年上面的我。一个十九岁直接开始我二十三岁生活的我。如果他能快乐,能成功,那就是我的快乐,我的价值。

我恨不得把我之前所经历的一切都展示给他。我带他去宋庄,去费家村,去我所经历过的每一个地方。我想让他明白,他今天直接拥有的生活,是我那么多年,好不容易换来的。

我带他见我所有的朋友,告诉大家他是一个可爱的吉他手,我希望每个朋友都接受他。我想把我这么多年所认识的朋友,全部变作他的朋友。

他虽然没有说过爱我,但是我始终觉得,只是他不懂而已,只是他突然拥有了最好的,自己却不知道而已。

我带他去宋庄,让他看了那个锄了一天草我才能住进去的院子。我只是想让他理解,现在这个站在你面前的刘雯,是那样一点点走过来的。我并不是只能住公寓,穿名牌。我住过旱厕旁边的小屋,裹着潮湿的被子,我四年五年都不买衣服,不去理发店。

可是他告诉我说,他也住过农村,到处都是虫。搞了半天,那是他父母给他报的体验生活的夏令营。我俩争执半天,搞得很不愉快。他觉得我在显摆,根本不是在对他好。

可是这些,都让我更加执着,想呵护他,想让他好,想让他明白。

我真的是个疯子,现实的一切都不会打倒我。

虽然他和我一起,住着每平方米三万的公寓,过着一顿早餐二百元的生活,但是有一天,我突然觉得,也许他应该感受到生活的艰辛,才能真的懂得拥有和珍惜。

于是我们在附近的商场买来袜子,我陪他在路边摆地摊儿。

三天过去了,一分钱也没有挣到,还花了很多钱。

我总不知不觉寻找高难度的障碍来挑战自己。当我刚刚十九岁,还什么都不懂的时候,和比自己大十岁的小白一起,不得不去经历一些风风雨雨。当我的生活刚刚开始有所好转,却选择了比自己小四岁的小益在一起,要重新经历内心的磨难。

我想假若没有那些年身体上的苦难，我怎么能扛得住现在内心的苦闷呢？

也许我的功课根本就没有做完，如师父所说，我必须经历世间所有的事情。

我想起 Bob Dylan 的眼神，他那么帅，那么迷人，他一定经历了很多沧桑，可是他依然那么灿烂。所以我必须保持坚强。

香港之旅

我和小益来北京是为了一起做音乐。我的积蓄毕竟有限，我也没有收入。

所以我打算卖掉瞰都的房子，然后在通州买一套小一点的便宜些的房子，这样还可以再留一些钱作为生活费。

刚刚换过房子，我和小益打算添置做音乐的设备。

在北京转了很久，都没有合适的。正好一个香港朋友来北京玩，住在我家，我们觉得也许香港会有合适的型号。

香港也是小益很向往的地方。二话没说，我们坐上了开往九龙的列车。

虽然是我从没来过的地方，琳琅满目的商品，车水马龙的大街，可是我并不开心。

因为我的内心，更向往的是安静的村庄。对于高耸入云的大楼，花花绿绿的人群，来来往往，行色匆匆，我会感到极度压抑，会有一种失控的感觉。

我不知道任何名牌，不知道任何车标的名字。

换言之，我甚至排斥一切物质，我只向往纯粹。我打小就追求“纯粹”。什么都要最真的，不能有一点假的。我连高跟鞋都抗拒，觉得身高不能掺假，太女人、太妩媚，怕遮掩了真性情……

可是我希望得到小益的爱。我的眼睛，我的喜悲，都在他的身上。我既痛苦，又无法自拔。

小益对周围的一切都很向往，都很好奇，眼里唯独没有我。

我总是在不停地给他拍照片，可我却不能打扰他，我的请求总是小心翼翼，或是根据他的心情。

我们几乎没有一张离得很近的照片，只是香港的朋友要求给我们拍合影，我们才会站在一起。

我的痛苦和眼泪，只会让他觉得很无奈。

我们住在香港的朋友家，有天晚上，我在洗手间吐了，我的胃极度疼痛。

我想那是我的心病，我吃什么胃药都不管用，只要我心里难受，胃部就开始痉挛。会把吃的全部都吐出来，吐不出来我也要抠出来，憋在心里太难受了。

朋友在洗手间找到了我，我已经虚脱了，脸色惨白。

她生气极了，因为在任何人眼里，小益都是我的男朋友。她跑去狠狠地骂醒了正在熟睡的小益。

可是这些，只能让我更加痛苦，让小益更加无可奈何。

买了设备，我们坐上了回北京的列车。

包厢里只有我们两人，我们相拥坐在一个卧铺里面。

暂时的相拥，并不能取代长久的冷漠给我带来的伤痛。

我曾告诉小益，我要的是“什么也不夹杂、什么也不因为的感情”。并不是在一起，并不是接吻和相拥。如果爱，哪怕天各一方；如果爱，哪怕生死两茫茫。

我追求纯粹，誓不低头。

可现实中，我却在经历一个如此被动、如此卑微的感情，所以，老天是多么有趣，又是多么慈悲，他想尽办法找出我压抑最深的软肋条，势必要让我修行掉我的执着！

灰色的冬季

回到了北京，只有我们两个人的生活。

我已经记不得那个冬天的太多细节了，只是我每天都很抑郁。

我试过用各种方式，得到小益的关心。我也把所有的注意力都集中在了他的身上。

亲爱的姑娘，坚强的小刘雯，你是否已经忘了自己应该是个向日葵，你是太阳公公留在大地上的孩子？

你一个人妄想，你把最深的纯粹寄托在了一个小男孩身上，可是人生在世，每个人都步履蹒跚,小益也只是个十九岁的孩子啊。

你忘了,你最初的心愿是要保护他,让他站在你奋斗四年的上面,和你继续往前走,可是一切怎么变得如此脆弱,如此的卑微。你想要怎么样?

也许这些我都忘了。也许我太想得到小益的关心。

我疯狂地燃烧自己,试图给小益制造一个没有痛苦、没有忧伤,只有幸福的乐园。

可是,这些,竟然拉开了我上演的一出痛苦默剧的帷幕。

小益虽然每天就在我的枕边,和我在同一个房间,整个世界里只有我们两个人。

可是,我总是开心不起来。因为,现实的一切,不是我想的那样。

我俩走在路上,总是他在前面,我走在后面落很远。

有一天吃过午饭,我和他开玩笑,把他衣服上的帽子扣在他的头上。他对我大发雷霆,他说,他不喜欢这样玩,他不喜欢动手动脚。

我只是在开玩笑,一个很平常的动作,他用了"动手动脚"这样的词。也许他没有多想,也没有别的意思。

可是,我觉得自己怎么被说得像一个不检点的人,我难过极了,我一个自尊心极强的人,一个那么保守矜持的人。

在我爱的人面前,已然被彻底打败。

我的泪,无人能诉说,我的苦,都是自找的。

小益说他爱我,只是因为我对他好。

我问他,如果有一天我不能对你好呢?如果我没有能力对你好呢?如果我病了废了呢?那你爱我的理由就不成立了。

然后他就沉默。

我只是想让他知道,我真的是最适合他的,我对他的爱是毫无保留,什么都不因为的,只要他能好,他能完成我俩最初在佛塔前的愿望,我可以奋不顾身。

我每天都在胃疼,每晚都抱着马桶吐。

小益渐渐不再理会我的疼痛。

我一个人吐,一个人哭,一个人擦干眼泪,再一个人痛,一个人哭……

因为这本身,就是我一个人的默剧。我在跟自己的心较劲,小益早就告诉过我，感情不是做事情——你执着了、努力了，就一定有结果。

小益不离开我，也不靠近我。

我俩穿梭于各种各样的医院，我吃各种各样的胃药，而我的胃，根本找不到任何病变。

最后我在朝阳医院被确诊，重度抑郁症。

开了很多精神类药物。

医生嘱咐小益陪我散步，看着我吃药，按时发药给我。

我以为这样小益总算可以关心到我了吧，可是他没有。他觉得我根本就没病，我在自作自受。

那些药让我瞌睡，整天都很困，像是在梦游。

其实我也睡不好，满脑子都是各种稀奇古怪的画面，闭着眼睛就是乱七八糟的场景。什么头上戴着气球的老头，推着一个摇摇车；什么一个面带微笑的女人向我走近，突然就变得面目狰狞……各种稀奇古怪的场景在我脑海不停地来回闪现。

我睡也睡不好，醒着还头疼，我就那样拖着一张死气沉沉的脸，整天在床上、在窗边、在地上躺着……

小益总是比我睡得晚，比我起得晚。

因为心情低落，所以生活也是乱七八糟，几个月就花了很多钱。

我们开始入不敷出了，这样下去显然什么事情都不会做成。

我俩离最开始那美好和宏伟的初衷，渐行渐远。

早在高中的时候我就说过，人们都打着爱的名义去伤害对方，每个人都有一把温柔的手枪。

可是，我所谓的纯粹的爱，也未能逃脱俗套。而且，我还演得比任何人都投入。

我就是那个把“傻逼”的事，做到“绝逼”的精神病患者刘。

一堵墙

过年了，回到了家。

我害怕一个人待着，但是又不能看见人多。

我看不见小益就魂不守舍。可是我表现出来的却是无尽的痛苦，我告诉他我有多么害怕，莫名的恐惧裹挟着我，又冷，又无助。

我吃了药马上就困，什么都记不起来，只是无比哀伤，莫名其妙地流泪不止。

那天，小益约了猫猫和玥一起去 K 歌。我一直在喝酒，一直在自斟自饮，就是往肚子里灌。

我坐在点歌台前面，都不知道自己在干啥，据说我点了几十遍陶喆的《普通朋友》……

音乐刚开始我就控制不住自己的情绪，一个人冲到厕所，我反锁了卫生间的门，任凭谁敲门都不开，我就坐在地上，靠着墙哭，我应该是晕了过去……

我被猫猫拖了出来，躺在包房的沙发上，我不愿意睁开眼，我也不愿意发出任何声音，我不知道自己为什么会如此痛苦，我实在想不到明天会怎样。

他们在我耳边争执，说要不要打 120，我听见小益说不要了，她没事。

我不愿意回家，我怎么能让父母看到我如此狼狈不堪的样子，我怎么能让他们再为我费心？

那一晚，我们都没有回家，住在宾馆，朋友们都在陪着我。

我偷偷吃下了我包里装的所有“阿米替林”(治疗抑郁症的药)……

酒精造成的头痛，加上服用药物过量，我的眼前，是个莫名其妙的世界。

我突然站起来，一直往前走，走也走不动，我非要说前面是一个没见过的门。可猫猫说，前面只是一堵墙。

是呀，这是多么富有象征意味的画面啊。

前面只是一堵墙，任何人都知道，都看得到，那只是一堵墙。

只有我一人，非说是一扇门。

普通朋友

我们的关系，究竟何去何从呢？

小益说他家人说他变得神神经经，天天魂不守舍。

他说你不开心了可以哭可以闹，我一个男人，该怎么办呢？

爱也不能爱，放也不能放。

就在这个时候，小益提出和我做回朋友。

我记得那天他发短信告诉我，他说自己已经无能为力了，只是为了帮我赶紧好起来，他不能看我再这样下去了，怕我真的会抑郁而终。

可是我根本无法理解他的话，我想，如果我不好，我们可以慢慢磨合，一起调整，为什么要做回朋友呢？

我不愿意家人知道我俩的状况，更无法让家人知道我事业和生活的情况。

“思伤脾，忧伤肺，恐伤肾”，我的身体已经糟糕到了极点，2010 年过完年，我没有立刻回北京，而是留在郑州静养。

可我不愿意在家待着，让家人看到我病恹恹的样子，就报名去考驾驶证。

小益知道后也跟着去报名。虽然在驾校偶尔遇见，彼此却很少说话。

那段时间，我试图坚强起来。可我还没有一个好的办法，我尝试用一个旁观者的眼光，去慢慢审视自己，看我每天都在干什么，无论卑微还是狭隘，我都把自己最真实的心路历程，原原本本地写在日记里。

记得有一天，我约猫去 KFC 聊天。

我坐在窗边，看着来来往往、为生活忙忙碌碌的人们，我意识到自己，真的不应该再一味对痛苦上瘾下去了。

你是那个像野草一样锲而不舍的强大的小刘雯，你真的不要忘记自己的使命和梦想，无论明天会怎么样，我必须去改变，去努力。

我便在纸巾上写上“我要进步”，并且按下手印。

我极力想有所改变，急于求成，从一个极端，又到了另一个极端。其实我的心，像一张被拉得满满的弓，从来没有放松过。

山川雄峦是我的骨，
日出月落是我的心跳，
我在这一刻消失为零，
我也在这一刻永恒不朽。

我为了让自己的注意力从我俩的感情上面转移，便去帮助和我一样痛苦的人，去关心我的家人。我把我所有的钱和爸爸准备送给我买本命年礼物的钱，统统拿出来去救助灾区、去买书买碟子送人。

我看到年过八十的爷爷奶奶独自住着，没人照顾，就决定把我家和奶奶家房子卖了，买一套大房子让爸爸妈妈和他们一起住，彼此好有个照应。

而且我们家本来是六楼，爸爸妈妈年纪大了，上楼也不方便。房子也没有暖气，冬天很难熬，所以，我当时除了去驾校练车，其余的时间都放在了房子这件事上。

我和小益总是逃不过宿命。

那段时间，我越是逃避他，越是能在路上遇见他。

本来我和妈妈定了一套房子，却因为种种原因，不惜损失了五千块的订金将其退掉。而我们最终选定的那套房子，竟与小益家同在一个小区里。

他家在 5 号楼，我们家在 15 号楼。我俩又多了一层关系——邻居。

我竟然又执着起来，我想这一定就是缘分，我开始浮想联翩，我想这都是考验吧，或许我应该更努力些，我可以去温暖和帮助小益的全家人。

那时候，小益的父母都没有工作，赋闲在家。小益最头痛的就是他妈妈总是去打麻将。我就开始整天琢磨能帮他解决这个问题。

我不得不相信愿力的伟大，我使劲想什么，就会来什么。一个居士朋友，要在小区附近开一家佛具店，需要店员，可是当时已经定了一个人去，但我天天念叨，天天跑去跟人求情，结果争取到了小益妈妈的新工作。

我想，这样就解决了一些小益家的生活问题，他妈妈也没空去打麻将了。

我想得很美好，那么疯狂，那么执着。不惜一切，脑子里只有目标，只有我想要做到的事。

我曾经的善解人意去哪儿了？我为什么不去考虑考虑那个已经被确定去的店员？人家可能很需要这个工作。我为什么不去考虑小益妈妈到底合适不合适？愿意不愿意？只是我要我要，我想我想。

驾校考试那天，我没有通过。一向驾驶熟练的小益也没有通过。另外，还有三个人也没有通过。教练又给我们这些人一次机会。这次过后，全校只剩下我俩没有通过。这也许是上天有意在帮我俩和好吧，除此以外真的很难解释。

因为我们都没通过考试，终于打破了两个月冷战的僵局。这次没人提任何感情上的问题，只是说接下来要怎么一起通过考试，今后事业怎么安排。下次考试要一个月后，于是他一个人先去了北京，我留在郑州处理房子的事情。

那段时间，我每天都为房子的事忙活着，因为我要卖两套房子，找一套房子，爸爸妈妈要上班，所有的任务要我一个人来承担。

当初卖房子的曼姐，因为被我的孝心感动，愿意低于市场价把房子卖给我。但是我们家的房子还没有卖掉，我又不想耽误曼姐用钱，当时我一边着急卖房子，一边到处筹钱，无奈之下，我一个人跑到担保公司，抱出来几十万去给曼姐送钱。

除此以外，我每天都会到小益妈妈工作的佛具店陪她上班，因为她之前根本没有接触过佛教，这些东西她根本不懂。

没人知道，我是既答应了朋友我会教小益妈妈，又告诉小益妈妈我会教你，这样才促成这份工作。

我像一个被装上发条的木偶，头脑僵硬，没有思维，只是往前走。

5 月初，我和小益一起在郑州参加了第二次驾校考试，过关后就一起回了北京。

回到北京，我试图让自己投入到工作中去，便去找了老师上声乐课。

可是我俩，曾经那么亲密的人，仍旧同在一个屋檐下，却小心翼翼，时时刻刻保持着距离，不知是敌是友。

而且，小益坐着站着都和我保持距离。我还是像以前一样，给他洗衣做饭，照顾他。

可是他告诉我，不是只有我这样对他，他的父母、他的亲人，都会这样对他，我这样没什么特别。

我哭了，我以为是他不懂，他还不明白。我还会想，是不是我就应该毫无所求，这是不是都是我的错呢？我迷惑了……

想好也好不起来，说坏也没分开。

那种感觉，像是一根刺在我心中来回撩拨着。

我甚至想卖掉北京的房子，留一部分给父母，一部分给小益，一个人离开这个地方，去西藏、去印度或者随便去哪个地方。

我告诉小益我的想法，他很伤心，他说我耍他，说好一起做事情，为什么要丢掉他一个人走。

可是我真的很难受，我该怎么办？我无所适从……

那一天，我一个人从屋里跑出来，我在小区里走来走去，不知不觉，我坐上电梯，一直上到楼顶。

我疯狂地给格瓦师父打电话，因为师父说过，我做任何事情之前，都要经过他的允许，我也并不想走绝路，我是多么多么想好起来，可是我无能为力。

我告诉师父，我想要离开，师父让我念莲花生大士心咒二百万遍，然后再做决定。

师父总是这样，我每次伤心欲绝地给他打电话，他总是不告诉我任何答案，只是让我念莲花生大士心咒，两万遍，四万遍，五万遍，十万遍……然后再给他打电话。

而这些功课也一次次地逼迫自己安静，很多次念到一半我也就想明白了，大多数时候我也不再打过去电话求助师父了。

这次，他让我念二百万遍，我该以什么样的决心和毅力去面对呀？

我真想就在那一瞬间离开这个地方，离开我所有的过去、所有的痛苦，离开那个近在咫尺却远在天边的小益。

我从楼顶下来，回到了房间。

开始念"莲花生大士心咒"，我念着哭着，哭着念着，根本念不下去。

直到那天深夜，我裹着毛毯，坐在地上，头昏沉沉的，一晚上过去了，我才念了不到一万遍。

想想师父说的那二百万遍，我越想越丧气。

小益说，你就这样念，你什么也不干了是吧？就这样了吗？二百万，是不可能完成的，师父就是让你打消你那要一个人远走高飞的无聊念头！

可是我坚信师父的话，他从来不会骗我。我也不想去面对小益，不想去面对生活。

我知道，内心有疙瘩，我每走一步都会痛，而且我也根本无法用心去做事，我真的很想停下来歇一歇，好好想一想。

⊙最深处的自己

坚强的姑娘

6月中旬，因为要领取驾驶证，我俩又回到了郑州。

那个月，我二十四岁生日，我像回到了几年前，又一次身无分文了。

人算不如天算，就在这时候，我爸爸突然出了意外，腰椎压缩性骨折住院了，伤筋动骨一百天，而且他是腰部损伤，只能躺着慢慢恢复。突然间，健硕的爸爸变得吃喝拉撒都要在床上了。

我暂时不去理会自己感情上的纠结，每天奔波在医院和家之间。

我想，塞翁失马焉知非福，或许老天在逼着我成长，一切都赶在了一起，经济危机才刚刚开始，爸爸住院，妈妈也无法工作，在病床边照看爸爸，家里又有一对八十多岁的爷爷奶奶需要照料。

我忙于这些不得不去应对的事情，房子要买卖，要到处去筹钱，我还要去跑爸爸工伤的事。一天要顶着巨大的烈日，奔走于七八个地方。

虽然我能全然接受，但是我不得不承认自己很疲惫。

当我第一次感到，整个家庭的重担都落在了我一个人肩上的时候，我承认自己已经不再是一个人生活。我要有责任感，我长大了，要面对人生新的一页。

面对这些压力，我其实很害怕，却不能在家人面前流露，因为如果我倒了，整个家的希望也就没有了。

多少次，我正走着路，累得突然掉起眼泪，可我又不能告诉在医院的父母，也不能回家让爷爷奶奶看见，我只能暂时坐在烈日当头的路边，呆呆望着天。

多少次我肚子疼得躺在床上，想喝水也站不起来，动也不能动，就一直忍到天亮……可面对现实里的一切，我只能告诉自己，坚强再坚强，这算不了什么，我都能扛过去的，这只不过是我生命中的必经之路。

我想爸爸有妈妈，奶奶有爷爷，无论怎样，他们总是身边有人陪伴着，患难与共，我多么多么希望有个朋友能在我最困难的时候给我一点点安慰和温暖。但如果我去要求这些，只会让自己更加痛苦。

我想起了小益，可是我不敢再去索取什么。比如，我病了，我本来就难受，如果我再去索取关心，只会让我病上加痛。我又何苦呢？

所以我告诉自己，只能自己学会坚强，自己振作起来！

我一直要求自己做一个善良的人，我相信上天不会舍弃我的，这只不过又是一场心灵上的洗礼吧。因为有最好的等着给我，所以我必须经历更多的苦难来换取。

我坚信，一切总会好的，我发自内心地对自己说了一句："亲爱的！"

"亲爱的，你是多么难得一见懂事的姑娘啊，请不要再流眼泪了，一切都会好的，要强大起来，这样你才能去温暖、去帮助更多的人，只有你把一切经历了，才会感同身受地爱一切众生！"

所以我不能再为自己而活着了。

我必须坚强起来、好起来。父母是那么爱我，从小给我自由和信任，从来不委屈我。

我应该珍惜，去努力做事，做一个有用的人，起码不是一个像现在一样因为感情而郁郁寡欢的"废人"。

更何况，我的梦想是当一个对大家有益的人，一个能帮助别人的人。我曾经冲破重重阻碍而退学，走了那么多路，吃了那么多苦，我必须给自己一个交代。

父母越来越老了，他们那么信任我，我必须给他们一个交代。

还有那么多在"艰苦的血色浪漫的岁月里"，帮助过我、支持过我、温暖过我的人，我必须给大家一个交代。

爸爸很爱喝酒，又是个急脾气，或许这次突然摔伤，也应该能让他戒掉喝酒的毛病，卧床几个月，或许也是帮他培养耐心的时候。

我想，我一定要把握这个机会，让爸爸平静下来。我给他把DVD搬到床边，每天给他放国学和佛学的光盘，还把一些有益身心的书放在枕边。

虽然生病中的他，变得有点焦躁，我想他越这样，我越要有耐心。

有一天我写了封信，夹在书里给他送到了医院。

我尊敬的父亲：

我刚才替你求了一个签，是“吉”，内容是“只欠人和，讲信修睦，即可成功”。

谈到成功，我现在认为，成功的意义是内心深处的幸福、平静、安全和喜悦。

因为我看到世人都在疯狂地追求名利，他们以为这些能给自己幸福，可是多少有钱人仍正在饱受着内心的痛苦和孤独啊。

其实人获得的名利，要根据自己的福报多少，有钱吃得好点儿，没钱的吃得普通点儿，可是金钱买不了健康；有钱的住得宽敞点儿，没钱的住得小一点儿，但是金钱仍然买不了幸福。所以这充分证明了，名利并不是最终的成就和幸福。

我们要思考怎样才能找到真正的自己，怎样才能让自己拥有满足的心，拥有平静和喜悦，其实这才是人活着的最基本的任务。只有认识到这一点儿，并且准备为之奋斗，才是我们生命的刚刚开始。

当然，克服自己、修正自己是个痛苦漫长的过程，我深有体会。但是没有捷径可走，这是唯一通往最究竟的光明和成功的道路。

我没有把你仅仅当作爸爸，因为情生就会智隔。所以，我只能理智地看这个世界。在我眼前的一切人、一切事，都是成就自己的机会。

既然我们有缘做父女，我只想让你珍惜人生。把你带到一条光明大道。好好修心吧，其实你自己能给自己，也只有你自己想要的一切，才能给你自己想要的一切。我想这才是对你真正意义上的孝敬和报答。这才是你活着的真正的幸福。

生活上我们是父女，心灵上我们应该是共同修正自己的朋友。

我们一定要共同强大起来，拥有处世的智慧。学习的目的，是为了分享；活着的目的，是为了感恩。

漂泊在这人世间，像是在面对茫茫无边的大海找不到岸，痛苦的人太多了，需要救助的生命太多了。只有我们好了，才有能力去帮助别人。

所以事不宜迟，我们必须强迫自己的心去进步，成为真正的智者。

爸爸，我真的很爱你，是你给了我生命，是你让我自由自在地成长。你尊重我的一切,让我能够去感受这世间的一切。

所以,以此报答。

我想,一封信给他,也许他会时常翻看,特别是我不在他身边的时候。

因为,这么多年,我不在父母身边,爸爸手机里总是藏着我俩之间发的所有短信,哪怕是普通的一句“知道了”。

我该说的话,都在信中说完了。生活中,做好自己该做的事情,我相信,爸爸的苦不会白受,我的付出也不会白费,总有一天,都会好起来的。

二百万遍心咒

小益总是在问我,什么时候回北京,什么时候回北京。

我说,现在我的家人很需要我,我爸爸还在卧床不起,房子的事还没有安排好。

可是他说,如果你爸爸永远站不起来了,你是不是就不去北京了呢?

我很伤心,我很想他明白,人活着,不是只有自己、只有事业。如果我连父母都不孝顺了,我还去做什么事业呢?我又何谈去帮助别人呢?这显然说不通。

我告诉了格瓦师父这个事情,他让我俩分开一段时间,各自去安静一下。

所以,我理所应当地选择留在郑州照顾爸爸,让小益一个人先回了北京。

他走以后,我俩几乎没有联系,只是偶尔因为创作的事情发个短信,或是礼貌上的嘘寒问暖。

一个多月后爸爸出院,躺在家里静养。

那个时候,我开始认真地念莲花生大士心咒,每天早晨6点起床,一直到晚上12点,除了给家人做饭和给爸爸倒尿壶。

从7月初直到9月末,酷热的夏天,整整三个月,一天十八个小时,我都把自己关在一个密闭的房间里,不用空调、不用电扇,只是安静地重复那一句心咒。

有几次姑姑去帮我照顾爸爸,我可以一天不开电扇,也不开空调,不喝水,也不上厕所，一天不吃饭，一动不动，当缓过神来，已经十几个小时过去了……

从我出生以来，我从来没有为一件事情这样有耐心地付出过。

写诗，都是我的灵感，挥笔即来。

画画，也是天赋使然，我从来没有刻苦临摹过太多。

所以，就算我听小白说他刚学琴的时候，每天弹十几个小时，或者听小益说他刚学琴的时候，把指头都练流血的经历，我总觉得离自己很远。

可是在我闭关的这段日子，每天坐下是黎明，站起来是夜晚，我的嘴和喉咙都烂了，屁股上也长出了老茧。

佛珠的绳子念断了两次。

捻佛珠的指甲也磨出一个坑。

我真的静下来了，看到以前未知的自己，更有耐心，心仿佛安静了很多。

我们一出生，刚开始的自己，并不是最好的和真正的自己，必须战胜自己，找到那个在真理中的自己，才算是真正的进步。

我想，自己活了二十多年，竟然一直都活在过去和未来里，每天都是对人对事的旧想法，从而陷入了戒备和依赖里。

担心明天会怎样，接下来会发生什么。

可是闭关的这段日子，我每天都活在当下那一刻，静谧安详。

那段时间，我开始去感受阳光洒在脸上的温度。

感受洗手时，水冲在手上的感觉。

喝水时，水进入口腔的那种畅快。

甚至自己的每一次呼吸、每一次心跳，都是那么真实。

我的静，让我周围的环境，都变得稳定。

周围的亲人，甚至我的猫咪，都变得轻松起来。

那一晚，狂风四起，电闪雷鸣。

我艰难地关了每个房间的窗子。

心中浓浓的思念，变作淡淡的祝福。外面下起了雨，打开窗，凉风吹进房间。

爸爸还躺在床上，跷着腿看电视。

下班回家的妈妈，回来又开始唠叨。

默默照顾奶奶的爷爷，话不多，行为有点古怪。

害怕孤独的奶奶，总用眼睛盯着别人，每天都陈述着自己的病痛。

猫咪们各自抱着头睡觉，偶尔相拥。

它们都回到了这个叫作家的地方。

以前，每天回到家，爸爸和妈妈会各自在各自的房间。

每个人有每个人的幸福，每个人有每个人的孤独。却在一起，分不开。

当我注视着这一切，生活慢慢吞吞地在眼前交错掩映，有光亮、有阴影、有风也有雨，像一本怎么也翻不厌倦的书，让我来回地咀嚼品味。

情侣们总是觉得只有对方才能让自己快乐。老人们总是觉得有人陪着才能让自己快乐。父母们总是觉得自己活着是为了孩子，孩子好了他们就什么都好了。

其实，人们都把亲密关系，当成了救命稻草，觉得自己的一切都需要对方来救赎。

所以，一旦没有达到自己的期盼，就立刻生出了很多不解、很多抱怨。

如果两个人都不开悟的话，就会永远活在痛苦中，而且是两者相互痛苦，相互来回地喂养自己的小我，总是在快乐和痛苦中挣扎。

但是，如果两方，有一方开悟的话，不开悟那一方，就会比一般人更加痛苦。因为不开悟的这一方的小我，从来得不到对方的喂养。这不开悟的一方会觉得生不如死。

但是，如果两者都开悟的话，亲密关系就转化成灵性修持的关系。从此就共同踏上喜悦的旅程，会永远持续开心，升起真正的爱，才真的达到爱的境界。

最终，我真的，完成了二百万遍莲花生大士心咒。

深居古观音寺

爸爸的身体慢慢好了一些，姑姑也经常来照顾他。

9 月末，我想出去走走，一个偶然的机会格瓦师父的一个出家弟子给我打电话，他是河南境内具有悠久历史的古观音寺的方丈师父，我们聊得很欢喜，他便邀请我到寺院当面聊，他要传授给我一些知识，也要送给我一些他的藏书。

费尽周折我才买到一张票，上了车才发现是去许昌的，古观音寺要到了许昌境内再打听，还要再转车。

二十四年，这是我第一次去许昌，它是我的籍贯，这两个字在户口本上，跟了我二十四年，跟了爸爸四十多年，跟了爷爷八十多年，虽然我们三人都是在郑州出生。

只是因为，一个世纪前太爷爷是许昌人，年轻的他揣着梦想和憧憬，来郑州谋生谋梦，从车夫、小工一直奋斗到买了一条街开了几个板厂，可这些又被历史所湮灭。

我爷爷是这个白手起家的富商的独生子，他的生母因后母的出现，一气之下上吊自尽，太爷爷一人忙于生意，后母无所事事用整麻袋的钱换大烟，爷爷也被后母排挤。

当爷爷的同学都站在开往台湾的轮船上时，拿着军校校服的爷爷被后母锁在家中，怕他一去不归，一定要这个独生子给刘家留后。

爷爷是个老实书生，不问世事。他坚信平安是福、以和为贵，他没有守住家业，困顿一生。民国的高才生爷爷和文盲奶奶，在1948年结了婚，相濡以沫度过了六十多个春秋。他们的内心都藏着什么呢？

身为60后的爸爸，经历了《阳光灿烂的日子》所描绘的红色岁月。他迷茫在“80年代”，却在那时为人夫为人父；他被“淘汰”在“90年代”，却要撑起上有老下有小的生活。新世纪开始，他步入中年……那么爸爸的内心里，都藏着什么呢？

一路上我在畅想着这些，思考着这些，揣测着这些。有关历史、有关人生、有关这些和我血脉相连的人的内心。

我坐在靠窗的位置，努力地感受着越来越近的许昌的阳光，努力嗅着这越来越近的许昌的空气，像是在追寻祖先的味道，试图在这里，找到生命的起点和意义。这个问题，我从出生开始，就一直寻觅着答案……

一路颠簸，我终于找到了古观音寺。

这里刚刚下过雨，我深一脚浅一脚地踩着许昌的泥土，努力辨别着这里的土和别的土有什么不同，这里的村庄和别的村庄有什么不同。

寺院不大，就潜藏在这个小村里，弯弯曲曲的泥泞路到了尽头，眼前豁然开朗，看见了红墙黄瓦。刚一站在寺院门口，就有一个慈眉善目的老居士，笑容满面跑过来迎接我。

她说师父早就叮嘱过，说有郑州的居士要来拜访，她在门口已经等了一下午了。

虽然我二十一岁才正式开始接触佛教，可从记事开始，就对寺院、僧人有一种莫名的亲切感。

我很少有绽放笑颜的照片，或眉头微蹙或神情凝重，但有意思的是，我有很多盘着腿或者双手合十的照片。

家里人都觉得可笑，这“小不点儿”为什么一说照相便赶紧把手掌合在胸口呢？

随父母旅行，每到寺院我就会跑过去磕头，静静地待很久不愿意离去，在当时，我的幼小心灵并不懂得刻意追寻那种宁静和踏实，一切都是自然流露出来的，那种感觉能让我徜徉很久。

方丈果海师父穿着蓝灰色的海青，清瘦坚毅，让我想起了弘一法师的样子。

他是个既和蔼又严肃的老人，脸上总是不带笑容，而行动上却体现出对人无微不至的关怀。

他亲自为我安排了住处，拿来一床新被褥，还把他的手电筒给了我。他把一个矿泉水瓶剪掉瓶口，给我当刷牙杯子。然后，他带我去斋堂分给我一套碗筷。

寺院正在整修，路面很泥泞，斋堂和留宿的房子都还没有装好门窗。大家吃水要靠一辆三轮车载着一个大桶，从外面拉来。

果海师父带着自己九十多岁耳聋的老母亲坚守在这个古寺。除此以外，还有附近的几个居士住在这里。他们对我都很亲切。

晨钟暮鼓

待一切都安排妥当，已经将近傍晚，索性先吃饭吧。

开饭前大家一起跟着果海师父，做饭前简供并唱诵感恩词，开饭时，排着队自己盛饭,静默不语,吃过饭则各自洗刷碗筷。

没有油水的粗茶淡饭,很适合我的胃口,这下终于可以畅快地吃素了。因为我不爱吃肉,也从来不想吃肉,很多时候吃了肉就会闹肚子。可生活在家人、朋友中间,生怕他们因我而起了烦恼,所以我尽量不“与众不同”,即便吃肉时难以下咽也敷衍着走个过场。

我不愿意自己被别人当成另类,给别人造成不便。因为我觉得,只有我融入了更多的人,去感受更多的人,才能体会到更多不同人的心境,才能更好地服务于他人。所以这比坚持自己的习惯更有意义。

饭后在客堂和果海师父简单聊了几句,他让我早点休息,因为晨钟暮鼓,寺院每天早上 4 点就开始去佛堂上殿。

记得那天晚上,寺院停电了,按照习惯,我们在晚上 8 点多就早早休息去了。我的房间没有玻璃,也没有纱窗,借着明亮的月光,我静静地坐在床边,这寂寥的古寺,安静得听不到一点声音。

时间在这一刻凝滞了,没有过去,没有现在,也没有未来,什么都不曾发生过,什么都不曾存在过。

那一夜我睡得很沉,刚过凌晨 3 点,便起了床。

别人的房间都还黑着灯,猫咪也在房檐下的玉米堆边蜷缩成一团,静静地沉睡着。

我打着手电筒找到拉水的三轮车,水很凉,有着特别的泥土香气,因为这里的水很宝贵,我用半瓢水完成了洗脸刷牙。这时候才刚刚三点一刻,天很冷,我穿上带来的所有衣服,还是有点瑟缩。

我黑着灯开始磕长头,刚刚完成第一百〇八个,就听见屋外“梆梆梆”的敲击声,那是果海师父通知大家该起床了。他才敲了两下,我就从屋里出来了,他本想容我多睡一会儿,可没料到我能这么守规矩,他欣慰地对我点点头。

这时,天刚破晓,我第一次看到了黎明前的寺院,更是第一次在凌晨 4 点来到大雄宝殿,这让我又欢喜又紧张。进到大殿的那个瞬间,我突然变得严肃平静。

上殿是寺院每天朝暮的仪式,所以果海师父换上黄色的海青,披上红色的袈裟。

仪式之前，我随他给殿里的每尊佛菩萨上香，这是对佛陀的尊敬、感激与怀念。去染成净，奉献人生，觉悟人生。

完后师父发给我一个法本，他站在大磬和大木鱼前面，我站在他对面，磬声响起的那一刻，我七窍顿通，整个人好像都被净化了。随着师父拖得长长的一声“南——无——阿弥陀佛”，大殿内便回荡起众人的诵经声。

这真是一件美好奇妙的事情，我第一次读果海师父给我的法本，无论从经文还是到唱腔，都能跟着他流利自如地唱诵。

读完法本，我们绕着大殿的佛像念“阿弥陀佛”圣号，一声佛号一声心，我跟在师父后面，一圈又一圈地转佛像。

此时此刻此地，我们和诸佛菩萨，是各自越过了多少个轮回，越过了多少个世纪，才造就了这一刻呢？

那道光，照我前行

每天吃过饭，果海师父都会把我叫到客堂，那段时间他每天都给我讲印光大师文抄——《灵岩遗旨》。

以此为本，他让我一页一页地读，适当的时候他会让我停下来，一段一段地讲，再问问我的感受，还会告诉我一些他自己的故事和想法。我在和师父的交流谈话之间，不经意就学到了很多，领会到了很多。

书中，印光大师开示：“一切众生，具有如来智慧德相。但由迷真逐妄，背觉合尘，全体转为烦恼恶业。因兹久经长劫，轮回生死。如来愍之，为说诸法。令其返妄归真，背尘合觉。”

是啊，虽然我二十四岁，经历了或多或少的一些故事，可是在我没有找到自己的心之前，我并不了解自己，总以为自己需要的是这个人、这件事、这口气，可是过后还是痛苦和孤独。

在我们没有寻找到本来的自己之前，即使生生世世，即使跨越千年，即使痛哭流涕，即使曾相爱曾别离，都是稍纵即逝，我们的心始终游荡、孤独、迷茫。

我一定要找到那束光，找到生命本来的样貌，究竟何去何从我才能自由自在，不被自心所束缚？其实并不用去太远的地方，香格里拉也不在别处，它就在我们的心中。可是我们与自己的心，又有多长的距离呢？

只要活着，任何生命都会寻觅一个安身立命的方法。我们的出生，不是为了走得更远，而是为了懂得怎样回归到最初的地方。

我们也可以自己去寻找，自己去开创，但那要付出难以言喻的磨难，还要拥有无上的智慧。

我们膜拜先哲圣人，是因为感恩。他们经历了一切众生的苦难，因为懂得，所以慈悲。

果海师父一再告诉我“人身难得，佛法难闻”，应当珍惜和坚持。

他看到我年轻、充满热情，又对佛法很有悟性，便十分希望我能有所成就。那些日子，他把自己的人生经历和所参悟的所有思想，统统告诉了我。

在觉悟的这条路上，他的谆谆教诲让我变得坚强和冷静，他像一束光，照亮了我的前行之路。

前路漫漫其修远兮，吾将上下而求索。

已经在寺院待了十几个日日夜夜，简朴的生活，更能让自己贴近内心。

因为用水困难，每次只取半瓢水梳洗。我扎起发髻，不施粉黛，每日一身素衣。

不用想衣服是否好看，只要衣可蔽体。

不用想饭菜是否可口，只要食可充饥。

从来寺院的第一天起，我就没有感到过不习惯，因为这就是我所希冀的生活。可是，现实里，因为责任，因为缘难了、情难了，便不能成全自己这样的生活。

直到一天晚上，我打开手机，听到一直存留着的小益唱的歌，那是他写给莲花生大士的一首思念礼赞。

他用青涩的声音唱着：“再难，我也要披上文殊铠甲向前行。善男女，皆望您刹土，共受您无上甘露。”

我的心不禁开始颤抖。

他的心何尝不是我的心，他的愿又何尝不是我的愿呢。

我相信，他在等着我。我明了他此刻在想着什么，明月千里，是否藏着相思？我想，我要回到现实中，去勇敢面对一切我应该面对的。

告别了果海师父，告别了这段宁静的岁月。

即便是我曾勇敢拥有，也是为了最终的放下。

10 月初，我回到了北京。

我的诗意生活

不长不短的分离，让我俩的相见变得羞涩和充满期待。

也许我的思念也是小益的思念，因为在分离时，我们写下了同样的歌谣。

也许我的渴望也是小益的渴望，相见时我分明看到了他激动的眼眸。

也许我的疑问也是小益的疑问，所以我俩不舍不弃，却迟迟没有靠近……

无论怎样，我们从来没有分开过。

刚刚回来的那半个月，我们仍旧保持着距离，各自忙各自的，偶尔一起讨论。

格瓦师父说我最大的缺点，就是太在乎一个人，容易让这个人羁绊着自己的心。

无论我是否领会，我要先让自己做出个好姿态来。所以我试着把所有的精力都投入到朋友、兴趣、工作上面，暂时对感情不管、不问、不关心。

也许这不是最终的办法，但是我先那样去做。

那段时间，除了上声乐课，我到处找朋友玩，认识新朋友，尝试没做过的事情。

对于我的变化，难道小益感到措手不及？更重要的是，其实我们是真心希望好好地相处。

直到一个月后，我俩开诚布公地聊了一次，说出了彼此心中的疑问和顾忌。他说，我俩从来没有真正地好过，也从来没有想要分开。我们都相信会好起来，在等待着真正的开始，他希望我们不要再骗自己了，不要再伪装了……

2010 年 10 月 31 日，当零点的钟声敲响，我俩认识整整两年，持续冷战和分别十个月。小益主动给我一个拥抱，就此开始一个新的篇章。

2010年的冬天，因为事业还没很好规划，也没有足够的经济支持，我俩开始在附近的地下通道摆地摊，我又开始卖《刘雯诗集》。

这样时间相对自由，可以一边维持着生活，一边创作。

几乎所有的人都觉得这是个诗歌落寞的时代，诗人是个多么生僻的名词呀，更没有人愿意出版诗集。可是我从来没有去考虑过这个问题。

这两本书，都是我独立印刷的。有些人会很欣赏，还有些人也很不明白，我为什么不正式出版。

因为我做第一本诗集，是大家喜欢看我的诗，便开始集资印书。做第二本诗集，我只不过想通过自己的能力，去把我所想的分享给大家。

仅此而已。

我从不刻意写诗，也从不梦想当个诗人。我只不过选择用诗歌来记录我的生活。之所以坚持写诗，是因为诗歌是最便捷、最朴实的表达手法。

还有些人问我你怎么坚持写诗写了那么多年，可是我自己根本就没觉得自己在坚持，因为写诗根本不会挤占我的时间，反而是帮助我记录美好瞬间的一种乐趣。

我像任何人一样生活，去经历各种喜怒哀乐，我觉得平凡真实，才能打动人心，才是最美好的。

所以，我写诗的动机统统源于在生活中的发现，我从来不会玄而又玄地去编织和渲染什么。

我记录着最平常的生活，我没有因为生活平常而感到无聊，我所亲身经历的已经足以让我觉得生活是多么的刺激。

还有些人爱问我，为什么不写小说，写诗那么穷。首先我写什么不写什么，并不是外因所能决定的，这个问题好比我问你为什么是地球人，不是火星人。我只不过在遵从着我的内心，自然地去表达，并不是有所企图，事先盘算好了要去做什么。

至于穷不穷，这个人们最关心的问题，一个月一千元如果你觉得很满足，你就不穷；一个月一百万，你觉得不满足，你还是穷。

我从来没想过靠诗歌挣钱。但是，自给自足，成就自己的梦想，是我做人的原则。从退学后，我觉得我不能让父母养活了，这一路走来，虽然干过各种各样

为了做一个与众不同的人，
任凭再努力追求，都是在效仿。
唯一方式，就是找到最真实的自己，
勇敢大胆做你最本来的自己，
你的真性情，就是最与众不同的绽放。
每个生命的本来，都是与众不同，
请不要掩盖了属于自己的精彩。

的工作，但只有一个目的——做艺术，有些困难，有些曲折，在所难免。

但有意思的是，虽然我从来没有想过让诗歌养活我，但这些诗集总在最穷最难的时候，一次次让我渡过难关。

这么多年过去了，我把诗集摆在路边，依然很少有人知道，地上摆的那些是什么。我也不善于叫卖。于是我用纸板写了个牌子："感谢您支持，个人原创诗集！祝每一个路过的朋友平安、快乐。"

我想，在人来人往的路上，给人送去祝福，就算我没有卖出去书，也没有白白在这里待上几个小时。

有的人会和我讨价还价，理由是，字典那么厚都没这么贵。还有的人会不相信那是我的诗，也许在他们心里，诗人在市井里不可得见。有的人会随手翻一首诗歌，要我背给他；有的人会觉得这不是诗，批讲我一番便匆匆离去；有的人和我拍照合影；有的人留下电话；有的人成为朋友……

现在摆地摊的人越来越年轻，很多人都是白天上班，晚上摆地摊。我不是个落魄诗人，因为我生活得很快乐，且无拘无束。我也没觉得诗歌现状像大部分人说的那样悲凉，因为有很多很多的朋友和读者还在支持着我。

说到这，又有人羡慕我为理想活着。这年头，写诗不叫座，做音乐更艰难，而这两个却不知不觉占据了我的全部生活。我并不是有意选择了这样，我只是在坚持一条自由和真实的路，只是始终在捍卫着真心，而走到了今天。

除了这样，我不知道还能怎样活着。

艰难的冬季

记得那年 11 月初，我突然接到一个电话，对方说他前段时间路过地下通道，买了我一套诗集。他其实是一个出版社的总编，觉得我很有才气，他们社里有一个关于佛学和国学类图书的部门，需要一个营销编辑，很希望我去担任这个职务。

我去出版社工作了，工作不算复杂，做新书宣传推广的工作。

我面对的都是传统文化书籍，做起来得心应手，并且这是一件很有意义的事情。

虽然工资不算很高，但是起码每个月会有固定收入。

我不在家，小益不会做饭，我还要给他在网上订餐，只有必胜客可以送到。如果我不给他订餐，不叫他起床，他就会一直睡。这些日子里，他早已习惯了有我在身边。可是那样下来，我们的生活将会入不敷出。

我希望小益能在我上班的时间，一个人去继续摆地摊儿卖书，分担一些生活负担，可是他总是有些理由，一直能拖延到傍晚我快下班的时候，只是为了能让我陪他一起。所以我每天下了班，还要和小益一起去摆地摊儿到深夜。

可是那样我们又要一起在街上吃饭，太简单的饭，他也不愿意吃，我们的钱总是捉襟见肘。

我很累，又开始为生活犯愁。可是我已经在工作了，我一天只有二十四小时。

可是这些我又能怎么样，他是我那样苦苦地“求”来的人。我必须接受，我不能哭，不能掉眼泪，我要让自己坚强、坚强再坚强。我一边哭一边唱歌。

我害怕被人当作一个强者。之所以拼命地努力，只是我不希望自己让任何人操心，我不能当个累赘。

人家都说有“川”字掌纹的人自小便很独立，做事主动积极，勇于负责，感情上爱恨分明。无论怎样，我只不过认为自给自足，成就自己的梦想，是做人的基本。

所以我无论遇到任何事，都想办法自己解决，自己努力，从来没想依靠谁。因为每个人都有每个人的梦想，我尽可能不去打扰别人。

虽然心是无限大的，可我往往会忽视了自己身体的承受能力，那年冬天，我一连高烧了三次，次次都将近40℃。

其实很简单，我只需要休息休息就好了，因为，我太累了。

那段时间是北京最冷的时候，几次生病之后，我就只工作，不再下班去摆地摊儿了。

周末我休息，我想，我必须让小益学会一个人去面对一些事情，而且，我真的真的很累，身体很累，心也很累。我中午做了很多好吃的，我告诉他，能不能自己去摆地摊儿，我忙儿点别的。

他很生气，一个人背着那些货，摔门走了。

我的要求，总是会被小益当作啰唆，当作被强迫。可是我只是想让他和我一起分担一下生活，我真的已经尽力了。

虽然我一再坚持我们共同的梦想，可他觉得我逼得太紧，要求太多，他很累。

可无论怎样，他从来没有想过要离开我，因为我的理想也是他的理想。这种矛盾和痛苦，让我坚持是苦恼，放弃却是错误。

那段时间，我总是坐在办公室主动加班。

既然感情需要等待，我就想把自己的精力投入到工作中，尽量多做些事儿吧。人生的路还很长，除了爱情还有很多，不能浪费时间。但是，我心底，依旧在反反复复思考这些无法回避的问题。

很快就要过年了，那个当时叫我去工作的总编，很委婉地告诉我，等放完了假我就不用来上班了。

其实，当时我也想找机会告诉他，我想辞职。因为工资并不足以应付我的生活，却占去了我所有的时间。但最重要的，是我觉得我那样的状态，根本对不起别人所给予我的信任。

虽然我早有打算，但是当总编告诉我的时候，我仍旧心里有些难受。我觉得自己很失败，我心气那么高，可是我什么也没有做好，我总是那么容易让别人对我有信心，可是我又总是令人失望……

什么才是爱

离职没几天，正好小益生日，我俩从传媒大学沿着城铁，走路到国贸，便临时决定去天津转转。

小益很开心，他喜欢吃小吃，也喜欢逛没有去过的地方。

在天津的第二天中午，我俩离开宾馆的时候，我提前收拾好小益所有的东西,临走的时候还一再交代,不要忘带了手机,不要忘带了打火机和烟。

我们已经走了很远,来到一个饭店吃饭的时候,我却发现自己的手机竟然不见了。

这件事让我的心受了很大触动,我什么时候变得这么“病态”了?我一直不停地嘱咐小益,照顾小益,却完全忘记了自己。

我把自己搞得如此凌乱不堪,把小益宠得窒息。我真的是个神经病!自己一手制造麻烦,自己把自己搞得那么卑微,自己把别人包裹得密不透风。然后,又觉得自己很可怜,我真的是自作自受。

后来我俩提前离开了天津,因为我让小益帮我掂一会儿背包,他不愿意帮我拿,说那是女式的,他拿着难看。

然后我就一直哭,像受了天大的委屈,从大街上哭到出租车上再哭到火车上……

我的执着,我的心,让我不择手段,不惜一切想得到这个人。

我把自己变得卑微,把别人逼得无法喘息。这一切都是我自己要来的,如果我还去抱怨,那么对于小益是不是就太不公平了?我必须继续走下去。

自己表面上坚不可摧、无所不能,可是我的内心,却是多么的疲惫。

那样的一个冬天,我每天清晨,在小益还熟睡的时候,就一个人起来磕长头,念莲花生大士心咒。

我不要沉迷在痛苦里,我要坚强!可这一切我将何去何从?也许都是我必须面对的功课吧。如果说一个人需要隐藏多少秘密,才能巧妙地度过一生,那么我究竟还要背负多少执着,才甘愿放下痛苦?

还好我总是一边痛苦,一边自我救赎。或许我哭着自言自语,还嘴巴叨叨个不停,却都是在劝说自己。

格瓦师父教导我:“道理,不但要知道,还要懂得。不但要懂得,还要做到。”

虽然我知道我应该那样做,我必须那样做,可是对当时那个正在经受磨难的自己而言,也只是隐忍着内心的苦痛,把一切咽在肚子里。

我一直向西

有一天，因为一件小事儿，小益闷闷不乐。

我突然间觉得，人生无常，情绪更是耍人的玩意儿，我该怎么样？我怎么那么累啊？我不会吵架但也受够了冷战。

身无分文的我，一个人从家跑出来，我只想随便走走，散散心，我相信，人不会永远这样的。可是我现在真的是累了……

在那样一个冬日的下午，一直向西，一直向西，一直向西……

离开

那个我的房子

那个我爱的人

那个我一手制造的生活

……

那都不是我，因为错位，所以如此狼狈。

可我究竟在哪儿，我像一个被砸碎外壳的蜗牛一样，流离失所。

一路上，我看不到方向，看不到周围的人和街，只是拼命地往前走，越走越偏僻，在空无人烟的田野里，我终于爆发了，眼泪像断了线的珠子，我不顾一切地嘶喊。

从出生的那一刻，我就像上足了发条的机器，没有停止过脚步，追求的那么多——爱与温存、鲜花掌声、金钱名誉，周围的人觉得我已拥有很多，所以我没资格流眼泪，我的眼泪也许会被视为不知足。

可是天啊，究竟什么才能让我感到满足？因为我所拥有的，我也真爱我也感恩，可是我的心还是那么的空旷。

我凭着自己的心战胜了一次又一次挫折，可有时也会懊恼，因为这颗心，我不能简单地活着。忽然之间，我觉得自己是个笨拙的、一无所知的白痴。

可是有时候，我却觉得自己像是跨越千年孤独的旅者。

我追求自由、追求梦想、追求信仰、追求爱情、追求幸福、追求新的天地，其实这都是一场空，如果心不解脱，终究会变成悲伤和迷惘……

我真的很累了，瘫坐在身边的土堆上，试图让自己休息，在当下这一刻，突然发现一缕阳光正好洒在脸上，心中为之震颤，这温暖的太阳，无论我走到哪儿，无论我多么悲伤，或多么骄傲，它始终都在照耀着我。

不偏不倚，不来不去，平静而安详，智慧而慈悲。

我被深深地征服，那一瞬间像是洗净了心中的尘埃。

于是我仰起头，打开双臂，把自己交给这穹宇上的光芒，让往事随风飘去……

第四章

香格里拉之旅

在我们面对苦难去寻求解放那一刻，
就踏上寻找香格里拉的旅程。
当我发现其实香格里拉就在我们心中那一刻，
整个世界温暖寂静，
它呈现出最美丽的姿态，
只为给最愿意欣赏它的眼睛。

⊙究竟还有多远

2011年的钟声

纯粹的爱情,理想的事业,自认为活着不可或缺的一切,我充满责任感追求了很多年,很拼命、很执着、很投入,像只不会停止的钟,就算苦与痛都不停歇。

可当我发现,人活着唯一的任务就是为勇敢面对自己,不停地改正自己的缺点和习气,直到相遇自心,我仿佛看到了光明,这是我生命的方向。

又过年了,我又要回郑州了,回到父母的身边。

我曾信誓旦旦地说,这辈子要当一个奉献自己的人,如果我此生,仅为了自己而活着,那就太不值了。

可是这么多年来,我却忙忙碌碌,辛苦地挣扎、寻觅,甚至没有好好关心过生我养我的父母。

从退学开始,我就没有开心过一天。退学以后就拼命闯荡,有时候是因为太穷,有时候是因为太苦,有时候是因为太忙……就算回到了父母身边,也没有安静下来,踏踏实实陪在他们身旁。

在我挣扎、痛苦、迷茫的时候,在我寻觅内心宁静的时候,虽然貌似我一个人品啜着痛苦,可实际上还有我那血脉相连、十指连心的父母,他们从没有离开过我半步,见与不见,父母就在身边。

父母心疼我,宁愿这些苦由他们来承受。

在我十四岁之前,从来没有离开过妈妈半步,而且也不和妈妈分床睡,无论玩儿再晚,无论离再远,我都要回到妈妈身边,搂着妈妈才肯睡觉。

直到有一天,我突然想独立,甚至突然离开了家乡,十四岁就自己去外地上学,十年间在妈妈身边没待过太久。

妈妈那么爱我,可她又能怎么样呢,除了尊重我、祝福我、默默支持我。这样的爱,让我自惭形秽。

父母的爱是包容、是理解、是给予。在我年少时，他们给了我一双羽翼；在我想飞时，他们给了我整个天空。这就是伟大的爱。

爱即是慈悲，想想父母对我们的爱，他们给了我们生命、身体发肤，哺育我们长大。有句歌听了让人感动落泪，“都说养儿能防老，可儿山高水远他乡留”。父母的爱一句话，“倾其所有，给你自由”。

也许父母没有给你留下财产，可是他们给你留下了“爱”。这才是一笔弥足珍贵的遗产。理解了父母之爱，就理解了怎么去爱别人。如果你学会了，幸福就如影相随，一生都会眷顾着你。

新年的钟声敲响了。

我点燃一百〇八盏酥油灯，和父母一起安静地祈福。

我的心从未如此喜悦，家人身体健康，财富足够衣食住行，却不足以挥霍，一切都刚刚好。

那一刻我感到了一种静静的温暖。忽然发现，最美的不是浪漫而是平静，最安心的不是相拥而是独立，最享受的不是挥霍而是刚刚好，最永恒的不在别处而是来自一颗坚定的心……

我转身，他紧跟

我变得安静起来，不再去主动联系小益，每天陪着父母，有空就在家继续念莲花生大士心咒。我试图让自己安静点，再安静点。

我的变化，反而让小益开始依恋我。

他的眼神开始变得柔和，我们见面又离开的时候，他总是依依不舍地站在楼道里跟我再聊很久。

在我最痛苦的时候，格瓦师父一再叫我放下，可我却苦苦地紧抓着，觉得放下是一件残忍的事情，觉得放下就是失去了，放下就是缘分尽了。

可是事实证明，放下，并不是残忍，也不是失去，更不关缘分的事。

放下只是不再恐惧、不再压抑，这是对自己、对别人的慈悲。

无论我们抓得是松是紧，该失去还是会失去，该拥有依然会拥有。执着地、苦苦地紧抓，只是我们自己在跟自己的心较劲。

这让我想起了一个故事。一个人对老和尚说："我放不下一些事，放不下一些人。"老和尚让他拿着一个茶杯，然后就往里面倒热水，一直倒到水溢出来。苦者被烫到，马上松开了手。老和尚说："这个世界上没有什么事是放不下的，痛了，你自然就会放下。"

所以当我苦到最苦，痛到最痛，受不了时，就只有放手。

放下是随缘自在，放下是真正的向前。

人生因缘和合，就算爱得再狠再深，情缘荡尽，也不能有一丝挽留。因为我们谁都不能违逆天理，若是违逆我们就会痛苦，这痛苦仿佛在警醒我们回头。

放下随缘，是真正的智慧。

有人说世界上只有三件事：自己的事情、别人的事情和老天的事情。

所以，我们只负责做好自己的事情，别人什么态度，是别人的事情。最后什么结果那更是老天的事情。

人生短暂，为何不去专注于自己要做的事情呢？我们超越了自己的能力范围，而去关心别人和老天的事情，所以本来简单的生活会变得如此疲惫。

我们仨

过了年，我们回到北京。我们的生活里，又多了一个人，那就是慧姐。

我认识慧姐是在一年前，爸爸摔了腰，我留在郑州，小益一个人回北京的时候。

那段时间，我总是在网上搜索有关摩羯座的信息。

小益是摩羯座，爸爸是摩羯座，爷爷是摩羯座，晨是摩羯座，小毛是摩羯座，依寒是摩羯座……在我的生命里，我仿佛和摩羯座总是有脱不开的缘分。

我那么热烈奔放，可摩羯座的人，又是那么含而不露。

也许这是老天对我的恩惠，让我必须去面对内心的挣扎，让我去感受冰山与火焰的温度。我相信，最终我将平静、喜悦、从容。所以，我那么苦，那么难，那么感动，又那么激情。

这些，都是我追求纯粹与永恒的沿途风景，我或早、或晚，总有一天会走到尽头。

我在新浪摩羯论坛看到了一个回帖有几十万的帖子，一个女孩把她和摩羯男朋友相处四年的点点滴滴都写了出来，并且很细心地帮回帖的网友们分析感情问题。

我拉着帖子看了几页，没有回帖，而是在百度上开始搜索这个女孩的网名。

很快，我找到了她发的一个房屋出租信息，她留有一个电话号码。

我直接打电话给她，电话拨通了。

我说，我在网上看到你的帖子，我们很像，我们交个朋友吧，我想，我也可以帮助到你。

这一切，冥冥中早已注定，我并没有考虑太多，我也不知道自己为什么会告诉人家，会帮助她。

我打电话的时候，慧姐和父母在云南旅行的途中。

几天后，她回到了上海，从那以后，我俩就每天不间断地联系。

她的摩羯男友是奥地利人，他们还没有结婚，依然两地分居，在一起已经五年了。

那时候慧姐签证被拒，正待在家里发愁。我俩像两个同命相怜、相互取暖的人，我告诉她小益的事，她仿佛看到了一个过去的自己。

我给她讲师父、讲佛法，她特别开心，那是她从没经历过的感受，也正是她内心所寻觅的方向。

正好在那个秋天，格瓦师父去了上海，慧姐拜见了师父，从此我俩成了道友。

我们一直没有见过面，但在去年那个困顿寒冷的冬天，慧姐总是给我和小益寄东西。

半年过去了，慧姐提前从奥地利回国，辞掉了上海的工作，她把所有的行李都带到了北京。

这也是我们第一次见面。

我们想一起把音乐做起来，开个传媒公司，慧姐当我们的经纪人。

我真的没钱了，也不愿意再借钱，我打算卖掉北京的房子，重新开始。但是，那时候正赶上北京的限购政策，房子挂在中介公司，一直没有什么音讯。

我们租了一个很大的复式房，大家一起住在里面。

慧姐一直是做金融的，从来没有接触过我们这个圈子。我带着她和小益到处见我的朋友们，慧姐也报了经纪人资格证的考试。

我和小益每天在家写歌。

可是，事实并没想象的那么容易。

了解自己都那么难，想了解另外一个人，就真的是一种对耐力的挑战。我和小益的相处还那么难，现在再加上慧姐，真的是难上加难。

慧姐对我们的事情越来越有心无力，这个行业对于她来说是个全新的世界。再加上她一直是上班族，根本不适应我们这样自由的生活习惯。

她抛家舍业来帮我们一起做事，可是我们的进度总快不起来，她难免有些失望。

对于小益，我也天天纠结，我总觉得他根本不爱我，也许他只是依赖我，只是想和我一起继续把事情做下去。因为我总是感受不到他的关心和对事业的行动。

我们怎么说也是有了一个公司，可是每天小益就连起床都要费很大劲儿。后来慧姐干脆不叫他了。

慧姐要做经纪人，小益又是个男孩，所以我们一起的时候，特别是见朋友的时候，我总是刻意突出他们，让自己躲在他们后面。

可是事实并不是这样，慧姐不懂行，小益也没有经验，我变得很压抑，我都不知道自己在干什么。

这像是一场我们仨人因为一时兴起而引发的闹剧，不，或者这就是我刘雯自编自导自演的闹剧。

我快累死了。

那段时间，北京的朋友们觉得我莫名其妙，好几次见面过后，总会有人打电话给我，问我在搞什么名堂。

当然我们是因为感情、因为缘分聚在了一起。

可是发心不一样，再好的关系也会分开。我想，如果发心一样，就算哪天打一架，也会继续在一起。

对于我自己来说，我想我只是为了表面的和谐，我害怕人大声说话，受够了冷战，所以我为了和小益的关系能够更稳定，便失去了理智，不顾一切地委曲求全，这才一步步走到今天。

我们三个在一起，却各自执着于各自的心事。

一个月后，我们退掉了复式房子。

慧姐离开了北京。

我和小益在那个小区里又租了一套一居室。

我的房子还没有卖掉，空着。

第一次逃离

慧姐走了，只剩下我们俩。

我们打算继续之前没有完成的事情。

那段时间，我们张罗着，录完了我参加西班牙诗歌节的歌 Ready to forget。

而且我还要写一篇传记附在参赛作品的后面，那年6月就要交作品，所以我开始把精力都放在这个上面。

我变得十分忙，要找人帮忙一起录歌，要联系棚子，要写传记，还要做饭，更讨厌的是还要想办法弄钱，因为马上又揭不开锅了，怎么办？

我和小益的经济又陷入了危机，我们租来的房子一个月要好几千，我还要一边还自己房子的月供。可是我们穷得连搬家的钱都没了。

我很希望小益能帮我一起分担，可是我又不知道以什么样的方式让他明白，所以我看到他睡懒觉，看到在一个屋子里，我忙得团团转，他却没什么事儿做，我就开始难受。

我的难受不言不语，就是一个人憋屈，或者逃避。

我真的害怕不和谐，我真的害怕冷战。而且我真的很累，我也渴望依靠，渴望有人关心我，可是我只能向前，这一切都是我自己找来的，我只能向前。

记得那天，我一个人带着简单的行李和电脑，回到自己的房子，任凭小益怎么打电话，我也不愿意回到我们租的房子。

我真的想静下心来，赶紧把稿子写完，我也想静一静。

回到自己的房子，一个人的房间，如此安静，我把地板和桌面打扫干净，打开电脑准备写字，我的心中竟然十分释然。

就在那一刻，我同时又开始怀疑和瞧不起自己，我那么拼死拼活地把小益拉到自己身边，可是我现在又要一个人，我是不是疯了啊？

我那颗总是被感情羁绊的心，我真的恨透了这个自己，可是我暂时又没有办法去打开现实的局面，所以我逃避，对一切都置之不理。

我想，我真的不是要放弃，更不愿意逃避。我知道，我爱他，我多么希望他能好起来，能够独立。

我是真的有点儿累了，我只是想歇一歇，如果我俩还纠结在感情里，现实生活只会越来越糟糕，与事业的目标只会渐行渐远。所以我现在真的需要工作，需要往前走。

那天刷牙的时候，一只小飞虫在水池里挣扎，它在面对生与死的问题，所以它的问题比我更严重，可它不放弃，仍旧坚强地做出努力。

只要活着，都在面对最棘手的问题，也许生命本就是如此。

小益说，不是好人没好报，只是好人也会遇到困难，坚持下去结果是不同的。

那么，让我的眼泪只留给感动，悲伤只留给微笑。

我在自己房子里住了一夜。第二天，香港的一个朋友来北京找我，她也认识小益，所以我们一起去了簋街吃饭。

晚上回来，送走了朋友，我要坐地铁回我自己的房子，我看着小益无助的眼神，心里不知道像是被刀子捅了多少下，真疼！

我是那么怜惜他、爱他，我知道，他只是个孩子，他在尽力爱我，可是依赖早已成了习惯，而且他尽力了啊……

可我真的很累，我希望他能理解我一点点，就一点点……

那天我俩站在地铁口，他要我跟他回家，不要再闹了。我就站在那里，我说我不想分心，我想好好把东西写完，我不是要和你分开。

小益说尽了好话，并且第一次在大街上搂着我的肩膀，他说他会改变，只要我回去，我写东西，他给我做饭，他收拾家……

我真的很爱他，那种"爱"如果用"爱情"来解释，也许不太确切。那是一种发自内心的怜惜，并不是占有。我经常想，如果他能好，他能独立，他能明白我的苦心，他甚至可以不和我在一起，只要他能过上他想要的生活。

我做不了决定，我不知道接下来我们会更好，还是会更糟糕。我表面上直挺挺地站在那儿，满眼迷茫。可是心里真的只想狠狠地、紧紧地抱着他。如果爱，如果生活，只是我们紧紧相拥，那该有多容易，可惜不是……

我半推半就地回到了我俩的家。

那段日子，我都在忙着写东西。还在联系诗歌和传记翻译的事情。我还想继续出一本诗集，所以又开始没日没夜地联系出版社。我累得胳膊都抬不起来了，眼睛看见电脑就疼。

我不再去过于关注小益，他给我做饭，他也去买菜，除此之外，他是玩儿是忙，我都不再关注。

我想，或许这才是真的改变，我自己内心的改变，并不是躲在那个房子里逃避。没有任何人可以让自己不开心，不开心是因为有所要求，有所期盼。

因为现实没有绝对的好与不好。我选择了小益，就必须接受一个完全的他，

不要以为爱，以为对，
用自己的执着，去参与别人的因果。
看护好自己的心，
能够从容让一切顺其自然，才是真境界。
如果能再智慧一些，你就会发现，
一切都是最好的示现。

因为这是我自己求来的。如果我选择了他好的一面，却不接受他不好的一面，这对于他来说太不公平了，因为他就是他，他自始至终都是这样。

可是适不适合，能不能在一起，我们俩人都有决定权，如果我不忍，不愿离开，那是我自己的执着，所以我就必须承受和包容。

我之所以那么痛苦，都是因为我把一切想得完美，可现实却一点点把我的想法蚕食瓦解。其实，完美本来就不存在，我在自编自导自演着自己的痛苦。

一夜没睡，在思考理想与坚持、面对与进步。

有些人羡慕我的生活，觉得我在做自己愿意做的事儿。这年头写诗很窘迫，做音乐更艰难，这两个却不知不觉早已占据了我的生活。

我很少去想是否成功，也很少去想我的社会身份，我只是在做一个这样的人，探索这样的生活态度，然后不断地在思索。

清晨7点多，快递突然送来"低苦艾"乐队送给我的专辑。远途跋涉的盒子已经成了打口碟。

《嘿！青年》让一夜未睡的我，莞尔一笑，像得到了诙谐的安慰。

专辑里有句话，"感谢长期以来无私提供帮助的所有人"，让我感动，同样在坚持理想的我们，背后都有无数的朋友，默默支持着我们的理想。

没有什么一成不变，痛苦也会过去，幸福也会过去。

所以我只有勇往直前。不管曾经，不问以后，我勇往直前！

我该怎么办

我们谁也不愿离开谁，每次互相伤害以后，又总是想有一个好的开始，然后我们用仅有的福报去挥霍，去改变一切外界能改变的事物。

我们以为有了慧姐，事业就有了帮助，可是没有用。

我们以为要改变自己的面貌，花了那么多钱去买衣服，去找形象设计，可是没有用。

我们以为要做一个精神利落的头发，然后我去北京最好的造型设计，可是没有用。

我们以为是房子的风水不好，宁愿空着房子，又租房子，可是依然狼狈不堪……

我们的生活和感情都陷入了困境。付了房东违约金，拿回来了一些已付的租金，我们不得不再次搬回到原先的房子。

搬回家。

我要继续写书，之前为了诗歌节准备的传记，在联系诗集出版的时候，书商试图让我把那个中篇的传记，写成一个完整的小说，那也是我第一次写小说，所以我开始继续往下写。

我们真的没钱了，我暂时又没办法分心，我希望小益可以在这段时间为我们的生活有所担当。如果他去工作，我可以空闲时去摆地摊儿。

我希望他起码可以自己照顾自己，因为我要写书，我专注起来，甚至自己都顾不得吃饭。

我逼着他去找工作，哪怕他和我生气，哪怕他真的又与我冷战，很快他在门口的超市，找到了一份送货的工作。我很为他高兴，那是他的第一份工作。

他真的工作了，我又开始心疼他，怜爱他，我甚至去给他送西瓜，给他送水。

可是宠爱和呵护，其实是杀死一个生命的钝刀。我想，他真的去接触生活，才会真正地懂得幸福。

在超市没几天，小益告诉我那里太累了，那个家族式的小超市，所有的事儿都要他来做，他想换一个工作。

我陪他在梨园找到了一个复印店的工作。他每天早上 7 点要起床上班，我每天也陪他早起，并且给他准备好早餐，他去上班我就开始写书。

我没日没夜地写书，饿了也不动，实在受不了就狠狠喝水，最后，憋得不行了，我才赶紧跑去厕所。

我就是一个倔驴，我要做什么就会一直做下去。我想起小时候，妈妈总是怪我憋屎憋尿，我为了多玩儿一会儿，就可以不去上厕所，然后憋不住就尿裤子。

一根筋，不知道变通，那么执着，还以为自己是锲而不舍。

我暂时没有时间、没有心思去照顾小益，我心里很清楚，如果我俩一起过家家下去，把时间和福报耗尽，一定不会有好下场。

那天晚上，我和小益一起去南锣鼓巷见一个朋友，吃过饭已经很晚，没有回家的地铁了。

小益建议还待在麦当劳，等着第二天再回家。可是我不希望耽误小益第二天工作，虽然那个工作收入很低，但那毕竟是他刚刚开始的一份事业。

所以我执意打车回家，路上小益告诉我，他很累，明天不想去上班了。我就告诉他，我在中介公司上班的时候，白天上班晚上演出闹一夜，第二天继续一早去忙工作。还告诉他，我身边的很多朋友都有过类似的事情。

小益很生气："去去去，明天去。"可是我真的不希望他生气，我执意要让他明白，我不是不爱他，不心疼他，我只是想让他知道，我们的生活现在需要他去担当，而且周围的人们都在这样忙碌辛苦着。

他让我不要再啰唆，我们一路上再没有说话。

我看着车窗外，圆圆的月亮，那么大，重重地压在天边，楼房轻易就能遮住，等我走近了却什么都找不到了。我一直向前，它一直走远……

因为出门的时候，小益把自行车放在了地铁口，所以我们在临河里下车。

回来太晚，自行车已经被锁进了围栏里，我们只能走路回家。

已经半夜一点多了，小益头也不回地一直往家走，他走得很快，我落得很远。

我就一个人，慢慢往家走……

不可回避

因为现实的原因，我也必须去做点什么事儿。而且我想让小益看到，我在陪他一起挣钱，我也在尽力维持生活。

早上7点多开始写，直到下午才吃了几口泡面，实在有点胃浅。如果我再不去摆地摊儿，也许连泡面也吃不上了。

我扛了几包饰品和十几本诗集，太沉了，何况我正饿着，胃也疼，但是我只能艰难地往门口挪动，我要去梨园摆地摊儿。

坐三轮车到临河里地铁四块钱，转地铁两块钱；直接坐三轮车到梨园八块钱，我又累又饿，脑子有些迟钝，我是不舍得多花两块钱，但是我貌似已然扛不动这么多东西了，我站在那儿纠结了很久。

旁边黑出租车跑过来让我坐车，三轮车师傅不停地说，她坐三轮车都没钱还坐什么汽车呢……

到了梨园。

我头晕眼花地把货给码好，好大一个摊儿，一半是饰品，一半是我的诗集。

夏夜，风却是冰冷的。我蹲在路边瑟缩着，没有人会注意我的表情。我把头埋在胳膊下面，看着来来往往的车灯，交错成橘黄色。

这个城市，人潮拥挤。这个世界，行色匆匆。是什么让我漂泊，我又为何来到这里，究竟何时我才能够停靠？

当我蹲在路边的集市里，我只不过是一个摆地摊儿的女孩。没有人知道我的梦想。如果我因为城管的驱逐而愤怒，也不过是一个无力的弱势群体，让人哀叹或许夹杂着同情。

天下无人生来就甘愿平庸，任何人都有梦想，所以我相信，只是因为太美好，所以会艰难和遥远，漫漫长路，我继续前行。

也许只有走过很多年，当回忆起从前，才能被感动。

那么今天，也将是明日的回忆，我们能否用回忆的方式，来珍惜今天？

我刚刚在本子上写了几句诗，城管就来了。一条街的买卖人，顿时作鸟兽散。

过往的路人开始议论起来，摆地摊儿的人，摆得快，收得也真快，一扭脸的工夫就收干净了。

此时此刻的我，蹲在路边，只是感到很饿。

我们的一个朋友也在梨园住，那天她陪我摆地摊儿，她无意间告诉我，她见了小益，和小益一起吃了饭，小益还去了她家。

我立刻沉默了。因为小益从来没有告诉过我，而且那个女孩是我很好的一个朋友，我们认识很多年了。

那天晚上回到家，我一直沉默，因为我从来不相信小益会骗我，在我心里，他是那么诚实善良，他从来都不会隐瞒我，哪怕他不爱我，他都会告诉我。

最后，我还是没有把话憋住。他承认，他骗了我，他去找了那个女孩，但是他们什么都没做，他说去找人家，自己也觉得很惭愧，他再也不骗我了。他说那是他第一次骗我,也是最后一次骗我。

我很难过,并不是他去找了别的女孩,而是我觉得自己很傻很天真,我这么努力,这么拼命,在我如此辛苦的时候,我不再求他是不是关心我。可是他却用行动来向我抗议,怪我忽略了他,所以他去找别的女孩解闷儿。

我觉得自己真的有问题,可是如果我不努力,我俩的生活会怎样?从最初的最初,他都是把我当姐姐,他希望依靠我。可是现在,如果我努力了,又会和他拉开距离。

我真的不知道如何下去了。

还是那句话,我并没有想要放弃和离开,我很累,我想静一静……

当我坐在窗边仰望苍天,我只不过是一粒尘埃,多么想投入宇宙的怀抱。

我的猫咪匆匆跑来,卧在我腿上。亲爱的猫咪,你从哪里来,会到哪里去?什么是爱,什么是怨,什么是聚,什么是散,什么是是,什么是非?还不知为何,生活却已如此沉重,让我与宇宙苍穹四目相对,却总擦肩而过……

我觉得我这样狼狈地写下去,也只会给读者带去负面的情绪。一个支离破碎的我,又何德何能去写书影响别人呢。于是我停下了笔。

写了一封信给小益:

当你看到这封信的时候,我已经离开,我总不能让你无家可归。既然是我选择的,我就先让步。

无论怎样,我只是希望我们都彼此认真考虑一下我们的关系,是否能给彼此带来快乐、责任,包括明天的事业。你也说了,开心最重要。

该说的话,我都留在了下面的信件里。我承认,我怕我们四目相对的时候,我流泪不止或者说不出来一句话。

更重要的是,我怕我面对你的时候,根本不忍心离开你……

可是,也许离开是最好的办法,我不愿意继续害了你。

哎呀呀,我真的想不到更好的办法,我真的不知如何放置我们的感情。

很多事,也不是几句话能道个明白,就算道了明白,面对现实的时候,也不是一个人能够解决的。

所以,我只有选择离开……

你也说开心最重要,可是你很累了,我也无奈,我真的不愿意当怨妇,我只不过是个平凡的姑娘。

我也不愿意让你活得太紧张。如果彼此疲惫,不如放手。人活着真的有好多事要做,有太多的责任要去面对。

亲爱的,你真的要活出来自己,才能去正确判断这个世界,才能把握住你的人生。

你脱离了父母的物质支持,脱离了学校的约束,来到社会,本该去独立面对生活了。可是你和我在一起,却更加放任。我真是害了你,你我都疲惫不堪。所以我选择现在离开。

自立自强,这是任何生命能够顽强存在的一条必经之路。

很多话,我也不是第一次说了,也许我很啰嗦,但这也是最后一次了。

祝福你。相信你会生活得很好。且行且珍惜。

我把邮件发给他的时候,早已收拾好了行李,无论天南海北,是回家,还是去别的朋友家待几天,反正,我必须从小益的世界里消失。

可是还没等我换好衣服,我的手机就响了。

小益不要我离开,他哀求我要我留下。他说,只要我不走,一切都可以挽回。

我听到了他的声音,是多么熟悉,多么怜惜。

这么多年来,我从来不会挂断他的电话,不会不接他的电话,说再见的时候也不会先挂电话。我用我自己能够想到的一切方式去爱他、呵护他。

他在上班,我听见一直有人叫他,可是他仍旧没有挂断电话,我们就那样电话通着直到他回到家。

他抱着我,不要我离开……我什么话也不说,我是真的真的要走,虽然我很疼很疼……

就在这一时刻,小益的电话突然响了,是他妈妈。

小益的爸爸心脏病又犯了,现在正在ICU(重症护理病房)抢救。

事情总是赶在一起,我的生活也总是这样被牵着往前走,任凭我再叛逆、再嚣张、再不愿意改变。

我当然毫不犹豫地选择了和小益一起回家看他爸爸。

我们直接去了火车站，我提着那些已经收拾好的行李。

还好，小益的爸爸有惊无险，但是以后要长期吃药。

其实刚刚回郑州没几天，我就接到了凤凰卫视的一个收视率很高的栏目访谈邀请，让我代表“80后”去谈一些时事，但是他们需要我尽快到北京录制。但我一拖再拖，最后拒绝了，我为什么没有去，这个我从来没有告诉过小益。

那个时候小益最需要有人陪在他身边，我想，在那个特别的时期，感情和事业，我只能选择一样，我不能太贪心。

我只想把我和小益的这件事做好，我把能和他在一起，和他能维持和谐的关系，当作我实实在在的生活，当作一个我要完成的事情。起码，到目前为止，我做得不够好，就算我的那些付出也看不到结果，但我依然执着。

尽管我俩的生活并没有起色，事业并没有起色，而且我们俩的关系越来越糟糕，我越来越痛苦，小益也并没有真的成长。但是我俩分不开，也好不起来。

小益的爸爸妈妈都没有工作，还要还房贷。现在，他的爸爸每个月都要有一笔药费。这让我觉得，小益更应该早日独立起来了。而且不是我去帮他，如果我还是让他依赖我，那就真害了他。况且，他的父母最希望的是自己的儿子成熟、成功，而不是我。

我只是个女孩子，我也很希望有所依靠。但现实要求我们相互独立。这些，是我俩继续在一起的前提。

小益的爸爸很快出院了，我告诉小益我的这些想法，他也认可。

独角戏里的小丑

回到了北京。

小益想辞去复印店的工作，再去找一个和音乐有关的工作。

他提议我们搬到市里面住，这样他找工作方便些。我希望他先找到工作，然后再搬家，因为毕竟房子现在空着，否则又要像之前那样，把房子空着，又要付一份房租。

正好这个时候，有人定下来要买我的房子，可是买方的钱不够，要贷款，所以先付了几万块的定金。房子我依然可以住下去。

小益向我保证，如果搬了家他一定赶紧找工作，好好工作。

很快，我们搬到了百子湾的沿海赛洛城，租了一个很小的Loft。

刚刚搬过家，我就催着小益赶紧去找工作，我告诉他家里的一切我来收拾，我来做一切家务，我会把家里收拾得井井有条，我甚至还想多买些植物，让房间里充满生机。

但一天天过去了，我一早起来做早饭，等到中午，他也没有起床，我又开始做午饭，我已经做好了饭，叫了他很久，他还是在睡觉。

我一个人，坐在房间里，开始掉眼泪，我不知道怎么办，我如果又催他，他一定会生气，我不知道他的心里究竟藏着什么。或许，我根本不懂他，我的心，沉到了冰点……

我想，我的苦并不是小益给我带来的，而是我自己一个人的执着，我在乎他、爱他，我凭什么去要求他呢？他也并没有要求我一定要怎么样。我各种各样的付出，各种各样的期待，却换回了自己各种各样的失望，各种各样的苦。我真的是一个独角戏里的小丑。

我要把注意力转移到别的地方。我试图去报个舞蹈班，或者去附近的咖啡厅写书。

我开始不等着他醒来才吃饭，不等着他饿了我才吃饭，不因为他心情不好我就什么都不愿意做。

那天是中秋节，在小益还没有起床的时候，我背着电脑去了咖啡店。

可是门口的咖啡店关了门，挂着“中秋休息”的牌子。

我背着电脑站在路边，不知何去何从。突然间有些伤感，也许这才是我内心深处最真的痛，以前，我只是扭过脸，不去看而已。

我身边有我深爱着的爱人，故乡有思念着我的亲人，远方有我憧憬的香格里拉，可我却只身一人经受着眼前的一切。

找到自己那么不容易，而想了解一个人更难！

从迷茫到从容的艰难跋涉中，路漫漫，其修远兮……

那天我告诉小益，如果他是小孩子，我还能打能骂；如果他是一个女孩子，我是个男孩子，我也能管管，可是我现在很无助……

小益听了我的话，变得十分生气，他说我骂他。

亲爱的，对不起，我的言辞伤害了你，可是我那么爱你，又那么笨拙，我该怎么办？也许再这样下去，我会抑郁而终，没有命再来爱你了……我，不知道该怎么办……也许我不是一个好的女孩，可是，谁能教教我该怎么去用你想要的方式爱你呢？我真的不懂了……

第二天早晨，我没有做早餐。

在小益还在熟睡的时候，我静静地看着他，用手拉了拉他的胳膊，于是头也不回地离开了家。

我去找了一个朋友，我俩聊天，走路，从西四走到故宫，又到后海，最后来到了南锣鼓巷。

下午两点，小益给我发了个短信，那时候他应该刚刚起床。

他问我在哪儿，我说出来走走。他要我早点儿回家。

到晚上 6 点，他又给我短信，我说不回家，一会儿再说。

8 点的时候，他又要我早点儿回家。

10 点的时候，他打来了电话，问我走到哪里了，是不是在回家的路上。

谁不愿意回家呢，谁愿意冷战呢，可是面对现实，我却无能为力。和朋友吃过晚饭，我们在南锣鼓巷喝酒。

其实那一整天，我并不想思考有关小益的事情，可是我发现，我怎么满脑子都是他呢，这已经变成了我的生活、我的习惯……

我到家了，他正在看招聘信息。

他让我帮他做一个简历，既然如此，就结束冷战吧。

第二天他打了几个电话，争取到了两个面试机会。我很替他开心。

面试那天早晨，我帮他准备好笔挺的衬衫、干净的鞋子，准备好所有要带的证件资料，中午做了一顿特别丰盛的午餐，虽然不太远，我怕他找不到地方，专门交代他打车去。

但是两次面试过后，发现那些所谓的传媒公司，招聘什么星探什么助理，其实就是一帮骗子。

去工作了也没有固定上班时间，只要你能找来想出名的人，那些人自己交钱,然后这些所谓的传媒公司会拿着这些人自己的钱包装他自己。

小益的工作就是自己想办法找人,然后找到人愿意出钱了,再给他分成。

我们都觉得这太不靠谱了,这像是在诈骗。

小益显然已经努力了,我想,自己也不能对他逼得太紧,如果他是我的朋友,遇到这样的事儿,如果我能帮忙,我一定会出手。既然他已经努力过了,我也帮他想想办法吧。

我开始到处问自己在做唱片的朋友们,有没有需要用人的地方。

没几天,通过一个朋友的介绍,我们约好去见一个做唱片的朋友,他们正好需要一个助理。

我们约在三里屯见面,我们请他们吃饭,他们要请我们喝酒。

那是朋友托朋友的关系,而且是第一次见面,所以我陪他们喝了很多酒。小益喝酒过敏,我当然要多喝一些。

那个朋友也喝了很多,他们说平时工作太忙了,其实挺压抑的,所以每次来三里屯都会让自己解放一会儿。他去外面吐了几次,我都陪着他。

工作基本上可以随时去,但是刚入行工资很低,而且会很忙。

那天我喝得的确有些多,头很疼,回到家就睡了。

可是睡到半夜,我醒来发现灯还亮着,小益竟然还没有睡,他竟然一个人在喝啤酒。

我十分奇怪,刚刚需要喝酒,我都替他喝了,这会儿为什么自己又要喝酒呢?

我坐了起来,发现他竟然满脸是泪,我吓坏了。

这是我第一次见到他在我面前哭。

他说他承认,自己吃醋了,我竟然对那个朋友那么好,可我为什么见这个人,为什么喝酒,小益心里应该清清楚楚。

所以我也不愿意和他讨论这个问题。就在一两个月前,小益没头没尾地突然告诉过我,他不会吃醋,在前女友面前会吃醋,可是在我面前,他永远不会吃醋。

我当时心里酸酸的,但是很快我就告诉自己,那是我太让他放心了,所以他根本就感受不到自己是那么需要我、爱我。这个事儿也就在我心里过去了。

可是此时此刻的他，竟然因为我陪人家出去吐，就哭得稀里哗啦，自己在这里买醉。还那么清楚地说，自己就是吃醋了，自己真的吃醋了。

原来，小益是那么爱我，之前连他自己都不清楚自己对我的感情。他是不是爱我，搞得我俩都不知道。直到这一刻，我们才都明白。

他把我紧紧地搂住，搂得我喘不过气。

小益说，这里的一切都乌烟瘴气，要我只想着好好把作品写出来。

我说，要不我们走吧，我们离开这个地方。

小益说，只有我俩，什么也不要。

我说，那乌龟和猫咪呢。

小益说，让它们先留在这里，我只要我们两个人的生活。

我们俩转租了这个 Loft，把猫咪和乌龟寄养给朋友，卖掉了所有家具、厨具、电器……

我们打算离开北京，随便去哪个城市。

游戏人生

卖掉了所有的东西，我们只剩下了衣服和琴。

因为房子买卖手续没有办好，暂时还不能离开北京。

所以我们再一次住回到我自己的房子里。

我们没有了锅碗瓢勺，每天都要买着吃，门口的饭店吃得我想起来就反胃。

我们就两个人，天天四目相对，干等着买房子的人慢慢办手续。

后来我俩干脆租了辆车，小益带着我到处玩儿，我们开到北京的最最西边，又开到北京的最最东边，我们上网搜索所有好吃的地方，找到了就去吃。

我们又开车去了趟天津。

日子就这样一天一天过去了……

我为了他开心，他也为了我开心……

可是我心里，越玩儿越没底。

我的书也没继续修改。几个月前，我那么辛苦地联系了很多书商，又那么忍饥挨饿地写完了书，现在书商催着我要稿子，我却又放弃，我恨不得杀了我自己。

我和小益的关系真的得到改变了吗？

谁也不愿意触碰，谁也不愿意放弃，谁也不愿意去改变自己。

我，只知道一点，我的斗志，我的自信，已经降到了最低谷。我的内心是那么恐慌，只一味迷糊着，往前走。

亲爱的，你是我世界里的国王，可是也仅仅是我一个人世界里的国王。你知道吗，我这个世界那么荒诞可笑，我自己已然在自掘坟墓了。

所以，我们俩，像小丑，又像傻瓜。

我们还在硬撑着我们的"千秋大梦"，哎呀呀……我好心疼，心疼得好难受。

半个月后，买房的人已经办好了贷款手续，可是还要继续等。

那个人申请的公积金贷款，进展十分缓慢。所以小益建议我们先离开，开始新的生活，如果房子的事需要回来处理，我再一个人坐飞机回来。

可是事到临头，我变得犹豫了，我已经怕了。

折腾了那么多次，环境再变换，我们也只是换着地方生气。而且钱只会越花越少，我根本想不到我接下来何年何月会有新的收入。

如果钱再一次花完了，我还要再继续摆地摊儿吗？这样一而再、再而三地折腾，我恨死我了，我恨死我自己了。

我们会不会到了另一个城市，还是我一个人为生计奔波，天天因为他睡懒觉、玩游戏而掉眼泪？如果到头来只是换了个地方相互生气，我想想就一身鸡皮疙瘩。

可是我又害怕告诉小益这些，他会生气。因为我们之前说好了，要离开北京。

所以我考虑了一上午，处心积虑地在本子上画了一个图纸。

我告诉小益，从今天开始，我俩做一个"5D大富翁"的游戏吧。我是游戏中心，你是主人翁。

游戏时间：11月22日到12月6日，游戏一开始，主人翁所有的资产自己支配。用游戏中心所给的启动资金营生，摆地摊儿、吃饭、车费和电话费自理。

我像画游戏的棋盘一样，图文并茂地画了一大张纸。

第一关在北京，叫作“基地营生”。主人翁获得游戏中心所发启动资金二百元，经营小产业，到天意小商品城领取任务。

目的是返还给游戏中心部分启动资金。如果三天就可以顺利返还一部分，可以获得餐厅就餐一次，体力值满格。

第二关仍然在北京，叫作“音乐之旅”。如果主人翁顺利通过第一关，可以获得“马丁吉他”一把，技能值满格。

直到12月6日，如果主人翁顺利返还全部启动资金，就进行第三关“海岛风光”，去厦门领取新的任务。

如果到了游戏规定的时间而不能完成，就终止游戏。但规则继续进行，直到能够返还所有启动资金。

小益答应了我。

第二天我们和另外一个女孩去进货。

那个女孩是我们共同的朋友，也是因为这个女孩，小益欺骗了我。可偏偏这个女孩对我很好，我也很喜欢她。这就是宿命吗？

进完货，我们一起去南锣鼓巷摆摊儿。摊子刚刚摆好，他俩就把我一个人丢下看摊儿，一起去买东西吃了。

我心里很难受，虽然那件事已经过去，虽然我答应他不再因此难过，可是我没办法控制……

摆了不到二十分钟，一直有城管过来，我们干脆收摊儿回家。

他们还说换地方摆，可是一路上我都没有说话，到了家，我刚坐了五分钟，就自己拿着那些货去小区门口摆摊儿。

我想，花了钱进了货，又要白费了吗？总这样，总这样，真让人沮丧。

我一个人蹲在小区门口，也没有路灯，11月的北京，足以把我冻得头晕眼花，过往的路人，连驻足的都没有，更别提买了。

我想自己当时的样子，一定十分苦楚。我很久很久了，都不愿意照镜子，我不愿意看到自己那张忧郁哀怨的脸，我想想就够了，所以我总是低着头，总是穿小号衣服，把自己归到“不知者无罪”的队列里，可是我越是这样，越是罪该万死。

旁边包子店的一个服务员，给我搬过来一个凳子，他说，姑娘，坐这吧，你在这儿摆不行，肯定卖不出去。

我感动得想哭，我想起来有一次下着大雨，我坐出租车，到地方计价器已经停了，司机见我没有带伞，为了让我少走几步又给我送得近了一些。我就感动得流眼泪，幸亏下着雨，没被人看见。

天黑了，小益找到了我，他让我收摊儿，一起去吃饭。

吃饭的时候我们聊到了那女孩的事情。

我说我愿意相信你，我愿意不提起，但是我需要时间。可是我们还要每天面对她，对于我来说，真的很有难度。像皮肤破了，刚刚长的痂，抠破，又长好，又抠破……

那个游戏提前结束，我们打算，第二天就去买票，离开北京。

我们前一天晚上说上午去买票，可是第二天他又在睡觉，吃过饭，一直拖到傍晚。

我看到这些，就触目惊心。我总以为他会改变，可是我凭什么要求别人改变，我又凭什么因为这些不开心。明明是我自己选择的。

但当时我想不到这些，我也不愿意接受，就一个人死磕。

在买票的路上，我一直很不开心，我对明天充满了恐慌。

我想我的问题根本没有解决，总是遇到了一个事情就改变方向，可是我很久以前不是这样的人呀。不，也许是我遇到所有的事情，向我证明，让我放下，我都太执着，依然坚持。

我只是太想和小益好好的，我变得神经质，变得有强迫症，我那么可悲，那么令人厌恶，我作茧自缚，我现在向前不行，向后不能，我害怕极了。

我俩在售票厅门口又闹别扭了，谁也不说话，他一直抽烟，我一直哭。

过了二十分钟，他说你哭够了吗，哭够了就去买票。

我们买了到厦门的车票，据说那里是一派南国风光，青山绿水、鸟语花香，那里有我还没有见过的椰子树，那里有音乐之岛鼓浪屿。

那里能温暖我们吗……

⊙在路上

厦门的保证书

一天一夜的火车，就把冬天变成了春天，我们来到了厦门。

我们就这样远离了北京那个枯枝败叶的冬天。原来可以这么容易地离开寒冷。

同样是 11 月，却有着不一样的景色，这里有湿润的空气，绿油油的树木，我见到了总是念叨的椰子树。

我俩脱掉了厚重的棉衣，穿上了春天的衣服，踩着"人字拖"，在大街上走来走去。

第二天，我们从锦江之星搬到了厦门大学门口的日租海景房，相对价格比较便宜。但是我心里还是着急，想赶紧找房子安定下来。

我们打算去鼓浪屿租房子住下来。

从厦门大学走路来到码头，坐了五分钟的船，就到了鼓浪屿。

我是个看见美景就会发疯的人，我眼睛不够用了，看见海浪被风打起来就激动地"哇哇"叫，这个也要拍下来，那个也要拍下来，也许是我在北京憋太久了吧，我开心极了。

但是一直到晚上最后一班船，我们也没有找到合适的房子。

那是个很美的地方，但是并不适合我们居住，到处都是游客，而且房租并不便宜。

回到了厦门市区，之后的两天我们继续找房子，可是发现并不比北京的便宜太多，而且南方的饭菜我们根本吃不习惯。

我们就在宾馆里待着，还不知道接下来要怎么办。

无论睡得多晚，我都醒得很早，根本就睡不安心，我觉得我不像满大街忙忙碌碌的人，更没有资格当一个游客。

我已经浪费了太多的时间，根本就没脸再玩儿了，可是我又提不起精神去做事情。

那天中午，小益还在睡觉，我饿了，一个人下楼找东西吃，然后在书店买了本书，又去文具店买了笔记本和笔。

我想我看看书，或者随手写点什么东西，也比这样干等着熬日子强。

小益的妈妈突然给我打电话，她说给小益打电话，没有人接，问我们怎么样。

那时候已经十二点半了，我如果告诉小益的妈妈，他还在睡觉，这样合适吗？可是我分明有点不高兴，还要帮着他打掩护，我心里挺不舒服。我只告诉她，我在外面，不知道他在干啥。

我正在接电话的时候，看见小益在路对面走了过去。他没有理我，我也没有叫他。

真够呛，我俩又冷战上了。

也许小益无法体会我的痛苦，就像我无法理解他为什么总是那么懒散一样。

所以他不会安慰我，我也再没耐心去宠着他。

晚上，我俩和好了，也许谁都恶心透了冷战，谁也不愿意再去伤害对方。

接下来怎么办啊，这个事儿必须说清楚。

我俩只有两个选择，回北京或者回郑州。

但是小益觉得，回郑州就不能天天和我在一起了，而且住在家里每天写东西或者排练也不方便，家里人又不一定会同意再在外面租房子。

最后我们决定还是回北京吧，在哪里跌倒，就在哪里爬起来。

回北京，要面对那个冻死人的季节，还有那慢吞吞拖不动的生活，我想想就够了，我真的很累，也真的不想就这样“废”了。

既然来到了南方，那就去散散心吧。我想去三亚，我以为都是南方，厦门离三亚，总比北京离三亚近吧。

小益问了在旅行社的朋友，去三亚要五千，两个人要一万。

可是我想到自己，什么狗屁事儿都没做成，身体也“作”成这样，我的精神性胃病，早已成了器质性胃病，天天疼得要死要活。现在还要再花那么多钱去散

我如此艰难地修行，
并不是在追求任何境界，
也不是想往心上再增加点什么，
而是希望彻底地放下垢染。
这劳苦奔波的人生，我不是要成为谁，
而是要找到真正的自己，
那生命无垢无染的本来面目。

心,想想就很绝望,我再次不嫌啰唆地说,我的确恨死我自己了。

但是小益很想去,他说,就玩这一次,回北京一定好好做事儿,谁都不要再说没心情了。

我还是不敢相信,然后我们写了一个保证书,他签了名字:

1.每天早晨9点之前洗漱完毕,早餐完毕。

2.每天运动一个小时,每周三次打篮球。(他闹着非要买这个篮球的时候,我仿佛看到了它以后的悲惨命运——只是玩几天,就永远被弃置在屋里的某个角落,像鸡肋,还滚来滚去地占地方。)

3.不玩游戏,不沉迷于网络。

4.每天工作八个小时。

5.每天只抽两支烟。

6.共同分担家务。

7.自己洗衣服,随手洗,不许攒着。

8.负责两人伙食费。

9.一周无违纪,奖励下饭店一次,奖励二十块钱。

10.12月6日到次年1月1日为考察期,必须严格遵守。没有奖励。如果违反,立刻遣回郑州,并且不给任何车费和生活费。

我俩约定,这次旅行是真的旅行,谁也不许不开心,谁也不许跟对方生气,就算装,就算憋着,也要把这次旅行开心地进行下去。

我们再次把所有的行李快递回了北京,只留下几件夏装和回北京时要穿的羽绒服。

两天后的早晨,我们飞向了三亚。

三亚,温暖的梦

我们来到了一个更温暖的地方,三亚。

下了飞机，我看到了明媚的阳光，巨大的热带植物，慵懒漫步的人们。整个空气都拉住我的脚步，拉住我的心，让我缓了下来。

我们被安排进最好的酒店，吃最丰盛的水果，穿上颜色最鲜艳的衣服，漫步在沙滩，漫步在湛蓝的天空下。

我们把宾馆的沙发拉到露台上，吃着烧烤和阳桃。习习的海风迎面吹来，温暖人心。

在我最幸福的时候，总会想起北方还在寒冷中的爸爸妈妈。我心里不禁有点酸涩，我想我一定也要带他们来三亚。

特别是小益的家，他的爸爸妈妈没有工作、没有收入，真的很需要小益，可我们还在这里玩儿……这些压力挥之不去，我多么希望能尽快解决这些问题，那是小益的责任，我们只要在一起一天，也是我的责任。

可现在毕竟在旅行，我们也曾说好，要愉快地度过这次旅行，我让自己慢慢放松那些紧张的神经。

我不用想着下一顿饭吃什么，一日三餐有人安排；也不用发愁叫小益起床，每天都有酒店的 Morning Call（晨起叫醒服务）。

我们到了天涯海角，走过了情人桥，迈过了幸福门，潜入了海底……

我多么想让旅行再长一些，我们也试图再多留宿一晚，可是一切终究都会结束。

一个星期后，我们结束了旅行。

三亚再好，也只是一个梦；再美好的梦，也会醒来，去继续那些没有完成的现实生活。

从温暖的三亚，飞回了寒冷的北京……

走吧，走吧

飞机晚点，我们到了首都机场已经是凌晨 3 点多。

北京很冷，穿上所有的衣服依旧哆嗦。

我们又冷又困，打上出租车又坐了一个小时才到家。

刚刚回到家，没有电，地暖当然也没有。

房间里阴冷、潮湿，而且很脏。

这比起三亚，真的是个极大的反差。可这才是我们真的生活。

前一夜还在五星级酒店，今天就混得连被子都没了。走的时候，我们把床垫都给卖了，现在只能躺在床板上。

我们仍然没有厨具，我想如果我们每天买着吃，倒不如去超市再买一套锅碗瓢勺，那样还是比去饭馆吃省钱。

我们重新去超市买了厨具，买了枕头和被子。

写到这，我也觉得，我们真的是折腾得太到位了。家搬出去、搬进来，搬出去、搬进来。家当都卖了，又重新买新的来……

也许都还没折腾够，可是谁愿意这样啊。

我的心，前空翻，后空翻，跳高，拿大顶，使出最大的劲，变换着最大幅度的动作，就是找不到一个舒服的姿势安静下来。

那就还得再折腾，好吧，那么继续。

我还有积蓄，所以暂时我不用去挣钱，我负责房租，负责生活开支和添置东西。工作上，我打算一边继续把小说改完，一边继续写歌。

小益负责把以前写好的歌做编曲，然后无论摆地摊儿，还是找工作，他来负责伙食费。我告诉他，你挣五块钱我们就吃五块钱的饭，你挣一百块钱我们就吃一百块钱的饭，无所谓好坏，只要是你挣来的。

我的笔记本总是死机，我准备换一台电脑。为了方便小益做歌，我买了一台苹果的 Mac，又买了录音软件。然后我来用他的旧电脑写书。

我想，小益又可以多学一门技术了，这样生活就可以更充实一些。

没过几天，我们又买来了“马丁吉他”。

他需要的，全都准备齐了。

我也开始每天写东西，每天都去上声乐课。

毕竟房子没多久就要交给买方，我们也曾去找过房子，但是看了很多都没有合适的。而且我也担心，不知道我们的生活是否真的会改变。

的确，没几天，小益就不再履行我们的保证书，我心里又开始难受了。

我每天早晨起来跑步，然后做早餐，当然只是我一个人的早餐。

因为小益仍旧晚上不睡觉,中午睡到12点也不起。

我一个人去买菜,做饭,做好了午饭好不容易叫醒他,他就赶紧打开一个电影,边看边吃,一顿饭吃到下午3点。然后再慢吞吞地开始打开电脑研究录音软件。

我的怨气,就一点点在肚子里蔓延。

那天我要去上声乐课,可是家里只有五块钱了,附近也没有取款机,这五块钱刚刚够出门坐三轮车。

小益在做歌,懒得出门,非要我给他买烟,门口超市又不愿意送,他说我既然出门了,就去买回来给他。

我难过得不得了,他不但不管我怎么去上课,还要我给他送烟。

他的理由是,他妈妈就一定会这样。

我很难过,但是我真的又从超市拐回去给他送了一盒烟。

然后再一个人走路去上课。我想这么多年,我一直都这样对他,这也是我自己一手造成的。

我边哭边走,边走边哭。我的执着,早已让自己变得如此卑微,如此凌乱。

我不再相信小益,起码在那个时候,我真的看不到希望。另外,我也不再相信自己。

我执着的心,真的是个杀人不见血的刽子手。我剪断了那个善良孩子的翅膀,让他待在我的身边,可是我又要他能够展翅翱翔,拥有雄鹰的风采。

我恨我自己,我的爱让人窒息,我真的是一个“咄咄逼人的神经病”吧。

我真是太疯狂了,我甚至认为也许,小益遇见我这样的一个人,就是一场彼此的劫难。

我们真的很痛苦,很缓慢,很艰难。

那天晚上,我告诉小益,我们回郑州吧,我们分开,真的分开吧。

小益愣了,他觉得我又在折腾,没有理会我。

我说,就这样分开,也挺好,真的失去了,才会知道珍惜,知道珍惜了,才会去好好生活。

小益看着我说,你只是说说,我们不会分开的,你说的都是气话。

我想,如果我自私,我会留他在身边,哄着他,宠着他,给他一个虚幻的乐园;可是我做不到,那样太残忍。

这次,我真的决心已定。

那天晚上,小益哭了,之前他从未如此放下过身姿求我,让我再给一次机会。

可是我只是沉默。

我心里是那么痛苦,亲爱的,是我当初一手把你拉进我的怀中。现在你可知道我是多么不忍,我把所有的痛苦都埋在了心里……

那是我最最伤心的时刻,那是我最最痛苦的时刻。也许太疼太疼,所以我感觉不到了疼,我只是想改变那样的生活。我的泪压抑在最最深处。我捂着胸口往前走,不回头。

我们还不能马上离开,要等到一周后给买方办交接手续。

但是车票已经定了下来。

临走的那几天,小益再也不打开录音软件,再也不弹琴,只是在玩游戏。

我本来还侥幸地以为,我告诉他要离开,他可以不睡懒觉,变得更加勤快,如果是那样,我兴许会改变主意。可他比以前还放松,我便更加失望。

可是当时的我,根本就不能理解,他那样做,只是因为他内心正在经历着巨大的痛苦,和我分开的痛苦,还有他家庭的压力。他回去以后,根本就没有机会再去伤心,因为他的家庭需要他去担当。

我怕改变主意,我攒着泪水,攒着伤心,只等着离开的日子逼近。

我每天早睡早起,快要回家了,回到父母身边,我不愿他们看到我那狼狈的样子。所以我仍旧每天坚持早起跑步。

我整出来所有不穿的棉衣,准备打包邮寄到玉树。我想我自己也是寄,多一点一样也是寄,干脆写了个告示贴到每个单元门口,倡导大家把旧衣服集中到我这里。

我就这样忙活起来。

同一个屋檐下的小益几乎二十四小时不下床,待在电脑面前。

我们虽然一样痛苦,一样不忍心离开,但表达情绪的方式竟是那么不一样。

那天,我仍然在跑步,我累了,站在院子里,仰着头。

我静静地看着天,北京的天与拉萨的天,故乡的天与远方的天,儿时的天与现在的天，无论走到哪里，哭泣还是欢笑，孤单还是有人陪伴，当我抬头仰望时，她总是安详而沉静，温柔地注视我这一生。

我想即使我再桀骜不驯，终究还是要回到她的怀里。

她的不变、她的永恒，让我自觉卑微，也让我深深向往。

独自面对

我们收拾好了行李，等着把钥匙交给买方。

那一刻，空旷的房间，只有我们两个人。

他坐在床边，我站在柜子旁边。

十分钟，二十分钟，一个小时，两个小时过去了。

没有一句话，那么小的房间，我俩却保持了最远的距离。

我的心那么痛，我想他也一样。

我只是想我们分开，各自忙各自的，就像我爸爸有自己的工作，我妈妈有自己的工作，可他们还是在一起。

可是小益一定要坚持，分手了就是分手了。

也许我们有太多的不同，太多的误会，我不能理解到他的苦，就像他总是关心不到我的内心。

火车上，我们一直没有说话。过了很久很久，他只是和我聊无关痛痒的话题。

我见他不愿意和我聊我俩的话题，就用别的方式要给他交代。

我又不厌其烦地在手机上给他写信。

> 该说的我们都说了，快到郑州了，我以后只想跟你聊点儿开心的，不想再啰唆烦你，相信你也知道自己该干什么。你微博也写过："一定不要伤害那个在你身边没日没夜唠唠叨叨的人！没日没夜是他自己仅有的时光，唠唠叨叨是他对你的祝愿！"
>
> 所以，请听我最后一次唠唠叨叨吧。
>
> 天赋、运气，这些自己心里知道，请永远放心里，这是老天的事，别叫这

些聪明羁绊自己。别人帮不帮，也是由自己的福德所决定的。帮了要感恩，不帮了更要磨炼自己。所以活着，只有一件事你能做，就是努力勤劳！天道酬勤！天佑天才！坚持不懈！

人没有任何一个理由给自己的懒惰开脱，这是恶业，是需要去面对去攻破的痛苦过程，这才是修行。

雯

2012.1.3

小益看了我的信，什么话也没有说，下了火车就不再理我。

到了郑州，虽然我们住在同一个小区，但是彼此谁也没有联系谁。

到了郑州，尘埃落定，我们真的分开了，我其实是那么不舍得。我的痛苦开始像决堤的洪水一样爆发出来。

我认为，他只是现在不知道我的心，无论怎样，他必须离开我，真的去面对现实生活。

我不停地给自己安慰，我想这份感情是我的就是，不是我的就不是了，结果不是我能够控制的。至于一时间的难过、一时间的辛苦，也要坦然面对。决不能被负面情绪左右，坚强的心终究要捍卫真理。

但是我分明知道自己的痛苦，我真的很想和他在一起，可是我不能，决不能！

虽然我俩不联系，我像自言自语一样，每天在他的微信里留言。告诉他，我这么做，根本不是为了和他分手。

这一切都是我自己选择的，所以我只能自己硬撑着往前走。我去见朋友，和朋友们聊天、吃饭、看电影……但是我心里分明挂念着小益。

有天，小益突然给我微信回复，他说自己一直没有登录微信，刚刚看到我的留言。

之后的一天，我们见了面。

小益已经在一个朋友的琴行工作，虽然工资特别低，但是他很珍惜这份工作。

他说由于家庭的压力，根本就没有心思谈论感情，如果自己一个月不能挣一万，就不去想感情的事儿。

我问他，是不是世界上所有的穷人都没资格恋爱？而且我现在愿意陪你留在郑州。为什么我们不能一起做事儿……

他只是无动于衷。

我回想起来自己，每次很痛苦的时候，只要我去逼着自己静下来，去念莲花生大士心咒，境况总会峰回路转。

其实也并不是环境真的改变了，而是我从痛苦中跳出来，站到了一个更清晰的角度，看到了真正的现实情况。

这次，我没有给格瓦师父打电话，当然也没有任何人要求我去做什么。

我自己开始每天念五万遍莲花生大士心咒，每天供一百〇八盏酥油灯，每天磕一百〇八个大头。

至于小益，哪怕他永远不明白我的心，只要他真的能好，我便祝福他。

我这样做，只是强迫自己平静下来。

任何事、任何人的出现，都是在各取所需，也许这就是所谓的业力吧，我们在做没有完成的作业。所有的事情，都是来成就我去相遇那颗最初的心。

我逼着自己平静，逼着自己去放下那些所谓的痛苦，所谓的执着。

其实改变的只是自己的欲望和习气，也许这就像割掉自己身上的瘤子，虽然很疼，但是为的是祛病除根。之所以会不舍，是因为我们以为身上的瘤子是自己的肉。之所以会痛苦，是因为在身上动刀一定会疼。不切掉会越来越病；切掉，疼一下就好了。

在逼着自己的身体坐下来，逼着自己的嘴巴只是念一句心咒，逼着自己的脑子渐渐从散乱和痛苦中安静下来的过程中，我清楚地感到自己，从逼着这样做，到真的愿意这样做，到真的安静下来，到慢慢遇见了自己的真心。

以前那颗躁动的心，就像被风吹动的水面。现在它慢慢静止，露出了水底的景色，我看到了自己的心。

渐渐地，我不再责备小益的懒惰。我自己虽然很想做好事儿，可是我没有智慧，也不是真的彻底的清净，所以面对小益的时候，我一定会有情绪，也一定会夹杂着自私的念头，所以我必须去反省自己。

我不知道体谅别人，老顾着表达自己，遇事一定要说个痛快。

虽然总付出，替别人着想，但那只是依着我自己的意愿，不考虑是否真的适合别人，是否超出自己的能力范围，是否超出别人的接受范围。

所以自己把自己搞得很累不说，别人也并不关心，并不在意。

我是那么咄咄逼人，可是小益却依然不离不弃。他曾告诉我那么多我的缺点，我都不接受，还怪他不心疼我，不怜惜我。

可是我不是口口声声说自己要修行，要改变自己吗？其实，他给了我最想要的，我却没有早点明白。

我想我的愚痴、我的执着、我的自私，让我打着爱的旗号，伤害了一个善良的人。而且一直用最僵硬刻板的方式，去滋养他的懒惰，又去指责他的一切缺点。

我是一个一身毛病的“坏蛋”，我又凭什么去怪别人？我自己拥有的，我自己懂得的，根本不是我能拿来抱怨别人的资本。

在我没有理解体会到别人的痛苦的时候，我根本就不可能去帮助别人。

我不再指指点点，我不再抱怨环境，我不再觉得自己格格不入，我甚至突然变得很惭愧，我觉得自己真的是个小丑。

我总是那么急于表达，只考虑自己的所想所感，还觉得自己那么不同。想到这里，我真的是感到“罪大恶极”，一个没有恭敬心的人，怎么可能进步。一个没有恭敬心的人，又何谈去爱别人。

我真是个虚伪的骗子，活在自以为是的狭隘世界，还自觉孤独。我相信感召力，那不正是我自己感召来的孤独吗？

我开始用眼睛去观察周围的人，用心去聆听所有人的话。

我发现，家，才真的是一个修心的道场。

亲人之间都有相似的性格特点，爱人则更是看清自己的镜子。

我遇到的所有问题，只要让我有所痛苦，就一定是我心有所执着。

那些抱怨和不满，其实是自己的性格缺陷。当我看到这一点，我终于感受到了自己给别人所带去的痛苦，闭嘴不再抱怨，并痛下决心改变。

宿世恶业，至心忏悔，虔诚诵经，自可消灭。

我也不愿意再像往日那样，遇到一点痛苦，就去打扰师父。

我想，我自己所造的业，必须面对、必须承担、必须自己忏悔修行，才能大有裨益。

我不该执着。

⊙格桑梅朵

又是一年过去

新年的钟声敲响,又是一年过去,一年来到。

这么多年了,这是我第一次陪父母看“春晚”。

我总是觉得这俗气,那俗气,甚至病态得不希望和大家一样。

可是直到今天,我恍然间觉得自己挺可笑。

活着本来就不容易,我为什么要给自己设置那么多障碍?

任何一个生命,只要好好地做自己,他就是不同的,我的执着,让我觉得自己很无聊。

大年初一,我突然接到了格瓦师父的电话。

他说,好徒弟,你这段时间努力了啊,跟师父一起去西藏朝圣吧。

我顿时热泪盈眶,虽然我没有给他打电话,可是师父却从来没有离开过我,他远远地观照着我,看着我的经历,等着我的成长。

迷时师度,醒时自度。无论怎样,都需要我自己去努力,自己去改变。

我慈悲的师父,他用广阔无边的心去关爱每一个弟子。我对师父最大的回报,就是让自己的修行更进一步。

对于去西藏朝圣,我却没有一口答应。

我想,自己已经浪费了太多的时间,我做了那么多错事,我有那么多的毛病,我是不是不应该再去追求什么了,而是应该好好反思反思自己接下来该怎么行动。

我考虑了两天,我想,既然师父要我去,一定有他的用意,而且一定是对我的修行有所帮助的。

我决定去西藏。

当告诉小益我要去西藏的消息,他显得很关心,嘱咐我很多。

他的眼神，骗不了我，我看到了他的不舍。

直到分开，我们什么都没有说。

大年初六，年味还没散尽，我便背上了简单的行囊，天还未亮就赶往机场，将要去那个人皆向往的圣地。

从东到西，整个冬天，天很阴沉。

当我渐渐离开地面，划破长空，一个孩子大喊，太阳，太阳出来了！

阳光直射到我的脸上，浓浓的昨日已远去，化作身后的一片片白云，我刹那间到了另一个世界。

我想如果人生总在横向徘徊，总是无法有所超越。

那么，此时就是到了该进一步的时候了。

也许我们活着，就是在一层层攀登，直到能够自由飞翔。

我们的心，都在靠近天空的地方。

那里纯洁无染，那里芳香温暖。

找到它，安住它！

飞机平稳地前行，我静静凝望窗外的云，尽量不去幻想将要到达的那个地方。

西藏，天的另一端

我到了西藏。

那是天的另一端，那是最接近天和心的地方。

欲念浑浊，让我早已迷失了自己。

那苍茫的雪山，本是我遥望的双眼。飘荡的经幡，本是我跳动的脉搏。山风阵阵，本是我的呼吸。经轮转动着的，是我的前世今生。

一个无垢无染的地方，让我的痛苦、我的执着，我的付出、我的得到，都显得不值一提，变得那么渺小。

我来到了桑耶寺，那个当年莲花生大士传授解脱之音的地方。我也来到了莲花生大士当年闭关修行的山洞，跟随格瓦师父，我累生累世的心灵导师，一起

去追寻成就者当年的足迹。

成就者的慈悲与智慧，跨越千年，仍旧只增不减。

无论我离开，还是找寻，他们只静静地等待着我的归来。

我想到在山的那边，那个喧嚣的城市中的人们，仍然在因为感情与名利，而感受不到生活的快乐。

格瓦师父说很有福报的人，才可以到达圣地。只有与缘分很深的人，才可以一同到达圣地。

那个和我难舍难分的小益，还有我的父母，还有那么多痛苦中的人，像我一样痛苦，或者比我还要痛苦的人们。他们没有心灵导师，他们还没有找到希望，他们没有走出痛苦的方法。而我能跟着我的心灵导师，来到这样一个纯净的地方，我是多么幸运。

所以我暗暗地发愿为众生消业，走过的每一步，学到的每一点，希望都能分享给更多在痛苦中的人。

当我想到了这些，我变得更加有动力去走完这场朝圣之路，这场身体和心灵的洗礼。

我用心祈祷，想到众生的苦难，我再累再苦都没有理由停下来。

可是那天从千佛山供酥油灯回来，我就病了，但如果我的痛苦，能为更多的人换来解脱，那该多好。

我想起来索达吉堪布对待病痛的愿。他说，如果我的痛，能代替更多人的痛，我愿意继续痛。如果不能代替更多的人，我希望早些康复，能更健康地继续为众生做事。

可是我病得很重，还麻烦了同行的人，让大家照顾我，我很惭愧。

我一直偷偷哭，因为看到了真实的自己，因为看到了我与自己心的距离。

之后的日子，虽然我没有掉队，但是一直病着，鼻子里都是血，又干又燥，每一次呼吸，都伴随着疼痛。发烧 40℃，一直退不下去。

身体的极度疼痛，让我变得很脆弱。

我想，我其实并没有那么伟大，我只不过是一个女孩，是一个一身毛病的“笨蛋”，我根本没有那么豁达，我只不过是那么渴望自己能够真的做到那个境界。

我走过每一个寺院，来到每一座神山，让我总是想起那句话——“我转山转水转佛塔，只为与你相见。”那么我何时才能与我的宁静之心相见？

到了林芝，我打了一晚上的吊针。

那一夜，小益没有睡觉，陪我聊天聊了一晚上。

我说，我们能不能好好的，不要再僵持下去。他只是说，你先让身体好起来。

我病得昏昏沉沉。

因为藏地的药都是空运过去的，一瓶水只有10ml，我打了一瓶又一瓶，一直到第二天中午12点都在输液。

朝圣之旅结束，我们要从拉萨飞往成都。

在候机大厅，我看见一对情侣在依依惜别，他们不忍分离，流下泪滴。

是啊，就算会伤痛会别离，我们仍然会无怨无悔地爱。

如果爱，只是互相索取，满足自己的心，那么无论怎样，终究会别离。

怎么才能让爱永远，怎么才能永不分离？穷尽一切，找寻答案。

在相处的这段日子，我看到格瓦师父，虽然他是那么慈悲、那么的智慧，他是一个得道的修行人，是一个成就者，但是他从来不会责怪任何一个人。这正是因为他懂得我们每一个人的苦，所以他只会悲悯和爱我们。

他的爱不言不语，却像阳光一样温暖。

他的智慧与方法，从不显露，但是总让我们独自坚强解脱。

我在想，既然师父都从来不抱怨，不指责别人，我又有何资格抱怨环境，抱怨别人呢？

要离别了，我总归要离开师父，独自去面对生活的。

我慈悲的上师，你在二楼的佛堂，还在为弟子们广布解脱之音。

而我，没有离开，就已经开始想你。

为了好好度过余下的几个小时，我试图让自己平静，可脑海中全是你的慈悲与爱。

我静静地来到楼下，趴在窗口前，看看远方的天，远处的路，来来往往的人……我必须一个人去走，不能再让你操劳，即便你把我们都当成孩子，可是我多么想为你分担。

上师，我的上师，我在拉萨的天空下想你，我在色达的草原上想你，我在喧嚣的尘世中想你，我在宁静孤独的思绪中想你。

上师，我的上师，我生生世世的心之所向，没有分离，也没有相聚，我们早已永远在一起。

回到我的城市

西藏之行结束了。

回到了城市，回到了我的地方，继续我未完成的人生作业。

这个生我养我的地方，有我的爸妈，有我的爱人，还有我要去做的事业。

我回到你们身边，希望我能用智慧去爱你们，给你们幸福，让我们快乐地度过余生。

在我离开成都的时候，师父嘱咐小益去机场接我。

师父说，如果我很想念小益，那就对他好一点儿。如果小益很感念师父，那就好好地和我在一起。

对于一个不知自省、不知满足、不知珍惜的我，一路下来，并没有失去，反而给了我改变自己的智慧，以及重新开始的机会。

用真心，去珍重，再珍重。

我和小益打算开文化公司，还继续和慧姐一起做没有完成的事情。

可是我们都没有经验，不知道如何下手。小益每天都要去琴行上班，我们也没有时间去研究讨论这个事情，但是他很希望大家能一起做些什么，很快他辞掉了琴行的工作。

他辞职那天，我俩一起去见了我的一个曾经开文化公司的朋友。

那个朋友分析我们现在不是很合适做那个，并且给我们了一个“写老人传记”的建议。

小益对此很感兴趣，他觉得这不仅是为了挣钱，也是一个有意义的事儿，可以关爱到老年人的内心，自身也可以从中获得成长。

在我看来，没有做不成的事儿，只有我们愿不愿意动脑子，愿不愿意坚持。更何况小益这么感兴趣。

无论世界如何黑暗，
我们仍要立志做一盏明灯；
无论人间如何充满险诈，
我们仍要勇敢地做个好人！

我知道小益的生活压力，解决家里的经济问题，是他最重要的事情。既然我们又重新在一起了，我一定要好好把握这次机会。

小益希望我先给他一个开旅游公司的哥哥写一篇传记，用来练练手。

我接下了这个任务，我们当时还没有找到办公的地方，于是就带着笔记本，开着车到处找有 Wi-Fi 的咖啡厅。

几天过去了，我们在咖啡厅，总是我一个人在写，在联系杂志社和网站去发表。小益只是陪着我，他在旁边看视频或者玩游戏，等着我写好。

然后我俩再在咖啡厅消费一把，或者到外面大餐一顿。

这样下去，我心里觉得，不又是在“过家家”吗？

可是以目前的状况，我也只能一个人去完成这些工作。

我告诉了小益我的担心和感受，他也并没有像往日那样，那么听不下去。我们只是在寻求解决问题的方式。

我提前解约了我们家的一套已经租出去的房子，想用来当作我和小益的办公室。

房子收回来以后，我又开始重新装修，买来办公桌，像模像样地把摊子给置办齐了。

在实践中，我慢慢觉得，写传记这个事儿，我们目前根本就不可能做好，这需要长期的养成，收效也很缓慢。小益需要赶紧做起来，需要尽快挣到钱。

可是现在的实际情况是，小益根本就没有赶上步点儿忙起来，又是我一个人累得晕头转向。

我告诉他，如果真的很喜欢这个事儿，我们可以当作副业去做，但是现在，我们必须另谋出路。

我俩联系了已经在奥地利的慧姐，慧姐也正想做点什么事儿。

我们的公司没有任何业务，也不确定要做什么，只有两个员工，一个是我，一个是小益，还有一个只在网上出现的员工——慧姐。

我们坐在新装修好的办公室，天天策划着，天天都开会。

我们三个人打算做淘宝店。

我们打算做瑞士的母婴产品代购，后来又变成了做保健品，忽然一天又想做瑞士药妆，最后又想做牛初乳。

我们想做代购，进而变成了想做代理。

我们想，要不做出口吧，看看能不能做羊绒或者是服装。

……

就这样，一天天过去了。

慧姐在奥地利，开始在网上投简历找工作。

小益的表现是开始睡觉，总是到了中午还不来办公室。

而我，变得更加神经质。我和小益的事业，变来变去，根本看不到出路。本钱一直在投入，八字没一撇，车也买了，办公室也装修了，什么都置办齐了。我的难受和迷茫，就开始化作各种抱怨，怪他又迟到了，又来晚了，又玩游戏了……

我总是做出来极端和莫名其妙的事儿，我不想哭，但是又憋不住。

我为了不让人看见我哭，为了降低噪音，就把桌子上一个装面包的大塑料袋子套在自己头上，憋屈着流眼泪。

我的这些举动，让小益觉得很不可理喻。

但是我的内心，变得很紧绷，其实自从小益辞掉工作的那一刻，他连最微薄的收入也没有了。我告诉他的父母，他要和我一起做事情，他整天和我在一起，我就很紧张，我总想赶紧把事业发展起来。

要是干不好，我不知道怎么面对小益，不知道怎么面对他的父母。我像患了强迫症一样，见了小益的父母，就不知道怎么去跟他们汇报今天我们做了什么。

我那样的心态是多么的病态，我对小益的执着，我对我们失而复得的感情的执着，让我紧张得偏离了常理，把所有的压力，所有的责任，不分青红皂白地扣在了自己的头上。

我那么紧张，我也不知道怎么面对我的父母。当时我的身体并不是很好，而且我自己的书也还没有写完，我的父母并不希望他们的女儿太辛苦。

我就一个人憋着。

但是这些压力却由心而生，我总是不停地掉头发，脸色也很难看。

小益陪我去看病，买回来一堆治脱发的药，吃的涂的……

我的头发总是散发着药味，我真怕自己有天一觉醒来突然秃顶了。

不破不立

后来，通过我妈妈的关系，我们合作到了一家品牌箱包的代理商。

我们准备先在淘宝上卖包。当然前期的工作我要拍照片，修图片，还要编写文字的内容。小益和我一起去给商品拍照片，他总是在旁边等着。

如果我让他先忙点别的，或者给我帮忙，我俩的气氛就会变得火药味很重。我深深地知道，我们彼此是多么不希望伤害对方，希望对方快乐。可是我们确实有太多的不同了，所以表现出来的都是不合拍。

但现实的一切都是我自己造化的。

我自不量力地往自己身上揽下那么多重担。把自己强撑到一个那么“强大”的位置，让人觉得我什么都可以做到，我根本不需要帮助。

然后再一个人痛苦伤心。所以我弟弟说我“曲高和寡”，多么讽刺呀。

这让我想起来，在很多年前，小白说我像一种叫作“蝜蝂”的小虫。

这种小虫喜欢背东西，无论见到什么都要背回去。其背上的东西越来越多，压得自己快喘不上气来，也不肯罢手。

有人见它气喘吁吁的样子怪可怜，就替它把背上的东西取下一些来。蝜蝂很不高兴，捡起来接着往回背。这家伙还喜欢登高上险，因为身上的东西太多，常因此掉下来被摔死。

想到这里，我忽然间觉得，小白其实挺了解我，即便是我们分手的时候，他曾说了一句“想了解一个人，真的太难了”。那其实意味着，他曾真的用心去理解过我。

只不过我太自以为是，而没有在那时那地发现他的了解。

事情走到了今天，我必须往前走，赶紧把事情做起来，并做好。

小益是他们全家人的希望，而我是小益的希望。

在我俩的生意没有做起来之前，我要尽可能帮小益和他的家人解决生活问题。

可是，我还要在父母面前表现得轻松愉快。

我想满足任何人,连自己都能忽略不计,不计我的承受力,不计我的能力,不计我的身体,所以我很累,而且身体已经差到了极点。

我把发生的一切,都告诉了慧姐。

小益看到了我和慧姐的聊天记录,他特别生气。

他说我再跟别人啰唆这些,就和我分手。

我累了,我不想再有任何差池。我想,也许真的是我的抱怨太多,如果我选择了,我为什么不能去欣然接受呢。

我一边做一边喊累,一边做一边寻求理解,一边又不愿放弃,我这样不是自讨苦吃吗!

那天,我俩又要去给货物拍照片。

因为那里停车不方便,总是被贴罚单,我们决定骑我爸爸的电动车去。

可是那天我爸爸马上就要上班。我建议小益骑他家的电动车。

他说他家电动车没电,让我爸爸打车去上班。

我说我爸爸很节俭,平时有重要事情都不会舍得打车,他怎么会打车上班。

我俩就因为这样的小事,在那儿僵持了很久,这么无聊的事,这么可悲,我的头都要爆炸了。

我说我们都骑着自行车去吧,后来我们各自回家骑自行车,但是一路上,小益不理我,我也很难受,就一直板着脸,心里特别特别堵。

拍照回来,我俩来到我家,我要把自行车抬到电梯里,可是小益自顾自地走在前面,我一个人在后面抬车子。

我问他能不能帮帮我,他就说了句,“没有我的时候你怎么过的”。

我特别难受,他回来给我抬车子了,我还是难受。

小益懒得去理会,他觉得这些无所谓,不想去解释,他烦死了。

可是我觉得,我们应该解决这些问题,只要相互理解,这些事儿就可以不再发生。

回到了家,我还是很想告诉小益我的苦衷和想法。

哪怕事情得不到解决,只要他能听我把话说完。

但是他只是认为我在跟他计较,他非要拉着我去他家,把他欠我的、他家欠我的东西,都算清楚,他说他还不起就卖房子……

我听到这些，简直崩溃了，我真的没有计较，我很难过，我很累。

如果我真的是计较这些，当初又为什么选择和他在一起呢？

我不想吵架，不想冷战，我觉得自己太累了。

我把自己逼上了绝路，不顾一切地去追逐，去执着于这份感情。可是执着到最后，我把我俩的精神，都逼到了一个绝地。

我站在窗边一直哭，一直哭，小益不听我哭，扭头就要走。

可是就在小益扭头的那一刻——

我从窗户跳了下来……

我把自己彻底摧毁了

我家在二楼，我根本就摔不死，我只是想歇歇，我只是想证明，我没有计较，我真的很累。

可是我的方式，又是那么疯狂。

我真是个极端的疯子，我总是撑着，硬撑着，到不能再撑的时候就选择爆炸。

我想我根本不是容易变通的人，也不是个灵活的聪明人，更不是适应能力强的人，我倔，我执着，我生忍着……

我被悬挂在栏杆上，双脚腾空。

听见对面的楼上有个小孩在大喊："妈妈！那儿有个小孩，对面楼上挂了个小孩……"

很快有人跟着喊了起来，快救人啊，有个小孩快要从楼上掉下来了。

原来，在人们眼中，我只是个孩子，我又干吗那么狂妄地把自己装得那么强大，我只是个孩子，我不会照顾自己，我饿了都不知道是饿了，只是知道自己胃疼，我困了累了也都不知道，如果不是脚疼，就只知不停地往前走……

我这样一个自身难保的傻瓜，又怎么能扛得起那么多人的希望呢。

我从栏杆上再次掉了下来，摔在了楼下的草坪里。

这个时候，救护车也来了，围过来很多很多人。

他们叽叽喳喳地讨论着我，是不是骨折了，是不是摔着头了，哪家的孩子啊，她家人呢，怎么掉下来了……

那个天真的小不点刘，那个太阳公公留在大地上的孩子，那个叛逆的刘雯，那个在舞台上绽放的刘雯，那个发誓要和师父一起利益众生的刘雯……都不见了。

我就躺在地上，眼睛看着天，一动不动，一言不发，不哭不闹，没有表情。

我任人摆布，我比任何时候都顺从，像一只待宰的羊，被救护车送到医院。

我彻彻底底把自己当成一个弱者，一个病人，一个傻子，一个木偶。

无论医生问我什么，我就是不说话，眼睛对着天花板，我就是不想说话。

我的父母赶来了，我听见他们的声音，一切都在我耳边，比任何时候都清楚。

我爸爸说他听到我从楼上摔下来的消息，吓得双腿瘫软走不成路。

爸爸和妈妈紧紧握着我的手，妈妈不停地说，我的乖乖，我的乖乖，你千万不要有事儿……

我的眼仍旧直愣愣地瞪着，甚至一眨不眨，我想，我就这样不说话吧，永远不说话吧，直到我想明白，直到我休息够了……

我被拖到一个又一个房间，CT、X 光……

小益和他的妈妈来到医院，他们听到了小区里有人在讨论，就找了过来。

我只是擦伤了皮肤，并没有大碍，我不愿意住院。

小区物业的人把我背回了家。

我躺在床上，仍然一言不发，直愣愣瞪着眼睛。

我好累，我想让人都知道，我也是弱者，我也需要关心，我也会累。

妈妈抱着我的头说，乖乖，我的好乖乖，妈妈不让你那么累，你不用那么累，根本不用你去挣钱。

我看见小益就站在床边，我不想让他离开，我真的没计较钱，我真的只是想让他理解一点点。

我直愣愣瞪着的眼睛开始流泪，我只说一句话，不停地重复，我没计较，我没计较……

天已经很晚，即便我不想让小益离开，但他总归是离开了。

他答应我妈妈，第二天来陪陪我，可是小益再也没有露面。

我一直躺在床上，我把自己彻底摧毁了。

我再也不是从来不在父母面前哭泣的刘雯，再也不是家里的顶梁柱刘雯，再也不是有求必应的刘雯。

我整天躺在床上不下来，头发乱七八糟，也不吃东西，脑子里不停出现小益说我计较的画面。

这些画面一出现，我就发疯似的大喊，然后把枕头扔到地上。

我姑姑们来了，我阿姨来了，我姥姥来了，她们怎么跟我说话，我就是不回应，只是瞪着眼睛，直挺挺地躺着。

姥姥心疼地抱着我哭，她说，我的孩儿，你说句话吧，你说句话吧。

我只是在"扛"，只是在"死磕"，我自己是多么大逆不道，多么自私！

我是多么执着于做一个有用的人，所以我一直那么努力。

我是多么执着于做一个孝顺的孩子，所以我总是担当起家里的责任。

我是多么执着于做一个为大家付出的人，所以我总是尽力保持独立。

可是直到此时此刻，我却是一个让人围观的弱者，一个让全家都伤心的罪人，一个被人同情的可怜的人。

逼着自己往前走

又过了几天，小益给我短信，他说他已经把办公室钥匙反锁到了房间，把电脑搬走了，他说他全家都受不了我了，我们不要在一起了。

我痛苦欲绝，我不但没有得到他，反而失去了他。并且这么一闹，让我在所有人心里变成了一个受伤的可怜的人。

我被家人带到了医院，被诊断为重度抑郁症，需要住院治疗，并且需要有一个监护人陪伴。

我不愿意住院，在医院的大厅号啕大哭，像疯了一样，又蹦又跳地闹着不要住院。

我想不通，小益说他和他父母都不接受我了，我就是想不通！我哭着喊着，为什么我病了，累了，把我丢弃！为什么我病了，累了，就把我丢弃！

我父母都要上班，没有办法陪我住院，我也不愿意住院。

我让自己把自己暴露得脆弱更脆弱一些，渺小更渺小一些，可悲更可悲一些，痛苦更痛苦一些。

那所有压抑的泪水，压抑的情绪，不必掩饰，不必矫饰，有多可怜就多可怜，有多可悲就多可悲……

我把心里的一切防线都推倒，放任自己真实的想法。再也不当一个崇高的人，一个独立的人，一个强大的人，这些都被我砸碎！

但是我真的相信，这都是过程，在我从楼上掉下来的时候，在我被推到CT室的时候，我内心都有一个声音，我坚信，这都是我要经历的过程，我总有一天会好的吧。

我不可能就那样白白经历了过去的一切苦难，总要有个结果的吧。

就算我执着、我偏激、我神经质，可是我真的没有坏心眼儿，我只是个笨蛋，我没有办法让自己做得更好，我总是让现实与理想背道而驰，也总是事与愿违。

我们离开了医院，开了很多很多治疗抑郁症的药，都是进口的，很贵，以后要每天都吃。

那些药让我彻夜难眠，让我痉挛瑟缩。

我心里的剧痛，转化为身体的不适，嘴唇和胳膊会不自觉地抖动。

我不要吃药，可是妈妈只能按着医生的交代，每天逼迫我吃。

我看着自己，从小就那么器宇轩昂地要当个大人，要保护爸爸妈妈，而我拼了那么多年，为何只落到如此境地？我越想越沮丧。

我看见药就哭，想起来小益也哭，整个人瘦得像一副骷髅，眼窝深陷。

医生说我要吃两年的药，如果中间擅自停了，抑郁症会更严重。

我想到这些就烦躁不安，我觉得自己简直是个废物，这么年轻，什么都没有做成，还事业、感情、身体一团糟，又得了这样的“不治之症”，这究竟要怎么样啊。

我连续两个月几乎没有睡觉，每天晚上就躁动不安，跪着，趴着，躺着，甚至倒立着……我都没办法入睡。

睡觉是最痛苦的时候，但是我每天都在睡觉。

脑子里乱七八糟，越睡不着我越要使劲睡，越使劲越烦躁，我气得把被子枕头扔了一地，然后躺在地上打滚儿。

我从家里的顶梁柱，变成了家里的重点保护对象。

他们想着办法让我开心，想着办法让我转移注意力。

爸爸逼着我去练车，车买了那么久，从来都是小益开，我还从来没上过路。

我听到这个消息特别烦，觉得自己现在走路都会摔倒，为什么还要我去开车。

但是爸爸还是执意带着我去练车，他叫上了我几个姑姑还有姑父，大家一起陪我练车。

其实事情并不像我事先预想的那样，当我真的去做的时候，当天就能开车上路了。而且我跟家人一起开车的时候，就忘记了痛苦。

其实很多时候，我只是不愿意改变，只是痛苦上瘾。如果我真的逼着自己往前走一步，也并没有那么难。

成长的印记

我给格瓦师父打电话，我告诉他我从楼上跳下来了，告诉他我和小益分开了。

师父很生气，他说我做了一个佛弟子最不应该做的事情。

师父惩罚我磕头忏悔，念“四皈依”四万遍，好好想想自己是什么样的发心，再给他打电话继续说话。

我不知道还有没有机会，我真的不想和小益分开，我自己都难以启齿了，从拉萨回来没几个月，又搞到这样的境地，然后又求师父，怎么样我和小益才可以再在一起。

我念完了“四皈依”，师父说我和小益的缘分还没尽，暂时分开也没有关系，各自成长一段时间吧。

他嘱咐我听父母的话，要我好好休息，好好看病，好好改变自己。

我自己也开始希望从抑郁症中走出来。

我不想再吃药了，那些药真的像是毒品，让我的身体不听使唤，麻痹我的神经。

妈妈又带我去找中医。

那天在一个中医诊所排号，我才发现，竟然有那么多人得了抑郁症、焦虑症。

我看到他们灰色的脸，痛苦的表情，以及跟医生说话时那不能自制的腔调。

我好像被扇了一巴掌，我自己又何尝不是这样呢？

以后我就打算这样下去吗？就打算永远颓废下去吗？我的理想，我的斗志，我的宏愿呢？

我是愿意就此“废”了呢，还是要勇敢地挺过来？

地狱和天堂，就在我的一念之间。

我开始关注有关抑郁症的信息，翻阅相关书籍和网上资料，从中医到西医，从抑郁症小组到抑郁症群体，大家如何治愈，都有什么样的症状和经历。

在观察和研究的过程中，我发现这样的病，在这个社会是那么普遍。而且周围的朋友也有很多都服用过精神药物。

我每个星期都要和爸爸一起去医院取药，精神内科的门口，总是排着队。那么多的人，看起来那么正常，坐在候诊室的时候看不出任何异样，穿着整齐，接打电话，谈论事情。

可是到了候诊室，面对医生的时候，像是卸下了面具，松开了缰绳，一个比一个难过。

澳大利亚的一个护士朋友告诉我，这些患者早已习惯了“带病生存”。

在我觉得痛苦的时候，有多少人一样在痛苦。

所以我不再觉得委屈，反而去寻求解脱痛苦的方法。

任何事情其实都没啥特别，失恋、单身、痛苦、快乐、生病、出生、死亡、恋爱、幸福，都不是新鲜事。

每个人身上都会发生以上的那一幕幕，世界每个角落分分秒秒都在上映。

我可以苦、可以悲，这是人之常情，但是一定要懂得适可而止。

很多人都会怪罪那些得了抑郁症的人，认为他们根本就是想不开，没事儿瞎嘚瑟，根本不是真的病了。

如果已经得了抑郁症，只是靠内心的调节，对痊愈仅会有部分效力。

我也试图去靠自己，我知道境由心转。

但是《黄帝内经》就已经说过，“五脏主五志”“五志主五脏”，长期的抑郁，已经造成了身体气血的病变，如果到了一定的程度，只是靠自己的调节还不行。

西医的疗法虽然很快速，但只是暂时麻痹了我们的神经。如果把西药比作缰绳和围栏，把野马比作病症，那么我们就是用缰绳和围栏圈住了野马；但是如果哪天没了缰绳和围栏，野马依旧是野马，甚至因为长期压抑，野马会更加难驯。所以医生才不允许擅自停药。

可是中医对抑郁症的疗法，是在驯服这匹野马，慢慢地，由里向外去解决，直到这匹野马被驯服，我们就彻底康复了。

随后，一个很巧的机缘，让我又认识了一位学佛的中医大夫。

我又采用了一个更直接的办法，用艾绒在皮肤上直灸。

抑郁症本身在中医来讲就是“肝气郁结、气滞血淤”，艾灸这个中医最古老最传统的办法，可以最直接打通经络。

但是直灸特别疼，可是只有这样才能尽快恢复。

直灸在身上的穴位上烫了很多疤痕，我想，这疤也是我生命中成长的印记。

我一定要走出来！

在我最困难的时候，只有我的父母陪伴着我。

什么原则什么习惯，这一切都不重要，只要为了孩子好，父母可以为孩子立刻改变自己，在孩子面前他们的心柔软似水。

当吵着说，我那么爱你，你却不理解我的时候，如果你还在捍卫自己的脾气，请静下来自问下是否懂得“爱”。

爱不是我试图要挟和改变别人的武器，爱是慈悲为怀，爱是无条件的包容。

有人说因为有情，才投生成人。

所以活着就是在修行，在学习如何真正地去“爱”。

既然学习“爱”是投生为人的任务，上天便很有智慧地给每个人都安排了一对好老师，那就是父母。他们的人生或是精彩，或是平凡，但上天给他们的任务却无一失职，他们用其一生，教给儿女懂得爱与慈悲。

只有学会爱，拥有爱的心，才能懂得怎么放下一切，自由自在。

我生生世世的心之所向

5月下旬，格瓦师父来到了郑州。

师父每天很忙，从早到晚，都会有很多人去拜见他。

师父像真正的太阳公公，去温暖、去照亮每个痛苦的心。

他总是那么幽默，那么慈祥。我就静静地待在师父身边，他的心，像山谷一样静谧，像苍穹一样宽广。我被他的一举一动所触动。

同样是生命，同样是人，同样是一辈子，可是眼前的这个人，我的上师，却用他的心，去灌溉、去滋润所有的生命，他的心中从来没有自己，是因为他的心足够强大、足够智慧。

正是因为对世间的一切毫无所求，所以才不会被世间的一切所伤害。

上师就在我的眼前，那些圣训教言，显得那么真实可行，他的一举一动、一言一行，都是在给我言传身教。

无论崇高或是卑微，无论优秀或是平凡，在师父眼里，弟子都是他的好弟子，他不会舍弃任何一个，他对任何一个生命都毕恭毕敬，所以他慈悲为怀，用不偏不倚、不远不近的距离，教你自立，教你前进。

有一天，格瓦师父让我自己好好地写一封信给自己，写一写，深深地想一想自己的内心，究竟都存在着什么样的芥蒂，自己将要怎么面对，接下来要怎么做。

他给我几天时间去想，让我工工整整地写出来，交给他。

这是师父交给我的作业，也是我人生中必须去面对的一道考试题。

我用一周的时间去细细体会，深深地思索。

然后写下了这样的一封自我反省的信：

1.我总是想满足每一个人，结果却总把事情处理得一团糟。自己的心，也陷入自责和紧张中。

这个问题现在已经在试着解决：

学习取舍，学习关照自己的身体和考虑自己当时的能力。

我从记事开始，就在寻找“纯粹、不变、真实”的东西。一直在寻找不同的方向和目标。可是一次次的失败，让我在十几岁就开始告诫自己，“为了不失望，所以不去希望。凡事往坏处想，就算一般般的结果，也是惊喜”。

这种想法在我的心里根深蒂固，所以我对周围的一切，充满了戒备，更是感受不到父母、朋友对我的爱。

这个问题现在已经得到了解决。一个最起码的现实，让我看到了真相，并且接受了——父母，他们无私，他们永远不会故意伤害我。

所以我永远没有必要把他们的想法和意图往坏处想。我要卸下没有必要的戒备与警惕。我甚至要学着去理解他们的心意。

2.我是个不达到目的绝不罢休，并且越挫越勇的人。这个问题就如，我曾把当好学生、文学、艺术、摇滚……当成我的纯粹的目标，但是都证明无效。

当我遇到小益，我再次把他这个人当作了又一个“纯粹”的目标。我以为他就是我在世间的归宿。

可是看似没有要求，反而成了彼此沉重的负担。因为我的想法，到现实当中，是如此苛刻。纵然他对我的爱与付出很深，也无法满足我的心。我的“纯粹主义”，让爱不掺一点杂质，所以总是患得患失。

这个问题已经看到，所以在努力解决：我开始意识到，小益只不过是帮我达到内心纯净的一座桥梁。他帮助我认识到了压制在内心深处的自己，他是我修行的良师益友。我应该感恩，并且勉励自己。

当我遇到问题的时候，我应该更加谨慎地去改变自己，使自己精进。唯有这样，才是我心之所向，才能让我的心得到满足。

3.从儿时记事开始，我会突然之间心里空落落的，觉得一切都离自己很远，干什么都毫无意义。这种莫名的恐惧和失落，陪伴了我二十多年。

这个问题的终结：原来是因为我要的那片纯净，那份纯粹，并不存在于世间。我在这无常纷杂的世间，寻找永恒和不朽，本来就是错误的。

所以我应该看透，并且面对。然后去尽我应尽的义务和责任。只有做好了，才能完成；只有完成了，才能结束。

因缘生，因缘起，因缘灭。我不能一跃而过，只能慢慢经历。

4.因为我总是沉陷在上述的那些痛苦之中，内心总是无比的迷茫与矛盾。

所以我对现实充满了嘲讽与警惕，以致我根本感受不到世间正常人与人之间的友好与爱的表达。并且觉得自己极度孤单。

可是我毕竟只是个普通的人，有家人、朋友、亲人。我的冷漠与挑剔，只会让他们束手无策。因为我，反而让一切都变得僵硬。

我认识到了这个问题，并且在试图学习和改变：我开始认真地去发现和观察周围人的喜好和满足点。他们在用自己的方式去爱着他们认为好的人，虽然没有智慧和太大的意义，所爱或许没有价值，但无论如何他们是在用真心去做事。

我要学着融入他们，和大环境和睦相处。尊重一切生命的喜好，才能让自己和别人开心起来。这也是修行的基本课程。

5.没有人愿意犯错，也没有绝对的对或错，只是每个人的立足点不一样，心胸的大小也不同。所以根本没有必要去分别他人的是非，若是侵犯到自己的利益，更是考验自己修行的好时候。

一切众生皆有如来智慧相，只因贪嗔痴执不可证得。既然了解如此，又何必抱怨作恶的人呢。要怀着慈悲的心去宽恕和理解别人。

如果自己有能力用智慧的心去帮助别人，那么这才是一个佛弟子应该做的功课。

6.一切命都由自造。我遇见的所有的境遇和人，都是我今生需要修行，需要面对的一堂堂课程。人生与修行，仅此而已。

如果深陷其中，喜怒哀乐随境遇而流转，那么我岂不是离目标越来越远？

知道这个真相，我不禁哑然。但对于现在和未来，还是充满了无限改变与光明的信心。

7.在累生累世的业力下，我有一个很大的缺点，就是太过于较真儿。所有事非黑即白，如果我认为不对的，别人若不做出当下的表态和改变，我会痛苦不已，无限扩大问题，以此当作生活无法继续的理由而不可自拔。

因为对现实的挑剔与嘲讽，我变得苛刻、不讲情面。可是生活只不过是因缘和合，没有什么值得去计较的，人生无常，一切都在变幻。

我们与别人，爱人与亲人之间，我也只有爱别人对别人好的能力与权利。改变一颗心，是每个人自己的事。帮助一个人需要的是温暖，而不是绝望的责备。

当我认识到这个问题的严重性时，我再一次汗颜。

我感恩周围的人，感恩我的父母与上师。即使我那么恶劣、那么糊涂，他们却并未放弃我，未怪罪我，对我依然耐心地教诲，给了我无微不至的温暖，并总是给我改变的机会，对我依然抱有信心与希望。

人身难得今已得，佛法难闻今已闻。

此生不度，再待何生？

刘雯

我把这些深思熟虑后的想法，工工整整地抄写在纸上，写完后，我带着信去见师父。

师父让我坐在他的身边，一字一字认真读给他听。

我读完以后，师父让我把信留给他，他要带在身边。

他说，这个留在我身边，这是你给师父的保证书，这些是你要做的，你必须不能食言，师父会加持你，让你进步，你如果食言了，师父也要惩罚你呦。

我听到这些，不禁泪流满面。

我生生世世的寻觅，我已迷茫了太久太久，四处漂泊，像云像风。当我遇见了你，我的上师，我开始确信，那从前的一切，不曾是我，我也不曾失去得到任何。

我到处寻觅，到处跌倒，到处碰壁，不惜一切。可那个答案并不在远方，不在别处，这一切只在自己的心中。

而遇到你，就是遇到了我自己。

我的上师，你就是我的心尖。

我这一生的目标，就是朝着你的方向，把你放回我的心中，让我的心与你的心融为一体,我才能真正地充满生命。

当你迷茫,不知道自己该怎样继续,不知道心在哪儿,自性在哪儿的时候。

归皈上师就是最大的捷径,用心去体会和观察上师的心,再把这些证悟的空性放在自己心里。

因为自性就是佛性,就是自己的上师,他就是你的真心,无垢无染的心。

把上师充满自己的胸口,就是自在。那样,就走上了一条证悟之路。

我感谢一切我所遇到的,感谢一切得到与失去的,感谢发生与不曾发生的一切。我遇见了师父,我是多么幸运。

师父说,我和小益都是他的弟子,我们就像他的左手右手、左眼右眼。如果我俩之间不和睦,他会很心痛。

那天晚上,在师父的道场,师父安排我和小益重逢。

这是师父的一片好意,他不希望我们任何人伤心。

我们的心痛,师父的心也会痛。

一样的蓝天,一样的土地,一样的生老病死,一样的爱与渴望,本是同根生,相煎何太急。

师父让我俩在他面前握手言和。无论怎样,他希望我们不要互相伤害。

师父为我做的一切,为我们做的一切,无时无刻不感动着我,一个人,能做成师父这样,就算他不是我的上师,依然令人肃然起敬,他是个崇高的生命。

师父的每分每秒,都在为大家,他完成了一件事,又继续下一件事。

很快,师父要离开郑州了,天涯海角,到任何需要他的地方。

他对我的好,就如他对任何弟子、任何人的好。

临行那天,我和小益一起开车去机场送师父。

道别后,我仍旧一直站在安检口,隔着玻璃远远望着师父。

他的身影被淹没在人流中,就这样远远看着,如果我不认识他,他看起来是那么平凡,和任何人一样。

只不过他选择了利益众生,这是他的愿力,是他选择的路,是他愿意为之付出的路。

我想起几年前在北京,第一次见师父,他那时候还很消瘦,汉语也不好。他也会被误解,可能也会被人指指点点。他曾经睡过临时房的沙发,也曾不被人接受。他的弟子一拨一拨，来了走了，离开了，回来了。可是师父依旧在那里，他始终坚持去利益众生。他是一个僧人，他所做的一切，都是为了别人，即使艰辛，也在所不辞。

无论理想是多么伟大或多么平凡，都一样需要一步步地走下去。

闭关札记

短暂的分离，让我和小益变得冷静了很多。

他又回到了那个琴行工作，我们见面的时间并不太多。

在相处的过程中，我们彼此的性格，其实并没有改变太多。

只是我时时观照着自己的心，如果有所起落，我会控制自己，而且不去计较。

现在小益有他的生活和工作，我也有我需要做的事情。

缘分到底有多久，到底有多深，谁也无法揣测。

你抓着不放，或者你撒手，缘分就在那里，不会改变，不会多，不会少。

我希望再安静点儿，让自己的心沉淀，这次不是为了某件事，不是为了某个人，也不是为了完成师父布置的功课。

如果我把心寄托在一个人、一个物，或一件事情上面，最终都会是苦的，因为无常。

所以现在，我应该好好和自己的心相处，好好地面对它，和它聊聊。

之前我和小益的那个办公室一直空着，好久没有去了。

我做了彻底的打扫，摆了一个简单庄严的小佛堂，开始了每天莲花生大士心咒的闭关修行。

关掉手机，离开网络，止语，闭耳。

暂时让自己的生活安静。没有手表，不知道时间；不化妆，不穿漂亮衣服；没有爱人、亲人与宠物。不哭不笑。

向情绪说再见，彻彻底底与自己的心相处。

二十六年了，我还没有好好地看一看自己。

被情绪牵着走，任凭我再叛逆，再桀骜不驯，仍旧是情绪的奴隶，我跌跌撞撞，伤害了很多人，也没有得到任何，我再也失去不起什么了。

只有缘分最深的人，才能留在我的身边，但他们却被我的任性肆意伤害。

所以我收手，我停下来。

和这个世界相处，我要从头开始，从认识自己开始。

亲爱的人们，我的离开，为的是真正的回来。

我希望用真正的心，好好爱你们！

闭关札记

第一天：寻找自己

1.打开窗眺望远方，远方多少窗，多少繁星，都是自己心的秘密，那是需要了解的自己。

总有一天，我与一切合而为一，就没有了一切。

2.一切都是自己心的妄想，那又为何去伤害别人？心痛……

3.佛经有云："凡所有相，皆是虚妄。"那么面对这个世界，我为何还猜疑？为何还被惊扰？真是蠢呀！蠢呀！

4.只有爱自己的人，才任由我发泄和胡闹。但我这些，却给他们带去的是伤害。我的无知，也只能伤害到最亲的人。

想到这里，在修行的路上，我不得不更加精进，更加努力！

第二天：心的力量

1.心念的力量太大了，让我不寒而栗。确实是想什么来什么，太可怕了。

真希望我能够什么都不想，只是关注当下，这是我最大的目标。

2."不要调皮了，回到自己的位置上去。"这句话，从我上小学的时候就被老师说。看来这句话真的很到位。这是我修心面临的最大问题。

3.当我静下来，去看着自己，问题的答案却早已被经文道出。

我顶礼佛陀的智慧，因为他就是我最崇敬的老师！

第三天：敬天爱物

1.昨晚在佛堂，看见上师几年前刚刚来汉地的照片。那时候的他身体很瘦弱，也没有太多的弟子，甚至有人对他鄙夷，对他不屑。可是内心利益众生的强大信念，让他在弘法的道路上，一路前行。一切都令他只增不减。

他强大的内心，早已超乎了他的身体，超乎了一切我们能想象的境地。

这就是信心，这就是慈悲。

现在的上师，身体健硕了很多，弟子如云，操劳更是多了很多。

连上师都需要经历那么多的磨难，和一步步的努力。修行真的不容易。但是一旦发愿，就别无选择，只能往前走。

2. 上师的脸，一直出现在我的面前，我多么的想念他。

这种感情，无法用言语去形容。我唯一能做的就是好好修行。

但修行又不是一天两天的事情，是生生世世的坚持！

所以，我的想念和感激，只能让我确信一点，我会生生世世和上师在一起。我会生生世世不离自己的初心。

3. 我在上师面前保证的誓言，上师交代我的每一句话，我一定一定要做到，这才是我尊敬上师的根本啊。否则一切只是空谈。

上师传的法，莲师留下的印记，每一句叮嘱，都是他们对我的爱，我一定要珍惜！

他们的目的只有一个，希望我解脱，希望我好！

我那么追求纯粹，这就是最纯粹的！

4. 我什么也不相信，但我用自己的身心去经历一场，最终总结出来的一堆道理和经验，才发现竟然古人和佛陀早已在千百年前用一句话总结概括了。

这让我瞬间为之震撼，不得不对他们尊敬、膜拜。

所以那些古训与经文，是他们在用自己的心、自己的血来帮助我们后人。这是智慧，这是爱！

5. 在降伏自己的过程中，我一次次地看着自己的心魔涌现，一次次努力让它们退去。

这个艰难的过程，只有强大的信念与决心陪伴着我！

6. 我坐在这里，没有时间，没有空间，只是同一句心咒“嗡啊吽班扎尔咕噜巴玛色德哄”，用心去千万次地重复，去体验成就者的智慧。

从一到〇，从〇到一。从有到无，从无到有。

有何不通？又有何相通？

7.我让自己安静，心变得强大。

是为了离你更近？还是为了离你更远？

其实没有远近。有一才有〇，有〇才有一。

8.我的记忆，在静止的那段时间。被日出日落，渐渐唤醒。对面的灯塔，总在傍晚时候闪烁，夜深人静时候熄灭。

我就远远地望着它，一天又一天过去了。

有何不同，又有何相同？

9.我记不得太详细的故事情节。

但是能深深地感受到，我们曾在一起。

10.当我关上灯，看着窗外，高楼林立、万家灯火，整个世界只是一幅画面。

11.我是梦中人？还是在静观一场梦？

12.梦中，我抱着宝罗，它像个听话的孩子，一动不动。

其实宝罗在别人眼里是一只很凶的猫，但是它总是在我面前乖顺。

因为它信任我，我们彼此信任。

所以，人与人的相处，人与动物、人与自然的相处，一切不和谐，都来自于不信任。

13.有些道理，当你已经运用，并且问题得到了解决，就真的是可以确信的时候了。

就像你饿了，吃了一个馒头饱了，就会完全肯定馒头可以充饥。

如果还问馒头为什么充饥，那真的是多余的。

14.对于很多知识，我只是从敬畏到实践，最终才真的确信。

这中间有很多纠结的过程，还好我总是不顾一切地去实践，当我解决了一个个问题，我的心也因为有这些真理的支撑，开始变得越来越有力！

第四天：降伏自己

1.那些什么生死，什么有没有意义之类的问题，是成就者与圣人想的问题。

如果你非得要想，而且非要有个结果，那么就先把自己修行成圣人，把自己的罪业清净，把自己的智慧提升，到那个时候，你的问题就自然有答案了。

否则，你的这些想法，会成为你生活的障碍。

2.闭关第四天下午，心里像有一窝兔子，我真想冲出去，给自己很多中止闭关的理由。

但是上师的话，开始在我耳边回荡："刘雯，不要做事情做一半。"

这句话，让我扛过了那段焦躁。

我不能再让师父失望。

到了傍晚，远处的灯塔又亮了起来。我又顺利地度过了一天，没有放弃！

3.凡尘最直接的减压方式就是"静关"几天。

如果你觉得生活让自己迷乱，实在受不了了，那么就停下来，远离这让你痛苦的一切。

关掉手机，关掉网络，让自己与自己相处，踏上心灵的旅程。

刚开始也许很容易，可是没两天就会静不下来，甚至怀念过去的习惯和生活。

这充分证明，那些生活，并不是你讨厌的或是希望舍弃的，而是你自己没有智慧去面对。这段"静关"休息，会让你重新审视生活，找回兴趣与面对的方式。

所以，短期"静关"，是你的心灵驿站，能让你更好地生活。

第五天：回到尘嚣

1.一支香，一扇窗，一张案桌。这得需要我付出多少，才有此福报。这得需要我失去多少，才有此决心坐下来。

2.我坐在窗边，窗内熏香宁静，窗外车水马龙。我为何要把自己和这个世界划分得那么分明？也许对面的另一扇窗内，也有人这样看着我。

3.当我的心不够安静，我就离开尘嚣，净化心灵。当我的心开始安静，我就回到尘嚣，去放逐自己。

再次沾染烦恼与痛苦，我再回来安静。这样来来回回，就是修行的阶梯。总有一天,我再也感受不到痛苦,才发现尘嚣也是净土。

4.窗外车辆轰鸣,公交车停了又走,载着人们奔向下一站,车里也有我的母亲与我的爱人。

短暂的时间,救护车、消防车刺耳的警笛声接连响彻街道。挖掘机费劲地摧毁房子,大吊车就在路的另一边,努力地建造新楼房。

这一切可以称为无常,却又是那么的正常。

如何判断,皆由你的心去示现。

5.眼前,树木、道路,车水马龙,世界将缤纷的色彩呈现给我。

当我闭上眼睛,"突突突""嘀嘀嘀""咣咣咣",世界呈现给我的是各种声音。当我只去用鼻子嗅,世界只是各种各样的味道;当我去触摸,世界只是各种各样的质地;当我把自己的一切都敞开,充分地去感受这个世界,了解这个世界,那么我就自由自在了。

6.我在二十四楼,每天坐很久的电梯,每天各色各样的人进来下去。

这个偌大的楼,住着各式各样的人,一定有人失恋、失业、辞世、出生、生病、哭泣、欢笑、喝醉、破产……

痛苦的降临,对于每一个人都是那么痛苦不堪,可人生又何尝不是这样?

这时候又显得那么正常。

当发觉,活着,只不过是在和自己相处,我变得安静起来。

当觉察,你们都是我,我也是你们,我仿佛找到了一条通往光明的路,一条回家的归途,便认定这是我一生的心之所向。

我们终于"刑满释放"

闭关结束后,我也试图去做一些事情,我得到了师父的传承,给大家设计制作佛珠。

我相信信念的力量,所谓的开光,所谓的加持,只不过是人的一颗清净的心，一种深深的正信的力量。

所以很多时候，我静静地在佛堂，怀揣着这样的心，持诵着莲花生大士心咒，一颗颗地串起来那充满大自然灵性的珠宝，这也是对一个有缘人的祝福。

我和小益，见面依旧不太多，他总是隔一段时间才来找我。

人常说，世界是自心的倒影。

所以，如果我因为别人的缺点，而不开心，那只能证明我的修行还不够好。如果我是一个有涵养的人，我应该包容他，如果我是一个有智慧的人，我应该帮助他。

但是这一切，都需要机缘成熟，顺其自然。这才是最方便、最有力的智慧。

有一天，小益很认真地说，我们在一起，他经常觉得不是爱情，这并不是我不好，也不是他故意要伤害我，只是我们有太多的不同。

我们不再聊什么孰是孰非，也许他说得很对，我们只是有着太多的不同。

所以大多的痛苦，来自"不容异己"。排除痛苦的最大解药就是——接纳。

接受并不是迁就，也不是改变自己。

接纳是从容，就像面对春夏秋冬、花开花落。

我们每次见面只是吃吃饭，说一些笑话，我想这仅仅只是为了气氛和谐吧。当我们分开后，我的生活他也关心不到，他的生活我也不愿贸然去过问。

直到有一天，我们彼此，谁也没有再联系谁。

我不知道这是句号、是省略号、是问号，还是感叹号。

但是这都不重要，爱情不是生活的全部，缘分谁也不能左右，我只能做好我自己。

天空很大，无边无际。生命，并不是爱与不爱、厮守或别离，而是如何走过，如何明白，从容度脱。

所以我不愿意再主动，再去索求任何，那样，只能是重蹈覆辙。我已经累了。更何况，我的索求，只会让他沉重，让我卑微。

这根本就不是一个良好的状态。

我终于给了他解脱，也终于放下了自己。

对于这场"劫难"，我们终于"刑满释放"。

有很多事情，无论你再执着，再不愿意改变，一旦你走过去，就真的再也回不到从前了。

这就像你站在山脚下，永远不知道山上的风景。但是你爬上了山顶，眼前的美景，会让你忘了曾经在山脚下的徘徊，忘了爬山时的疲惫。

我和朋友一起去湖边散步，我哈哈大笑着，跳着，放飞了一盏孔明灯。

我看着它越升越高，竟忽然间泪流满面。

它和任何一盏灯一样，混淆在天际，就像我的喜悲，任何一个人的喜悲。

我凝望着它，直到其无影无踪，一切像从未发生过……

第五章

这才是开始

生命就像一条绳，
轮回就是绳上的疙瘩。
仔细看，这疙瘩是因各种欲念自己亲手打上的结。
缘分重念头强就是大疙瘩，
缘分浅欲求小就是小疙瘩，
但一律一样只是疙瘩而已。
当我看到这些，
再也没心思打结，
就此停手，只是静静逐个解开身后的疙瘩，
总有一天，生命恢复到最初最舒展的状态。

生命本来就是绽放

山路很长，一路上都是人。

我飞近了，看看那些人，仔细看看。

那些人都是认识的，哪怕只曾见过一面。

我在想，我这一辈子，怎么见过那么多人啊。而且很多人，都是不期而遇，又不辞而别。

很多人在某一个时候难舍难分，却突然就从生活中消失了。

我在想，其实一辈子都是这样重复的。

这个画面，来自我的梦境，它如此清晰，仿佛为了点醒我执着的心。

在很多时候，都以为自己经历的是最轰轰烈烈、最不同凡响、最惊世骇俗。

可是其实你懂的，任何人都一样，我们每个人经历的不幸与幸福，都像满天繁星中的一颗，那么璀璨，又那么平凡。

所有的一切，悲欢离合，歌曲中早已唱过，故事里早已讲过。

所以，你任何时候都可以爱、可以疯狂、可以哭泣。

但是不要太过分，哭过就过，爱过就过，完全可以去大胆生活！

再痛苦再投入，一切都会过去。

人生就像一场电影，散场的时候，即使你再意犹未尽，却什么都没有了……

那段时间，我眼前经历的一切，都在告诉我"情执"的虚妄。

我看着表弟和那个女孩来到我的房间。

我觉得，人们很有意思。也许他们自己都不知道，为什么在某个时刻，那么那么想要去新疆，然后他们在独自旅行的路上相遇、相识、相知。

我们一生，所想、所去、所遇、所住，何尝不是在成就一个个机缘，了却一个个机缘。

我看着他俩在我的面前，难舍难分，如胶似漆，我像是个"大灯泡"，在我刚刚还觉得有些羡慕的时候，我看到的是他们短暂的相聚后，更长的离别之苦。爱欲中，他们怕失去、怕离别，对明天有各种担心。

在我执着小益的那个时候，天天教训我、开导我的猫猫，她也正在经历着自己的爱情，每天晒各种幸福，在我刚刚有些憧憬、有些羡慕的时候，她开始向我抱怨她的不满。

不开悟的爱情，总归都会有自私。为了找到另外的自己，为了得到对自己的认同，为了满足自己的缺失，而去要求自己爱的人，对自己好，只属于自己。

但是换来的永远是"一半火焰，一半冰川"。

到终老，仍旧是一个人离去，就像是我们出生时，一个人来到这世界一样。

他最终能带给我什么？也许只是感慨，是成长。

这还好，如果我们不去自省，也许会一错再错，变得悲观，或是麻木不仁。

"情"之一字，足以粉饰乾坤，它并不分年龄阶段，这是我们投生成人最大的课题。佛经有云，之所以我们投生成人，是因为我们执着于"情"，有情缘未了。

只要你活着，在大街上随便拉着一个人问，他都有他的感情问题。这是生命的共同问题。

那天我偶然打开电视，看见两个老人，是钱学森先生和夫人蒋英，在落叶纷飞的树林里走过来，两个老人四目相望的样子，那正是情意浓浓的恋人的样子，其实爱情来了不分年龄，没有界限。

然后切换另一个镜头，蒋英夫人被人搀扶着出席钱老的葬礼，她抱着他的头，颤颤巍巍地流着眼泪。

我虽努力看淡世间的缘起缘灭，但是我依然能被世间的一切轻易感动。

影片结束的时候，在回忆钱学森先生的一生，他意气风发地站在讲台上讲话，还有他对人类做出的贡献。那一幕是让人震撼的，那是真的魅力，对人类真正的爱。

如果爱情只是为了让自己得到关心和肯定，那么我让自己的内心变得强大，不需要那些虚无缥缈的夸赞。

那个相爱的人，那个会和自己相濡以沫的人，并不是我们快乐和悲伤的寄托，而是我们共同成长、共同去解读人生沧桑的伴侣。

缘起缘灭的这个世界，又何必苦、何必放不开、何必妄想。

我开始回到朋友中来，生活渐渐变得多彩。

想想过去的自己，塑造一个不穿高跟鞋的自己、不爱名牌的自己、不说废话的自己、不赶时髦的自己、不跟人开玩笑的自己、不流俗的自己、不烫头发的自己、不剪刘海儿的自己、不喜欢上班的自己、不会控制情绪的自己、不苟言笑的自己……生活里有各种不,各种铜墙铁壁。

我发现更多的人可以关心我,爱我,我也可以更开心更完整地去生活。

我可以穿高跟鞋,我可以选择或者拒绝,我可以跟人聊家常,我可以和各种各样的人开心相处,我可以不较真儿……

当我把心中的枷锁卸去,我还一样是我,我并不会让人认不出来,也不会因此而改变自己。

反而我变得更开心,更可爱,自己和朋友们都更加轻松。

我很感谢小益,这些年,是他让我打开了内心潜藏压抑着的自己。我曾经有多么的痛苦,就换来我今天有多么的从容。

我们是否在一起,那并不重要。

生命就像一场一个人的旅行。总以为遇见了同行的另一个自己,却只不过是沿途的一场风景。

但是那个人,虽然没有能给我一个肩膀,但是我已然拥有了整个世界。

我所追寻的,生命最合适姿态的绽放;我所希冀的,生命最不朽的纯粹。

众里寻他千百度,蓦然回首,那人却在灯火阑珊处。

当我去寻觅的时候,它不在远方,就在我的心中。

这就是远在天边、近在眼前的距离。

可是我却离开我的心,寻觅了那么多年,经历了那么多身体与内心的苦难。因为不容易,所以它才显得那么可贵,那么刻骨铭心。

我已然绽放,在我出生的那一刻我已然绽放,过去、现在、将来,永不会凋谢。

这就是生命,生命本来就是绽放,只要我们心中存有光亮。

我像是刚刚出生

我一直没有把小说完成,是因为我觉得自己并不完整,自己做得还不够好。

我觉得,自己写出来的文字,说出来的话,应该给人带去温暖和积极的影响，我不愿意把不成熟的想法，不积极的情绪带给更多人。

更不愿意像当年做乐队那样，当一针帮人发泄情绪的麻醉剂。

但是格瓦师父一直给我信心，让我把小说完成。

他说，如果你已经做得很好了，如果你已经成就了，你就用不着写书了呀。你要把最真实的自己，如何慢慢走到今天的过程写出来，这是你的任务。

我开始静静地写书。

重新经历了二十六年的岁月。

我在做一件最勇敢的事情。像剥洋葱一样，在剥开我自己内心深处的自己，我不能逃避。

为了一个新的开始，为了让更多的人能够从“情执”中、从抑郁中、从迷茫中，找回自己。

那个好学生、那个坏学生、那个酒吧里的促销、那个保姆、那个打字员、那个诗人、那个摇滚歌手、那个“愤青”、那个中介公司的职员、那个学校里的老师、那个摆地摊儿的人、那个住阴冷小屋的人、那个住高档公寓的人、那个宅在家里的人、那个四处旅行的人、那个抑郁症患者、那个骄傲的人、那个可怜的人……

都是我，也许有一种也是你。

我们并不孤独，我们一起上路！

师父说，你从未开始，哪谈得上结束。

2012年，秋末冬初，我一个人，动车，踏上了回北京的路。

这不是2005年的1487次绿皮火车，因为我完全有能力不坐那一趟慢车。

这也不是2009年的国航波音737，因为路不算远，我不必走得太快。

生命，像一场重复的电影。没有演好，就一直N机……

这次没有小白，也没有小益，只有我自给自足的喜悦的心。

当我找到了自己的心，这才是开始，生命的开始。

从我记事起，就一直问，一直寻觅，我想找到生命的意义，究竟如何找到美好。

其实我早已身在其中，一如我现在，听一首老歌，看到曾走过的路，那些人，那些事儿，都让我感到温暖和实在。

这就是生命，这就是美好。

我像是刚刚出生……

附录

大德寄语

找到自己的心
生命才是开始

任真索布大师的首要弟子及智者、罗布降措的转世无障记观行殊胜者，格瓦荣布仁波切的缘起赐名及坐床仪式纪念

透彻的领悟

慈诚加参仁波切

慈诚加参仁波切

当我正在海外游学讲课的时候,收到一个弟子发来的短信,希望我能为这本书写一篇短文。这段时间,我和各种各样的西方人都有交往,有大学的老师、公司的高管、银行家、餐馆老板,也有失业人员。我发现,那些经济条件很好、生活环境优越的人,并没有比那些每天要为生计忙碌的人更加快乐和幸福。有不少人,在与我接触的最开始,往往都会有一个共同的姿态:我不相信宗教,我是无神论者,我只相信科学,我只相信我自己!我发现一个有趣的现象:那些非常有成就的科学家,那些在科研的道路上走到很高层次的人,他们反而不会直接对我说:我不相信宗教,而是会跟我说:我不清楚,我无法证明佛陀的理论是错误的。

现代人已经没有谁会愚蠢地说:我不相信科学。但是,什么是科学呢?科学是理论、方法和实践的总和。科学技术发展到今天,出现了如此多的学科,已经没有哪个人,可以了解所有的学科、理论和结论,他们也不需要从头去自己研究别人已经研究过了的问题。也就是说,现在的科学研究,也是建立在相信和肯定别人的结论是正确的基础上的。更重要的一点,到目前为止,还没有哪个科学理论可以解释世间万物的变化规律。不同的理论只能适用于解答不同的问题。而对于我们普通人而言,我们对这个世界的认识,也是基于相信科学研究的基础上的,换一句话说,我们很多人对科学是“迷信”的。

我们再来看一看佛教,它完全具备科学的所有特点。首先,佛学理论是完整的,自洽的,圆融的。佛学的理论,大到涉及宇宙的形成与变化,小到粒子、细胞、分子的水平。目前通过爱因斯坦广义相对论而研究了解的宇宙形成与变化的规律,与佛陀早在2500年前告诉我们的就不谋而合。佛学理论对未来的预测,小到个体,大到宇宙,都是完整的。目前还没有谁可以有能力证明佛学理论是错误的。相反,近百年来,世界各国在相对论、量子论、亚原子物理学、太空中的宇宙研究、催眠术、有关灵魂出体的研究等领域所取得的成果,给佛教哲理增添了许多实际论证和实例。

佛陀从来不要求你盲目相信他,他要你通过自己的修行去证实佛陀所说的真实不虚。他还教给我们许许多多的方法去修行,去实证!在过去的2500年间,世界上已经有无数人通过自己的修行,体验到了佛学所指出的种种境界。因此也可以说,佛学不仅仅是理论,一种哲学,它还是一门实践性很强的实证科学。

佛学理论对我们人类最大的贡献,莫过于对人生根本道理的透彻阐述,而这一点恰恰是现代科学无法解决的问题。现代的科学研究,采用的都是向外求解的方法,而佛教则是教导我们如何探索我们的内心。在生、老、病、死这个最根本的痛苦下,人的一生还要经历无数个大大小小精神与肉体的痛苦,而这些痛苦都是有其因缘的。佛陀告诉我们,我们的贪、嗔、痴、慢、疑是造成我们种种痛苦的因。佛陀教给了我们各种转变我们的内心、从而改变我们的命运的方法,教会我们如何培养和扩大自己内心的慈悲与大爱,如何减少我们内心强烈的自我心理,通过自利利他的心而获得人生的意义,从而获得真正的、永恒的幸福。

2013年4月,于瑞典

远离妄念，我们都能寻找到快乐

嘉祥堪布

嘉祥堪布和作者

在世为人，我们都将快乐作为自己寻找和追逐的目标，我们为了这个目标而奋斗打拼，却在妄念的迷惑下渐渐偏离了方向。

有人把房子、车子、票子当作快乐，有人把名誉、地位、权力当作快乐。事实上，这些只是吗啡，一时的亢奋和满足，换来的是更长的焦虑与烦躁。

还有更多的人是把追寻本身当作快乐，到头来，回不到起点，也走不到终点。茫然四顾中，如尘埃般摇曳，被业风吹向不知名的未来。

所有的这些，都源于我们对人生的误解。其实，快乐的种子早就种在了每个人的心田，只是由于我们在妄念的指使下，用贪恋和执着来浇灌，这种子才结出了烦恼的果。

妄念是一切烦恼的根源，它使我们贪恋和执着于一切如梦如幻的泡影。妄念是获得快乐的障碍，它阻止了我们内心的顿悟与觉醒。

让心悬停在最空虚、最烦恼、最不安的那一刻，在此时面对真心、认知真心，你便会发现人生的颠倒梦想会如沙器般风化。在你把握当下，安住真心，不再纠结于妄念的时候，生活就会显现出本来的模样，你也就找到了真正的快乐。

2012 年末，于北京

做一个真正快乐的人

格瓦荣布仁波切

格瓦荣布仁波切和作者

世人犹如海中之舟船，缺乏导航及罗盘，终将漂流至沉没，永无目标及彼岸，无名烦恼常束缚，流转轮回及六道。三宝威德极殊胜，众生皈属断烦恼，遣除邪见及恶念，消减无始坏习气，此乃世间之明灯，是诸众生皈依处！

世人不知有因果轮回，而他们可曾饶过谁？正因为不信因果不知轮回，众生才自我沉溺痛苦不断滥杀妄为。

佛陀是真正的平等者，觉悟者，真正的量士夫。佛陀告诉我们："如果一个人的快乐是希望从别人身上去获得，那会比一个乞丐沿门托钵还要痛苦。"快乐不是别人可以给我们的，是由我们自己来解脱，自己来超越而得到的。

内心的快乐是以慈悲与智慧为源，以烦恼的止息而启。当我们放下对自我的重视与执着，无私地去为他人付出时才有可能体会到真正的快乐。所以，懂得宽恕别人的人，懂得知足的人，懂得感恩的人，懂得慈悲的人，懂得放下的人才是真正快乐的人。

佛教主张“无缘大慈，同体大悲”。真正体现了佛教的“真平等”精神。佛教反对“除人类以外的一切动物都是被创造来给人饱享口腹”的论调。一切动物临死的悲鸣哀号，真是惨不忍睹，恸不忍闻。就连孟子都要慨言：“闻其声，不忍食其肉。”而佛教进一步肯定：这些被我们自诩为万物之灵的人类所滥捕乱杀的动物，无不具有佛性——一种来日可以成佛的潜能。

佛教揭示人生有生老病死等痛苦；又说：人身难得，寿命无常。认为世间的万事万物皆因缘暂起，都是瞬息万变的，所谓名利财色皆为虚幻。“多欲为苦”，欲望太多才是痛苦的根本。因此，一定要断除执着，知足少欲，常闻思修行。那么，什么是修行呢？修行即是转恶为善，转恨为爱，简单地说修行是一种改变，即思想和行为的改变。而修行的主体就是人心，因为行为是心支配的，所以，管好你的心，无论遇到名利、烦恼、生气、欲望时，时刻保持心灵的真善美。

如果你是一位真正的修行人，主要是常检讨自己的错误，而不是找别人的过失。多看自己的缺点才能改正自己的错误，多看别人的优点才能学到别人的功德。对别人恭敬就是庄严自己。以慈悲获得尊重，以智慧对待是非，以恭敬接纳大众，以道德修养身心。

如果你带着清净心、慈悲心及菩提心来布施、供养、行善便会成就无数倍的功德资粮。

若每天都保持“愿所有众生都能得到幸福快乐”的念头，这不仅只是一个念头，这是一句真正能给自己带来幸福快乐的咒语。

2013 年 1 月，于上海